W0221112

Paul Lahninger

Das Stückwerk der Liebe

Roman

EDITION TANDEM

Je bewusster wir uns mit all dem auseinandersetzen, was unsere Eltern an Schwerem und Bedrückendem mitgebracht haben, desto mehr nehmen wir ihm die Macht in unserem eigenen Leben, und desto weniger werden wir unseren Kindern davon weitergeben.

Nachtflug

„Los geht's", rief ich Hermann zu und sprang auf meinen Schlitten. Hermann kam mit einem katzenhaften Sprung auf dem seinen zu sitzen, einen Meter vor mir sauste er über den Forstweg. Ich lehnte mich nach hinten und überholte Hermann, lächelte über den Vorteil, den mir das Körpergewicht gegenüber meinem fünfzehnjährigen Sohn gab.

„In der ersten Kurve überhol' ich dich wieder", er tat, als würde er sich ärgern. Das Gefälle nahm zu, in der ersten Wegkehre gelang es mir, den Schlitten ein wenig quer zu stellen, an der inneren Böschung des Weges driftete ich in die nächste Gerade. Ich warf einen Blick zurück, hinter mir wirbelte eine Schneewolke, Hermann wurde weiß eingestaubt.

„Na warte!" In voller Fahrt griff er in den Schnee, warf mir einen Schneeball auf den Rücken.

„Autsch!", lachte ich und konzentrierte mich wieder auf den Weg. Der Mond malte leuchtende Punkte zwischen das Dunkel der Stämme, aufrechte Tannen berührten einander mit ihren Ästen, zwischen ihnen verneigten sich junge Bäume unter der Fülle des Schnees. Der Fahrtwind ließ meine Augen tränen, alles

rundherum stand still. Für einen Augenblick öffnete sich der Wald, gab den Blick frei über die Berge, unendliche Sterne schwebten über den Gipfeln. Inmitten dieser Stille flog ich wie ein Pfeil über die weiße Bahn. Auch in mir wurde es ruhig, all die Zweifel über meine Lebenssituation lösten sich auf in der Geschwindigkeit, meine Aufmerksamkeit war angekommen im Jetzt.
Ich glitt in eine enge Serpentine, ein anderer Schlittenfahrer tauchte vor mir auf, ich beugte mich nach hinten, bis mein Oberkörper flach auf dem Schlitten lag und überholte den Fremden. Ein paar Bodenwellen schüttelten mich durch, meine Füße verloren den Halt auf den Kufen, der Schlitten sprang hoch, und ich fiel auf die Fahrbahn. Hart traf mich ein Schlag auf den Kopf.

Teil 1

Verwundete Seelen

Die Frage

Ich schwebe irgendwo zeitlos im Dunkeln, rund um mich eine Stimme, nicht wirklich eine Stimme, nicht einmal ein Ton, und doch eine Frage an mich. Langsam bewege ich mich auf die Frage zu und ich spüre ihr Echo in meinem Inneren.
„Mein Leben?" Vage erinnere ich mich daran, wer ich bin, ich ... ein vierzigjähriger Familienvater, verliebt in eine junge Kollegin ... hin und her gerissen zwischen Treue und erotischer Sehnsucht ... daheim in einem Dorf, in dem ich nicht willkommen bin ... ein Lehrer, der sich im Beruf verausgabt und bezweifelt, dass dieser Einsatz sinnvoll ist. Ein Leben, das nicht mehr zu passen scheint.
Stimmen tanzen durch meinen Kopf, reden wirr durcheinander: „Lange mache ich das nicht mehr mit", höre ich Anna sagen, Carmen lockt „Ich würde jederzeit abhauen mit Dir", „Du Verbrecher!", schreit mein Schwiegervater, „vierzig Jahre alt und dumm wie ein Schulbub", und Alexandra ruft: „Bitte, sei lieb zu Mami!", „Jetzt hast Du jahrelang das Haus renoviert und hältst es nicht aus in diesem Ort!", stichelt Reinhard.

Da laufen Bilder auf mich zu, so nahe, dass ich sie greifen kann, so klar, dass ich den Blick nicht abwenden kann ...

Ich sehe mich einen mächtigen Fluss hinauftreiben. Das Wasser rauscht an mir vorbei, ich treibe stromaufwärts, dem Ursprung des Flusses entgegen. An den Ufern trommeln und tanzen schwarze Krieger, sie singen von meinen Kämpfen und meinem Scheitern, von meiner Wehmut und meinem Leistungsdrang, von meiner Suche nach Anerkennung und von meinem Glück. Plötzlich liegt eine riesige Frau in der Landschaft, und ich sehe, dass der Fluss ihrer Vagina entspringt. Da wird alles zu Licht, meine Augen schmerzen, zwischen den Beinen der Frau liege ich als Neugeborenes, allein, schreiend, der Kälte ausgeliefert.

Ich bin in einem kleinen Raum angekommen, ausgefüllt von einem weiß lackierten Stahlbett, in dem Mutter schwer atmet, dahinter ein Holztisch und ein Waschbecken. In einem weißen Mantel sitzt Vater daneben, Schweißtropfen auf der Stirne. Eine Frau legt mich auf eine Waage, horcht meine Lungen ab, prüft meine Arme und Beine und steckt mich in ein Strampelkissen. „Ein gesunder Junge!", sagt sie zu Mutter, „Jetzt können Sie ihn stillen."
Mutter drückt mich an sich, lächelt, an ihrer Brust komme ich zur Ruhe. „Unser Zweiter", sagt Vater zärtlich und nach einer kleinen Pause: „Siehst du, Elsa, ich hab dir gesagt, dass es beim zweiten Kind leichter geht." Er berührt Mutters Wange, und sie legt den Kopf in seine Hand.
„Gut, dass du dabei sein konntest!"

Die weiß gekleidete Frau ist gerade dabei, das Zimmer zu verlassen, sie dreht sich um. „Das war eine Ausnahme! Normalerweise lassen wir keine Medizinstudenten bei der Geburt dabei sein. Ordnung muss sein in der besten Wiener Klinik." Mit gerunzelter Stirn unter dem weißen Häubchen verlässt sie den Raum.
„Du wirst sehen, in einem Jahr bin ich Arzt. Dann wird alles anders." Vater streichelt meinen winzigen Kopf. „Aus dir wird auch einmal etwas Besonderes! Vielleicht ein Missionar, der den Glauben auf die andere Seite der Erde bringt, Raphael sollst du heißen, mein Sohn!"
Meine Eltern sehen mich an und gemeinsam sprechen sie ein Dankgebet. Dann schläft Mutter ein, Vater steht leise auf, geht hinaus, schaut noch mal zurück auf mich, und behutsam drückt er die Türe zu.
Vor der Klinik fährt ein offener Jeep mit vier fremden Soldaten vorbei, jeder von ihnen in der Uniform eines anderen Landes. Vater winkt den Soldaten zu und sagt leise: „Meine Söhne wachsen in einem freien Land auf, in Frieden."
Die Soldaten winken zurück, alle vier.
Vater macht sich auf den Heimweg, hat ein gutes Stück zu gehen quer durch Wien, beschwingt schreitet er durch die Straßen, überall rot-weiß-rote Fahnen, da und dort ein Baum in Blüten, Zeitungsverkäufer rufen: „Sonderausgabe! Alles über den Staatsvertrag. Österreich ist frei!"

Es zieht mich weiter. Ich sehe die Stadt von oben, sehe Lücken in den Häuserreihen, Sprünge in den Wänden, notdürftig geflickt, an vielen Häusern wird gebaut, meist mit bloßen Händen zugepackt.

Wie im Zeitraffer laufen Menschen hin und her, Männer in grauen Jacken oder schäbigen Mänteln, Frauen in farblosen Kleidern, fast alle zu Fuß unterwegs. Tagelang sehe ich auf das Kommen und Gehen, unterbrochen von Nächten ohne Beleuchtung, da ist die Stadt ausgestorben.
In der Morgendämmerung erkenne ich ein sechsstökkiges Haus, direkt unter dem Dach zwei Doppel-Fenster geöffnet, gelblich-weiße Vorhänge senken sich in das Halbdunkel eines kahlen Raums.

Meine Eltern recken sich schläfrig in einem Doppelbett aus schwarzem Holz, Mutter hat ihre brünetten Haare hochgesteckt, ihr schmales Gesicht hebt sich kaum von der milchigen Farbe der Bettwäsche ab.
„Ein kräftiger Bursche, unser Raphael", sagt Vater und dreht sich hin zu Mutter, „ein paar Tage alt und ein Organ wie ein Großer!"
Ich schreie. Mein ganzer Körper krümmt sich, mit Armen und Beinen kämpfe ich gegen die Leere, alles in mir ist feurig wund, niemand kommt mir zu Hilfe, ich schreie, schreie aus Leibeskräften, bis ich erschöpft in den Schlaf sinke.
„Ja, der kann schreien", sagt Mutter. „Bald wird er sich an den Rhythmus gewöhnen. Am Tag klappt's ja auch schon ganz gut, dass er vier Stunden durchhält. Die Nacht ist halt noch ein bissl lang für ihn."
„Ja, Elsa, du hast Recht."
„Unser Erstgeborener ist auch erst ein Jahr alt und schon so brav, schau, wie ruhig er schläft."
Mutter deutet auf zwei kleine Gitterbetten an der gegenüberliegenden Wand, die weiße Farbe der Holzstäbe ist an vielen Stellen abgeblättert. Im Gitterbett

neben mir streckt mein Bruder die Hand aus, ein kleines Seufzen, für eine Weile ist alles still.

Vater streicht sich die schwarzen Haare aus der hohen Stirn, leise fragt er:
„Wie spät ist es?"
„Halb sechs. Bald ist Zeit, den Kleinen zu stillen. Wann gehst du heut auf die Uni?"
„Erst gegen Mittag."
„Kannst du denn daheim lernen, wenn unsere zwei Buben abwechselnd schreien? Es wär' so wichtig, dass du bald fertig wirst mit dem Studium!"
„Mach dir nicht so viele Sorgen, wir schaffen das schon. Der Herrgott hat uns zwei Söhne geschenkt, er wird bei uns sein. Bald wird alles leichter für uns."
„Ich bin glücklich mit dir, Hannes!"
Meine Eltern schmiegen sich aneinander. Ein paar Meter von ihnen liege ich allein, unendlich weit entfernt von allen lebendigen Wesen.

Die Betten rücken auf die Seite, getäfelte Tür-Flügel öffnen sich lautlos, geben den Blick frei auf einen zweiten Raum, gleich groß wie das Schlafzimmer. In der hinteren Hälfte des Raumes umringen zwei abgenützte Lehnsessel und eine Auszieh-Bank einen Tisch, vorne, unter dem linken Fenster ein Schreibtisch voll Bücher und Hefte. Vor dem zweiten Fenster zeigt eine Kiste aus rohen Brettern ein paar Bauklötze. Langsam nehmen zwei Kleinkinder Gestalt an, mein Bruder Matthäus und ich sitzen in der Ecke des Zimmers.

Eilig kommt Mutter herein, wirft uns einen Blick zu, verteilt Gläser und Teller auf dem Tisch, läuft wieder

hinaus. Ich krabble zum Tisch, am Tischbein schaffe ich es, mich hochzuziehen, da oben ist dieses glitzernde Ding, das Mutter gerade hingestellt hat. Wackelig stehe ich auf den kleinen Beinen, ziehe das Ding zu mir her. „Nein!" sagt Mutter hinter mir und schlägt mir auf die Finger.
Ich weine, verstehe nicht, rutsche zurück auf den Boden, eine Zeit lang starr, ohne Bewegung.
Nochmals krabble ich los, mein Blick fällt auf Vaters Schreibtisch. Glucksend schiebe ich mich dorthin, stemme mich nach oben, ganz vorne liegt es, was mein Vater immer in die Hand nimmt. Ich strecke die Hand aus.
„Nein!" Ich schreie auf, brülle. Mutter zieht mich weg, schlägt mir noch zweimal auf den Po. „Nein, nein! Die Füllfeder gehört Vati, die braucht er zum Lernen!"
Weinend strecke ich Mutter mein Gesicht entgegen, brabble ihr etwas zu.
„Ja, Bussi, Bussi", sagt Mutter seufzend, „aber du musst brav sein. Dort drüben sind deine Spielsachen."
Dort drüben sitzt Matthäus am Boden, einen Holzbaustein in jeder Hand, dahinter das hohe Fenster. „Nein, nein!", sagt mein Bruder, als würde er Mutter Recht geben.

Der Blick aus dem Fenster zieht mich über die Dächer der Stadt, die Häuser kreisen um meinen Kopf und verblassen.
„Das alles ist Jahrzehnte her, es könnten ebenso gut tausend Jahre sein, und noch immer wirkt es wie eine Last", sage ich vor mich hin.
„Das Gewicht der ersten Jahre ist zäh", wiederholt das Echo aus dem Nichts.

Ein zorniger Schrei durchbrach die Leere: „Sie sind ihm direkt drauf gefahren!“ War das die Stimme meines Sohnes?
„Er ist plötzlich vor mir gelegen, wie hätt ich da bremsen können!“ Eine fremde Stimme, verzweifelt.
„Die Rettung, so schnell es geht!“
„In zwei Minuten bin ich beim Gasthof, ich lasse den Notarzt rufen!“ Die Stimme entfernte sich rasch. Jemand machte sich an meinem Kopf zu schaffen.

Ich falle, falle und schwebe. In der Weite des Universums kommt ein Licht auf mich zu.
Das Licht brennt im Wohnzimmer des sechsstöckigen Hauses, eine Stehlampe wirft ihren matten Schein auf das grün-weiße Muster der Ausziehbank. Mein Bruder hält sich an der Bank fest, seine Augen Hilfe suchend auf Mutter gerichtet. Ich spiele am Boden mit einem rotgelben Holzlastwagen.
„Noch einmal von vorne, Matthäus, mein Großer!“, sagt Mutter zu meinem Bruder, eindringlich betont sie jedes der Worte: „Jesu Kindlein – komm zu mir, – mach ein frommes Kind – aus mir. Mein Herz – ist klein – darf niemand hinein – als du, mein liebes Jesulein.“
„Esuginlein gommumia“, sage ich zum Lastwagen und wiederhole das Sprüchlein bis zum lieben ’esulan.
„Raphael, mein Herzibinki! Du kannst das schon? Du hast dir das schneller gemerkt als dein großer Bruder!”
„Darf ich jetzt spielen gehen?“ Matthäus schielt auf mein Spielzeugauto.
„Einmal noch, alle drei miteinander!“ Gemeinsam wiederholen wir das Sprüchlein vom „Esulan“, und ich schaue das Eselein, das vorne auf meinem Bilderbuch aufgemalt ist.

Es kommt Besuch, Hubert und Michael, Mutters Brüder, einer von den beiden mit seiner Verlobten. Mutter hat einen Gugelhupf gebacken. „Hannes kommt später", sagt sie und hebt den Kopf ein wenig, „seit er die Anstellung als Arzt hat, ist er fast nur mehr im Spital."
„Jaja", meint Hubert, „er macht eben alles hundertfünfzig-prozentig. Er wird es noch weit bringen! Wenn man bedenkt, dass er als Bauernsohn in das zerbombte Wien kam, ohne einen Groschen Geld!"
Mutter lächelt und verteilt den Kuchen auf die Teller, aus der Spielecke sehen wir zu, ich und mein Bruder. Da ruft mich Mutter, ich soll kommen, das Gedicht aufsagen, das sie mit meinem Bruder gelernt hat. Schnell richtet sie mir die Haare, zupft meinen Pullover zurecht und ich plappere das Sprüchlein herunter, ohne zu wissen, was ich da sage. Alle lachen.
„Erstaunlich, in diesem Alter!"
„Sensationell! Er ist eben der Sohn einer Lehrerin."
Mutter strahlt und ich bekomme ein Stück Kuchen.
„... mein liebes Jesulein", sagt Matthäus in der Spielecke. Mutter ruft ihn zur Jause, doch er wird nicht mehr gefragt, was er denn gelernt hat.
Ein stechender Schmerz unterbricht Mutters Freundlichkeit.
„Geschlagen und dressiert", rufe ich, „kann man sich mit den Schlägen der Mutter versöhnen?"
„All das", klingt es irgendwo, „hat dich zu dem gemacht, der du bist."
„Das meiste davon hatte ich vergessen, es ist mir fremd, als hätte es nichts mit mir zu tun."
„Das Vergessene und das Erinnerte, die beiden gehören zusammen." Die Worte treten hervor und formen Vaters Schreibtisch.

„Gott hat dir Talente gegeben“, fährt Vater mich an, „aber du lässt sie verkommen! Du bist begabt, du könntest so gut lernen, doch jetzt, wo es darauf ankommt, bist du ständig am Versagen. Was wird aus dir werden?“
Ich ziehe den Kopf ein, will am Klavier vorspielen, doch Vater sagt, ich solle üben, wenn ich allein sei, das Geklimpere vertrage er nicht.

Heftige Stöße drückten auf meine Brust. Aus der Ferne hörte ich meinen Sohn Hermann rufen:
„Hey, Dad, kannst du mich hören? Schau mich an!“ Seine Stimme war zittrig.
Ich bemühte mich, die Augen zu öffnen, sah ihn vor mir knien, sah ihn als jungen Mann mit kantigem Gesicht, mit dunklen Haaren, dunklen Augen. So ähnlich hatte ich ausgesehen, so hatte mein Bruder ausgesehen, so hatte Vater ausgesehen.
„Dad, du schaffst das, halte durch, die Rettung ist gleich da!“ Er hielt mich, drückte etwas auf meinen Kopf, unter mir der Schnee, roter Schnee.

Ich tauche ein in das Blut, rote Kreise umspülen mich, fragen nach meinem Leben.
Da treibt es mich weiter, weit, weit zurück in der Zeit, bis in ein winziges Dorf.

Vater

Schnee lastet auf den Schindeldächern der vier Bauernhöfe, die sich vor dem Gebirge ducken, mit Mauern aus rohen Steinen und Holz. Einer der vier liegt nahe am Hang, im Inneren des Hofes dampft der Misthaufen. Der Berg aus Kuhfladen wächst, als die junge Bäuerin den Stall ausmistet, Schaufel für Schaufel den Dung hinausträgt, keuchend nach oben wirft. Schweiß tropft auf ihren löchrigen, mehrfach geflickten Rock, aufgenähte Stoffreste fügen zusammen, was haltlos auseinanderfallen möchte. Ein schwarzes Kopftuch hilft, den Knoten geflochtener Haare hinter dem Kopf zu halten. Die Frau ist jung, fast noch ein Mädchen, ihr Gesicht hart und verschlossen.
Sie hat die Kühe gemolken, Schweine und Hühner gefüttert, die beiden Pferde getränkt, und nun, da sie mit dem Ausmisten fertig ist, geht sie in die Stube, wo die Altbauern schon sitzen. Eine einsame Kerze flackert auf dem groben Tisch aus Kirschholz, es ist Zeit für die Suppe, wortlos setzt sich die Jungbäuerin dazu. Sie soll den Hof erben von den Alten, die kinderlos geblieben sind. Die Alten, das sind ihre Tante und deren Mann. Vor sieben Jahren hat sie den Bauernhof der Eltern verlassen müssen, da hat diese schlimme Zeit

begonnen. Sie hat schon daheim fest mit anpacken müssen bei der Feldarbeit, Gras mähen, Getreide und Kartoffeln einbringen, melken und ausmisten. Doch gemeinsam mit ihren sieben Geschwistern war das etwas anderes, oft fröhlich und leicht. Sie hat Rotz und Wasser geheult, als sie weg musste von daheim, zum Hof der Tante. Sie war vierzehn, damals hat der Weltkrieg begonnen, seither schuftet sie jeden Tag von vier Uhr früh bis zum Schlafengehen. Nur am Sonntagvormittag ruht die Arbeit für den Kirchgang.

Das Tischgebet übertönt das Summen der Fliegen, drei Löffel tauchen ein in die Schüssel. Beim Essen wird nicht geredet, und die junge Frau vermeidet es, den Altbauern, ihren Onkel, anzusehen. Unter der Schürze ballt sie die Faust, wenn sie ihm gegenübersitzt, er ist ein böser, böser Mensch, und sie will nicht daran denken, was er mit ihr gemacht hat, damals, als sie mit ihm allein gewesen ist, weil die Tante geholt worden ist, dem kranken Steinberger zu helfen.

Die Tante legt den Löffel weg: „Es wird Zeit, dass du heirat'st, Rosi! Der Bub vom Nachbarn, der Jakob, der würd' dich nehmen, wir haben das schon aus'gredt."

Rosi tut, als wäre sie überrascht. „Na, wennst' meinst, Tante!"

„Ist besser, du heiratest schnell", murmelt der Altbauer, „wer weiß was für Zeiten noch kommen, jetzt nach dem Weltkrieg, wo Österreich zerfallen ist und kein Kaiser mehr da ist."

Rosi lächelt, als sie vom Tisch aufsteht um das Kochgeschirr zum Brunnen hinauszutragen, doch sie achtet darauf, dass der Alte ihr Gesicht nicht sehen kann, gerade wenn sie fröhlich ist, will sie nichts mit ihm zu tun haben.

Draußen in der Welt beginnt das Jahr 1922. Frühling und Herbst bringen die schwerste Arbeit, da packt der Jungbauer schon mit an auf Rosis Feldern, ein glühend heißer Sommer zieht durch das Land, einige der Ältesten im Dorf sterben, nur ungern unterbrechen die Bauern ihre Arbeit für ein Begräbnis.

Nebel hängt in den kahlen Bäumen rund um den Hof. Unruhig werfen die Kühe den Kopf hin und her, als der Bauer den Stall betritt.
Täglich wird sie um dieselbe Zeit gemolken, heute ist es später geworden. Der junge Mann streicht sich den Schnauzbart, stellt einen verdreckten Schemel vor die erste der fünf Kühe, den Bleicheimer darunter, setzt sich und beginnt zu melken. Die Kuh schlägt mit dem Schwanz und muht, als wollte sie protestieren. „Ja", sagt der Bauer zu ihr, „ich weiß, Melken ist Frauenarbeit, aber mei' Rosi liegt in den Wehen."
Der Mann hat den Stall ausgemistet und die Milch in die Küche getragen, Rosi steht am Herd. In der Stube schreit das Neugeborene. „Ein Bub ist's", sagt die Hebamme zum Bauern.
„Is' recht", antwortet dieser, nimmt das Kind hoch, hinter dem Schnurrbart lächelt er: „Morgen wirst 'tauft, dann weißt, wie du heißt."
„Jakob, die Ferkel warten", ruft Rosi, „mach weiter mit deiner Arbeit." Rasch legt der Mann das Kind hin und geht in den Stall.
Vom Hof kann man bis zur Kirche sehen, doch mit dem Baby brauchen sie fast zwei Stunden bis nach Schwendendorf. Rosi geht langsamer als sonst, Jakob trägt seinen Sohn auf dem Arm, einen Tag alt, eingehüllt in dicke Tücher.

„Wird bald Schnee geben", sagt Jakob, als sie losstapfen, um hinunter zum Bach, durch den Wald, und dann hinauf zur Kirche zu gelangen.
Der Pfarrer und der Taufpate warten schon, ein Ministrant mit fleckigem Gesicht steht hinter ihnen, jeder Schritt hallt in der kleinen Kirche. Der Taufbrunnen steht seitlich vom Altar, dahinter ein dunkles Gemälde, Gott Vater blickt aus dem Himmel direkt auf den Taufbrunnen.
„Gelobt sei Jesus Christus! Der Herr hat uns die Taufe geschenkt, um aus Heidenkindern Christen zu machen und sie vor dem Feuer der Hölle zu bewahren. Ihr, die ihr junge Eltern seid, leitet das Kind auf dem rechten Weg weiter, führt es nicht in Versuchung! Die Brust der Mutter ist ein Werk des Teufels, das Stillen der Kinder weckt schon deren Begierde. Widersteht den Trieben des Fleisches! Widersagt ihr dem Teufel?"
„Wir widersagen!"
„Und allen seinen Verführungskünsten?"
„Wir widersagen."
„Ich taufe dich auf den Heiligen Johannes, im Namen des Vaters, des Sohnes und des Heiligen Geistes. Amen."
Als die jungen Eltern vor die Kirche treten, schreit der kleine Christ nicht anders, als er vor der Taufe geschrien hat. Wortlos geben sie dem Ministranten ein paar Eier und ein Stück Speck für den Pfarrer. Mit einem halblauten „Vergelt's Gott" läuf dieser in die Sakristei. Das Paar macht sich auf den Heimweg, der kleine Hannes schläft ein, als sein Vater ihn aus dem Dorf trägt.
„Hast g'hört, was der Pfarrer g'sagt hat übers Stillen?"
„Natürlich hab ich's g'hört, was fragst denn da. Hol

mir die zwei Schülerdirndl vom Nachbarn. Ich mach das schon."
Daheim setzt sich Rosi ins hintere Eck der kleinen Küche, ihre Brust schmerzt, der kleine Hannes schreit. Jakob zieht das Sonntagsgewand aus, die löchrige Arbeitshose an, schlüpft in die Holzpantoffel und geht in die Scheune. Rosi drückt an ihrer Brust herum, lässt ihre Milch in die Schüssel tropfen.
Die Nachbarmädchen kommen, Rosi hat die Schüssel halb voll.
„Da habt's einen Löffel, gebt's dem Buben die Milch. Dann nehmt's den Leiterwagen und fahrt's mit ihm vor der Haustür hin und her, bis er schläft. Da ist ein Polster, und mit der Deck'n da deckt's ihn zu."
Rosi geht hinaus in den Stall. Kurz darauf hört sie die Holzräder des Leiterwagens knirschen, die Mädchen wissen, dass sie tun müssen, wie es ihnen befohlen ist. Hannes schläft nicht gleich ein, er strampelt, die Decke rutscht auf die Seite, da schlägt ihn das größere der beiden Mädchen.
„Dummer Bub!", ruft sie und bindet die Decke an den Sprossen des Leiterwagens fest.
Am Abend kommt Rosis Tante, die seit dem Tod ihres Mannes im hinteren Teil des Hofes wohnt, in die Stube. Sie nimmt den kleinen Hannes in die Arme, trägt ihn herum, und im Rhythmus ihrer schwerfälligen Schritte singt sie: „Bist mei Herzkratzerl, bist mei lieber Bua, du sollst fein schlafen, kumm, i' deck di' zua."
Rosi sitzt in der Küche und bereitet das Futter für die Schweine, dumpf scheppert der Blechkübel, als sie die Kartoffel hineinwirft.

Gnade

Ich fiel, mein Kopf dröhnte und brodelte wie ein Vulkan. Undeutlich spürte ich Hände auf meinem Gesicht, hörte die Stimme meines Sohnes:
„O.K. Dad, die Rettung ist jetzt da.“
Ich versuchte zu lächeln, mein Mund gehorchte mir nicht. Das Lächeln entglitt mir, wuchs und führte mich zurück in die dämmrige Stube meiner Großmutter.

Sobald Hannes einen Rechen halten kann, muss er mitarbeiten wie ein Knecht, der Rosis Kommando folgt. Die Altbäuerin, Rosis Tante, die hat ihn ins Herz geschlossen, beim Essen gibt sie ihm die besten Bissen, verstohlen bedankt sich Hannes. Der Tisch wird abgeräumt, die Teller zum Brunnen getragen. Hannes setzt sich vor den Ofen, schiebt die herumliegenden Wäschestücke auf die Seite, mit leuchtenden Augen nimmt er Kreide, Lineal und eine kleine Schiefertafel aus einem Stoffbündel und beginnt Buchstaben zu malen. Den Kreidestift hält er in der Linken. Rosi kommt herein, wischt sich die Hände in der Schürze ab, missmutig blickt sie auf Hannes:

„Herr Gott noch einmal, was schreibst denn mit der schlechten Hand, sofort nimmst' die Rechte, dummer Bub!"
Hannes probiert es mit der Rechten, die Hand will ihm nicht gehorchen, wie von selbst greift die Linke nach dem Schreibgerät. Rasch schlägt Rosi zu, das Lineal saust auf die Hand des Buben, er schreit auf, lässt die Kreide fallen.
„Zum Teufel mit der schlechten Hand, Unglück bringst, wennst' mit der schreibst!"
Rosi setzt sich neben das Kind und jedes Mal, wenn seine Linke nach dem Stift greift, klopft sie ihm mit dem Lineal auf die Finger. Hannes unterdrückt das Weinen, bemüht sich solange, bis seine rechte Hand ihm gehorcht.
Mit der linken Hand zu schreiben, das muss Rosi ihrem Sohn austreiben, so wie sie den Fuß eines Ziegenbocks vor der Haustüre eingräbt, mit Weihwasser den Gemüsegarten besprengt oder sich bei einem Gewitter bekreuzigt. „Der Teufel wart' nur drauf, dass wir nicht auf der Hut sind!"
Der Kampf gegen das Böse ist auch ein Kampf gegen die Bosheit der Tiere, Tiere werden mit Flüchen angetrieben. Wenn ein Pferd am Pflug zu langsam wird, wenn eine Kuh beim Melken auf die Seite rücken soll, wenn Schweine quiekend am Schlachttrog vorbeilaufen wollen, wird hart zugeschlagen.
Hannes lernt gerne, die Schule gibt wenig her für seine Neugierde, doch genug um diese zu nähren. Er träumt davon, Missionar zu werden, andere, ferne Welten zu sehen, Gutes zu tun. Die Stube ist voll von Geschwistern, er ist der Älteste, hat tüchtig mit anzupacken und niemanden, der ihm zuhört.

Doch da ist ein Bruder seiner Mutter, der im Priesterseminar studiert und, wenn er Ferien hat, Berge besteigt. Einer in der Familie soll Gott gehören. Der Onkel nimmt Hannes mit in die Berge. Rosi schimpft zwar, wenn ihr Bruder mit ihrem Sohn aufbricht, um einen der nahen Gipfel zu erwandern, doch neben dem Gott geweihten Mann ist sie machtlos.

„Auch Jesus ist mit seinen Jüngern auf Berge gestiegen", sagt er, „der Herrgott hat uns Gesundheit geschenkt und Augen, damit wir seine Schöpfung sehen können, heute ist Sonntag, der Hannes kommt mit mir."

„Ich möchte auch mit", rufen die jüngeren Schwestern.

„In ein paar Jahren vielleicht", der Onkel sieht die beiden Mädchen freundlich an. „Putzt euren kleinen Brüdern die Nasen und helft's eurer Mutter bei der Arbeit, am Abend sind wir wieder da."

So geht er mit Hannes davon, der muss sich anstrengen, um Schritt zu halten, die Schuhe, die ihm der Onkel geschenkt hat, sind noch etwas zu groß. Es sind seine ersten guten Schuhe, im Sommer laufen Kinder und Jugendliche barfuß, im Winter in Holzpantoffeln, richtige Schuhe für Kinder, das ist etwas Besonderes.

„Du, Onkel, der Sepp vom Birnbaumer ist wieder da, er sagt, er war in London, drüben über dem Meer, eine Stadt so groß wie bei uns das ganze Land."

„Hast' geredet mit ihm, Hannes?"

„Freilich hab ich g'redet mit ihm, was der alles zu erzählen hat!"

„Da wird dei' Mutter keine Freud haben, wenn'st zum Birnbaumer gehst, die sind doch verfeindet, weißt schon, wegen dem Streit, wo die Grundgrenze ist im Wald, und man sagt, die Birnbaumer wollen, dass der Hitler von Deutschland auch nach Österreich kommt."

„Ich weiß schon, aber der Sepp, der bleibt nicht bei uns im Dorf. Die Mutter sagt, dass er die Arbeit scheut, aber der Sepp hat schon mitgearbeitet beim Eisenbahn bauen."
Stundenlang wandern die beiden weiter, ohne ein Wort zu sagen. Als sie beim Gipfelkreuz ankommen, sprechen sie ein Gebet und schauen über Berge und Wälder, in der Ferne blinkt ein See in der Sonne.
„Du Onkel, ich möcht auch mal weg vom Dorf, weit weg in die Welt. Ich werd' Priester, so wie du, und dann geh' ich in die Mission!"
Ein paar Sekunden lang sehen sich die beiden in die Augen.
„Ich weiß, was du willst, Hannes. Ich red' mit deinen Eltern, in einem Jahr könntest anfangen im Internat in Innsbruck."

Das Internat ist eine Welt für sich. Dort gibt es Gleichgesinnte und Streber und Dummköpfe und reichlich Gelegenheit zu träumen oder anderen Streiche zu spielen. Es gibt eine Bibliothek, dort verschlingt Hannes Bücher über Architektur und Fotografie, bald versteht er jedes Detail über Spiegelreflexkameras und über das Ausarbeiten von Bildern in der Dunkelkammer. Er schließt die Augen und fotografiert im Geist Landschaften, Städte, Gesichter im Internat und im Heimatdorf.
Latein und Theologie zu studieren klappt nicht so gut, sein Klassenlehrer warnt ihn: noch ein Nicht-Genügend und er muss die Schule verlassen. Doch dann kommt 1938 und der Nationalsozialismus nach Österreich, das Seminar wird geschlossen und Hannes wird wieder zum Knecht auf dem elterlichen Hof.

Daheim sind sie gegen die Nazis, gegen den Krieg, Jakob meint, dass die Nazis Unheil bringen werden, dass Hitler mit diesem geplanten Krieg zu Grunde gehen wird. Die Stube in Rosis Hof wird zu einem Treffpunkt für Bauern, die gegen Hitler sind, da wird über die Gottlosigkeit der Nazis gesprochen, über die Angst, verraten und verhaftet zu werden, und es wird überlegt, wem man noch trauen kann und wem nicht, denn auch Jakobs Brüder schwärmen von Hitler, Jakob geht ihnen aus dem Weg.
Hannes sitzt auf der Ofenbank und hört zu, wenn die Männer mit sorgenvollem Gesicht beisammen sitzen, er wird in den Keller geschickt, Most zu zapfen, wenn der Krug leer ist, der durch die Runde geht.
Ein „Politischer" bringt Rosi einen Orden mit Hakenkreuz, Auszeichnung des Führers für deutsche Mütter mit zahlreichen Kindern, sie wirft es sofort in den Ofen.
Jakob, zu Kriegsbeginn schon um die fünfzig, setzt sich für Familienväter ein, die wegen Kleinigkeiten ins KZ gekommen sind, schließlich braucht der Hof den Bauern, auch vermittelt er im Streit seiner aufbrausenden Frau mit Nachbarn, die Nazis sind. Für diesen Einsatz dankt ihm der Gauleiter, und er wird nie verhört oder inhaftiert, obwohl alle im Dorf wissen, dass er gegen das Regime ist.
Doch einmal lauern junge Nazis aus dem Nachbardorf Hannes auf, verprügeln ihn, wollen wissen, was daheim geredet wird. Er sagt kein Wort, bis sie ihn bewusstlos geschlagen haben. Da lassen sie ihn in Ruhe.

„Hannes, nimm die zwanzig Eier und bring sie zum Markt, wir brauchen ein paar Pfennig. Und wenn'st

z'rück kommst, gehst über'n Kirchenweg durch den Bockwald. Da, wo die drei großen Eichen beinand steh'n, da hab i' an Has'n versteckt, du weißt schon, im Loch unterm Stein." Rosis scharfer Befehlston füllt die Küche.
„Dass sie dich nicht erwischen beim Wildern, es ist a böse Zeit, es gibt keine Gnade mehr", murmelt Jakob.
Rosis Stimme wird noch schriller: „Ich weiß was ich tu', 'war noch fast finster, als ich unten war zum Futter mäh'n, da sieht mich keiner. Frisst ja auch unser Kraut, grad recht, wenn ich wieder einen erschlag. Pass nur du auf, wenn'st heimkommst mit dem Vieh."
Hannes wischt sich mit dem Handrücken die Spuren der Rahmsuppe vom Mund. Es kratzt schon ein bisschen auf der Oberlippe, seit ein paar Wochen rasiert er sich. Er nimmt die sorgsam in Tücher eingewickelten Eier und springt über die Wiesen, nimmt die Abkürzung über den Bach und bleibt auf den abgelegenen Feldwegen. Den Hohlweg vermeidet er, seit ihn dort Nazis verprügelt haben.
Als er zurückkommt, sitzt sein Vater mit ausdruckslosem Gesicht in der Stube, ein Schriftstück liegt vor ihm auf dem Tisch. Hannes steckt das Bündel mit dem Hasen hinter den Ofen. „Vater, was ist?" Wortlos schiebt Jakob das Papier hinüber.
„Einberufungsbefehl zur deutschen Wehrmacht" steht in altdeutschen Buchstaben darauf. Hannes zuckt zusammen. In der Küche hantiert seine Mutter mit Töpfen und Pfannen, laut und heftig klappert es, doch keiner sagt etwas, und auch die Geschwister bleiben stumm, bis es Zeit ist, schlafen zu gehen.
Hannes meldet sich zu den Hochgebirgsjägern und zunächst scheint es, als würde das Soldatenleben manche

von seinen Wünschen erfüllen: Bergsteigen, Reisen, Freundschaften. Er lernt Ski fahren, und er kommt nach Griechenland, sieht das Meer, die Akropolis, und während die Kameraden im Schatten ausruhen, bindet er sich die Revolvertasche als Sonnenschutz auf den Kopf und klettert auf den alten Steinen herum. Er sei ein Spinner, sagen die Kameraden, als er schwitzend zurückkommt.
Doch dann kommen sie an die Ostfront, da geht es ums Töten. Sie haben Befehl, die Feinde nahe herankommen zu lassen, um sicher zu treffen. Und sie sehen sie sterben, junge Männer, wie sie selbst, nur in russischen Uniformen. Grauenvolle Träume verfolgen Hannes in der Nacht, rauben ihm das bisschen Schlaf zwischen den Kämpfen. Er versucht zu rauchen, wie andere auch, sich zu benebeln – die Verzweiflung lässt sich nicht vertreiben und es ist lebensgefährlich, über Angst und Entsetzen zu sprechen. Toni, ein Kamerad, der oft neben Hannes marschiert ist, hat Zweifel am Sinn des Feldzugs offen ausgesprochen. Wegen Wehrmacht-Zersetzung ist er vom Militärgericht hingerichtet worden.

Die beiden Armeen liegen sich gegenüber, die Soldaten knien im Schützengraben, rund um die Uhr hagelt es Kugeln und Granaten. Panzer versuchen vorzupreschen, explodieren in ohrenbetäubendem Knall, immer wieder schlagen schwere Geschütze ein, hinterlassen tiefe Löcher in der Erde, Kameraden werden getroffen, zermalmt, zerrissen.
Hannes bewegt sich wie eine Maschine, er duckt sich, kriecht ein paar Schritte, feuert. Wenn er ein paar Minuten zur Ruhe kommt, zittert sein ganzer Körper vor

Überanstrengung und Angst. Eine Splittergranate schlägt knapp neben ihm ein. Ohne etwas zu spüren, sieht er sein Blut heruntertropfen, die Uniform verfärbt sich an mehreren Stellen, langsam lehnt er sich zurück und verliert das Bewusstsein.
Mit einem Kopfverband wacht er im Lazarett auf, beide Arme bandagiert, heftiger Schmerz pocht in der linken Schulter, ein Sanitäter sagt: „Der wird's wohl nicht schaffen."
„Ich will leben, ich überlebe!", schreit es in ihm. Diese Stimme ist stärker als der Tod und Hannes wird nach Deutschland zurücktransportiert, der Eisenbahnwaggon scheint ihm das sanfteste Bett, in dem er je geschlafen hat. Der Wille zum Leben siegt, die Wunden heilen, und mit der Genesung verliebt er sich in die Krankenschwester, die ihn in einem Münchner Krankenhaus pflegt, im anschließenden Heimaturlaub schreibt er glühende Liebesbriefe.

Verträumt sitzt er in der Stube seiner Eltern, sucht nach poetischen Worten und Bildern, um seine Gefühle für die Angebetete auszudrücken. Immer wieder muss er seine Geschwister verjagen, die wie lästige Fliegen um ihn kreisen. Rosi schimpft, dass er Zeit vergeude mit dummen Briefen, und im Vorbeigehen bemüht sie sich zu lesen, was ihr Sohn da so schreibt.
Sehnsüchtig wartet Hannes auf einen Antwortbrief, und als dieser kommt, geht er damit hinter die Scheune, um ihn in Ruhe zu lesen. Mit klopfendem Herzen reißt er den Brief auf und erstarrt.
„Lieber Hannes! Bitte schreib mir nicht mehr. Ich muss Abschied nehmen von dir, wir passen nicht zusammen", steht da.

Regungslos bleibt er sitzen. Ein Bündel Holz unterm Arm geht die Mutter vorbei, mit scharfem Blick sieht sie ihren Sohn an, nickt und geht ins Haus.

Nach der Genesung meldet er sich als Sanitäter, lernt Wunden versorgen und, wieder an der Ostfront, mitten im Grauen des Tötens und Sterbens, rettet er Leben. Er sieht zerfetzte Leiber, heulende Männer, sinnlose, unmenschliche Gewalt, noch im Rückzug Zerstörung und Grausamkeit. Irgendwie überlebt Hannes, einer von wenigen, mit Narben von Streifschüssen und Granatensplittern.

In den letzten Tagen des Krieges, die deutsche Armee ist schon weit zurückgewichen, wird die Einheit eingekesselt, in der Hannes dient. Er weiß, Gefangene werden in Sibirische Bergwerke verschleppt, die Deutschen selbst haben russische Gefangene verhungern lassen. Bevor sich der Ring der Russen endgültig um sie schließt, rennt er zwischen den Feinden hindurch, und ein Wunder sorgt dafür, dass keine der Kugeln ihn trifft. Er rennt durch Wälder, über Berge, rennt nächtelang, am Tag versteckt er sich, immer bedacht, nicht gesehen zu werden und jede Siedlung, jede Begegnung zu vermeiden.

Völlig erschöpft, ausgehungert, mehr ein Gerippe als ein Mann, schafft er es in die Heimat. In einem Bauernhof, ähnlich dem der Eltern, wagt er, um Essen zu bitten. Die Bäuerin hilft gerne, gibt ihm Suppe, doch er kann nichts behalten, erbricht das ersehnte Essen. Ein Stück hartes Brot, kaum dass er es beißen kann, das kann er behalten, und die Bäuerin schenkt ihm noch einen halben Laib für die letzten Tagmärsche nach Hause. Hannes bedankt sich, die Bäuerin sagt, er soll sich in der Scheune versteckt ausschlafen, sie hat alte Kleider für ihn, die Uniform wird sie verbrennen. Dankbar verkriecht Hannes sich ins Heu, am nächsten Abend macht er sich wieder auf den Weg.

Da ist noch eine Grenze zu überwinden. Das Land ist aufgeteilt unter den Besatzungsmächten, an der Enns stehen sich Amerikaner und Russen gegenüber, hier droht noch einmal äußerste Lebensgefahr. Hannes beobachtet von fern eine Brücke, kontrolliert von Russen, drüben von Amerikanern, auch in der Nacht hält auf jeder Seite ein Soldat Wache. Noch einen Tag lang versteckt er sich im nahen Wald. Er versucht zu schlafen, doch sein Körper kommt nicht zur Ruhe, immer wieder schreckt er hoch, beim kleinsten Geräusch ist er hellwach. Endlich geht die Nacht ihrem Ende zu und er macht sich auf den Weg, schleicht sich die Böschung entlang, hängt sich unten an die Brücke, hantelt sich bis zur Mitte, dann klettert er nach oben. Den Blick nach hinten, auf die russische Wache, jeden Muskel bereit, notfalls ins eiskalte Wasser zu springen, geht er langsam mit erhobenen Händen auf die amerikanische Seite. Der Wächter des Westens grinst und lässt ihn gehen, niemand hat geschossen.
So kommt Hannes heim, sein Vater ist gerade am Holzmachen. „Grüß dich, Vater!"
Jakob sieht ihn an, setzt sich auf den Holzstoß, sagt kein Wort, kann nichts sagen, hat keine Worte für das Wunder.

Das ganze Land atmet auf. Auf den Bauernhöfen rund um Schwendendorf merkt man kaum, dass Österreich von fremden Soldaten besetzt ist. Hannes ist einer der

wenigen, die heimgekehrt sind, andere junge Männer, die er kennt, sind gefallen, vermisst, vielleicht in Gefangenschaft irgendwo in Russland.
Hannes hilft wieder mit am Hof, doch jetzt weiß er, was er will: Jede freie Minute lernt er und in weniger als einem Jahr kann er zur Matura *(Abitur)* antreten. In der Abschlussprüfung schreibt er einen Aufsatz zum Thema: „Begnadetes Vorrecht für Tausende zu leben – Lehrer, Priester, Arzt." Der Lehrer ist beeindruckt von der Leidenschaft, mit der Hannes schreibt, er ermutigt ihn, seiner Berufung zu folgen. Glücklich geht Hannes nach Hause.
Die Familie tritt an den Tisch, betet den „Engel des Herrn" und ein „Ave Maria", wie immer vor dem Essen. In der Mitte des fleckigen Tischtuchs steht eine Schüssel mit Erdäpfeln *(Kartoffeln)* und eine zweite mit Krautsalat, darauf ein paar gebratene Speckstückchen. Fleisch ist knapp nach dem Krieg.
„Gelobt sei Jesus Christus", so beendet das Familienoberhaupt das Tischgebet. „Amen", antworten Frau und Kinder im Chor. Geräuschvoll setzen sie sich, jeder nimmt sich eine Gabel.
Nach ein paar Bissen atmet Hannes tief durch: „Ich werd' Medizin studieren und Arzt werden."
Jakob lässt die Gabel sinken. „Bua, du spinnst, wie soll denn des gehen?"
„Noch nie ist einer von uns Bauern a Arzt word'n, sündhaft ist das, wenn einer so hoch hinaus will!" Rosis Stimme tut weh in den Ohren. „Hat dir des Luder in Deutschland den Kopf verdreht? Wann i' nicht dazwischen 'gangen wär mit mein' Brief, wärst schon verkommen in dera deutschen Stadt."
Hannes springt auf: „Du hast ihr geschrieben?"

Rosi schreit zurück: „Ich lass mir doch nicht von an schamlosen Weib in Deutschland den Sohn nehmen, die macht doch jedem Dummkopf schöne Augen, wann's nicht einmal Halt macht vor einem, der sich Gott versprochen hat und Priester werden soll. Das hab ich ihr g'schrieben, weil du's nicht verstehst."
Hannes stürmt aus der Stube, rennt in die Scheune, nimmt die Axt und macht Kleinholz, schlägt wieder und wieder auf das Holz ein, das splitternd in alle Richtungen auseinander fällt, die Schläge hallen über den Hof. Als er keuchend innehält, ist sein Gesicht nass von Schweiß und Tränen.
Er hört den festen Schritt seines Vaters hinter sich, doch er will sich nicht umdrehen, starrt auf den Berg Kleinholz rund um den Hackstock.
„Du wirst schon tun müssen, wie du meinst mit deiner Studiererei, aber du weißt schon, von uns kannst keinen Groschen bekommen. Und wir täten dich brauchen da für die Arbeit, das weißt du auch."
Hannes nickt, nimmt die Sense und geht zum Futtermähen aufs Feld.

Am Sonntag kommt der Onkel, der jetzt Pfarrer ist in einer nahen Gemeinde, wie damals vor dem Krieg nimmt er Hannes mit auf eine Bergtour. Dann schenkt er ihm einen gebrauchten Fotoapparat.
„Onkel, du bist der Beste! Wo hast denn den her?"
„Ein Glück war's, und du wirst ihn brauchen können. Vielleicht hilft's was für dein Studium."
„Die Nachbarn haben g'lacht und g'spott, wie's g'hört haben, dass ich a Dokter werd'n will."
„Ich weiß, in dir steckt mehr. Mach was draus, Bua!"

Hannes lernt, mit Fotografieren Geld zu verdienen, in der Dunkelkammer eines Studentenheimes Filme zu entwickeln und Bilder zu vergrößern. Aus dem ausgehungerten, vom Krieg gezeichneten Heimkehrer wird ein stattlicher Mann, und er hat Erfolg bei Frauen. Er verliebt sich in eine Studienkollegin, Freunde meinen, die beiden werden zusammenbleiben, doch irgendetwas hält Hannes zurück, und er beendet die Beziehung, ohne dass andere verstehen, warum.
Seine Tage sind ausgefüllt mit Lernen, Fotografieren und Dunkelkammerarbeit, in den Nächten schuftet er als Hilfsarbeiter in einer Bäckerei und mit Hingabe studiert er die Kunst der Medizin, endlich angekommen am Beginn eines neuen, hoffnungsvollen Weges.
So beginnt Hannes ein neues Leben, viele Zugstunden entfernt von seiner Heimat, in Wien.

Wien

Das Wort Wien kreist um mich und verflüchtigt sich in die Ferne, tröpfelt von meinem Kopf, durchbrochen von einem unangenehmen Licht.

„Wir hängen ihm eine Blutkonserve an. Wenn er bis ins Krankenhaus durchhält, haben wir gute Chancen“, sagte eine fremde Stimme. „Wie ist der Unfall passiert?“

„Er ist vom Schlitten gefallen und in der Mitte der Rodelbahn gelegen. Der, der hinter ihm kam, ist ihm direkt auf den Kopf geknallt." Das war die Stimme meines Sohnes, einen Augenblick lang konnte ich ihn sehen, er schwitzte, doch mir war eiskalt. Wieso schwitzte mein Sohn in dieser Kälte? Hatte er da eben von mir gesprochen?

Mein Sohn und ich, wir hatten es miteinander nicht leicht gehabt in letzter Zeit, zu viel Streit, zu viele Krisen. Zusammen waren wir den Berg hinauf gewandert, jeder mit einem Schlitten, er hatte mir erzählt, wie sehr er unter der Spannung litt. „Ich weiß“, hatte ich gesagt, „ich werde das jetzt anpacken.“ Dann waren wir losgefahren ...

„Können Sie mich hören? Machen Sie bitte die Augen auf!" Das war die Stimme einer Frau, vielleicht einer Ärztin. Mein Vater war Arzt, oder etwa nicht?
Was war mit meiner Mutter?
Wieder blendete mich dieses Licht, direkt vor meinen Augen. „Er schielt. Los! Wir müssen runter, so schnell es geht. Wir wissen nicht, ob er auch nach innen blutet. Funk sie an im Spital, sie sollen alles vorbereiten für eine Notoperation!"
Hastig wurde ich hochgehoben, das Schaukeln schmerzte, jede Erschütterung war Feuer in meinem Kopf.

Es zieht mich fort in die Wärme, rund um mich diese Frage nach meinem Leben.

Vor mir schwebt ein Foto mit Blütenrand, gelblich matt, die dunklen Stellen braun. Ich kenne das Bild, lange muss es schon in mir gewesen sein, so vertraut sind mir die Einzelheiten. Fünf sorgsam gekleidete und penibel frisierte Kinder, vier Buben und ein Mädchen, sitzen vorne im Bild, alle sehr ernst, wie Statuen aus Stein. Hinter den fünf Kindern stehen fünf Erwachsene, ein Mann und vier Frauen.
Das Mädchen, vielleicht sechs Jahre alt, steckt in einem weißes Kleid, sie sieht mich traurig an. Ich betrachte es lange, da höre ich es sprechen:
„Ich werde deine Mutter sein. In den glücklichsten Jahren meines Lebens wirst du geboren."
Ihre vier Brüder bleiben stumm, sie sagen nichts.
Das Foto, das da auf mich zugekommen ist, ist eines der ersten aus dem Fotoalbum meiner Mutter. ‚Wien, 1934', steht darunter. In der Mitte des Bildes erkenne ich Großvater Fritz, ein kleiner Mann mit traurigen

Augen hinter den dicken Brillen, neben ihm seine Frau Hermine, seine ältere Schwester Walpurga und die beiden jüngeren Schwestern meines Großvaters, eine der beiden in der Tracht einer katholischen Nonne. Alle anderen tragen das Beste, das sie besitzen.
Mutter dreht sich zu Großvater und sagt: „Ich habe gelitten unter deiner Strenge und deinen sadistischen Strafen."
Großvater zittert, blickt hilflos um sich. Hinter ihm tauchen seine Eltern auf, dahinter weitere Gestalten, undeutlich verlieren sie sich ins Dunkle. Ich blicke ihre Reihen entlang, ohne Gesichter zu erkennen, hinter denen, auf die ich sehe, kann ich noch andere Menschen erahnen, bis ins Unendliche. Manche stützen die, die vor ihnen stehen, alle geben und nehmen, ohne dass ich sehen kann was.

Der Mann hinter Großvater Fritz krempelt die Ärmel seines Hemdes auf. Er sei mein Urgroßvater, sagt er, geboren 1871 in Wien, das Jahr, in dem Bismarck Reichskanzler wird im deutschen Kaiserreich. Er selbst hat ein gutes Handwerk erlernt, Hufschmied, er meint, er sei ein angesehener Mann, auch für den Kaiserhof hat er einmal ein Pferd beschlagen. Er hat viel zu tun, doch seine Frau ist nie zufrieden und oft bestraft sie ihn mit eisiger Kälte. Er müsse fest arbeiten, sagt sie. Sie selbst ist im Waisenhaus aufgewachsen, ihre Kinder sollen es besser haben. Urgroßvater lässt den Kopf hängen, er wird grau, verschwindet in seiner Schmiede.
Das Feuer malt Schatten an die Mauern, lässt rötliche Zeichen auf dem Schwarz der Steine tanzen und zerfällt zu lodernder Glut. Urgroßvater tritt auf den Blasebalg, mit einer langen Zange steckt er ein Hufeisen in

die Glut. Er schwitzt, schwingt den Hammer auf das rote Eisen, Funken fliegen hoch, schwirren gegen die Lederschürze des Mannes. Das Eisen hält er prüfend gegen das Licht, dann taucht er es in einen Bottich mit Wasser, es zischt und dampft. Vor der Schmiede angebunden tänzelt ein schwarzes Pferd, Urgroßvater tritt hinter das Pferd, einen Augenblick lang hält er inne. Da schlägt das Pferd aus, trifft ihn am Bein, er schreit auf, taumelt nach hinten, Hammer und Hufeisen fallen ihm aus der Hand. Ein Arzt wird gerufen, der sagt, der Oberschenkelknochen ist getroffen worden, Bruch kann er keinen feststellen, die Quetschung wird heilen. Doch am nächsten Tag wird Urgroßvater von Fieber geschüttelt, zwei Wochen später stirbt er an Blutvergiftung.
Urgroßmutter nimmt den Platz ihres Mannes ein. Ihr Kleid wird fleckig, bekommt Löcher, tiefe Falten durchfurchen ihre Züge. Ihr Mann hat sie im Stich gelassen, sagt sie, sie und ihre Kinder. Die Familie sei verarmt ohne Mann im Haus, bettelarm sei sie geworden. Urgroßmutter beißt die Zähne zusammen: für ihre Kinder ist sie auf den Knien herumgekrochen, hat für sie schuftet, jeden Tag von früh bis spät. Als Zugehfrau bei besseren Leuten hat sie Böden geschrubbt, Wäsche gewaschen, Teppiche ausgeklopft und Dreck gewischt. Und sie hat es geschafft, alle vier haben die Handelsschule abgeschlossen, alle vier haben etwas Ordentliches gelernt, das ist ungewöhnlich für arme Leute kurz vor dem ersten Weltkrieg. Urgroßmutter stöhnt, jeder Kreuzer, den sie verdient hat, ihre gichtigen Hände, ihr kaputtes Kreuz und die entzündeten Knie, alles hat sie auf sich genommen, für ihre Kinder. Es sei kein Leben mehr gewesen ohne ihren Mann.

Die Klage der Urgroßmutter wirft einen Schatten auf die Kinder, auf Großvater Fritz, und auf seine drei Schwestern. Sie wirken verloren, nur die Älteste von den Vieren, Walpurga, blickt fest und streng. Ihr Gesicht ähnelt dem ihrer Mutter, die Haare straff nach hinten gebunden, die schmalen Lippen fest geschlossen. Walpurga stützt sich auf Großvater, macht einen unsicheren Schritt, unter dem langen Rock kommen ihre Füße zum Vorschein, unförmig plump. Sie wurde mit Klumpfüßen geboren, kann nicht richtig gehen. Als Kind hatte sie keine Freundinnen, denn immer wurde sie, die Humpelnde, verspottet. Es gab auch keine Schuhe, die ihr gepasst hätten, meist trug sie Schuhe der Mutter und stolperte. Als sie noch klein war, hat ihr Vater, der Schmied, sie an Sonntagen zur Kirche getragen. Er roch nach Feuer, und seine großen Hände waren immer ein bisschen schwarz, auch am Sonntag. Dann starb er, und niemand hat sie je wieder getragen. Nach dem Begräbnis ihres Vaters hörte sie die Leute reden, sie könne ja keiner Arbeit nachgehen, was wohl aus ihr werden würde.
Die Geschwister sind allein. Mutter kommt nur zum Schlafen nach Hause, sagt zu Walpurga, sie als Älteste muss auf ihre Geschwister aufpassen, auf Fritz und auf die beiden kleineren Schwestern. Walpurga muss für alle kochen, muss darauf schauen, dass sie brav lernen. Es ist schlimm ohne Eltern in der winzigen Wohnung, sie hat Angst, und oft hört sie die Nachbarinnen schimpfen, wenn sie auf dem Gang Wasser holt oder auf der Toilette sitzt, die alle im Stockwerk benutzen und immer ist es kalt in den beiden Zimmern.
Die Geschwister wollen ihr nicht folgen, doch Walpurga ist stärker, wenn sie vor ihr davonlaufen, kommen sie

nicht weit, das ist das Gute an der kleinen Wohnung. An den Haaren zerrt Walpurga die Geschwister dorthin, wo sie sie haben will, schlägt sie mit einem Stock, bis sie vor ihr auf die Knie gehen und alles tun, was die große Schwester von ihnen will. Und Walpurga schafft es, dass alle drei fleißig lernen. Auch dann, in der Handelsschule, haben sie gute Noten, sie selbst ist immer eine der besten in der Schule. Nur der Schulweg ist eine Qual für Walpurga. Gerne würde sie mit der Straßenbahn fahren, doch dafür haben sie kein Geld, und auf dem Schulweg laufen die anderen Kinder vorbei und rufen: ‚Humpelhexe, fang mich doch!' Sie beißt sich auf die Lippen und stellt sich vor, wie sie die Kinder einholt und verprügelt.

Großvater Fritz, klein, dünn, mit dicker Brille, duckt sich neben seiner Schwester Walpurga. Er blickt kraftlos zu Boden, sagt, er war noch sehr jung, als sein Vater starb. Doch er erinnert sich, dass er nicht in die Schmiede hinein durfte. Einmal gelang es ihm, Vater arbeitete am Feuer und sah Fritz nicht hereinkommen.

Eine Zeit lang sieht Fritz seinem Vater zu, dann entdeckt er eine Flasche mit Wasser. Er trinkt nur einen Schluck, doch das Wasser ist Feuer im Hals, er lässt die Flasche fallen und will schreien, doch es geht nicht. Der Vater springt hin, nimmt seinen Sohn hoch, schüttelt ihn, rennt mit ihm hinaus: ‚Er hat von der Säure getrunken!', schreit er. Lange muss Fritz im Bett liegen, er fiebert, regelmäßig kommt ein Arzt und spült ihm die Kehle. Die Stimmbänder sind kaputtgegangen, wenn er spricht, ist es heiseres Krächzen und er bleibt schwach und klein. Doch er überlebt, ein Jahr nach

dem Weltkrieg hat er die Handelsschule abgeschlossen. Österreich ist zerfallen, und es gibt nicht viel zu essen in Wien, viele, die es sich leisten können, haben Wien verlassen. Fritz hat Glück, als Buchhalter bekommt er eine Anstellung in einer Erziehungsanstalt für schwer erziehbare Kinder. So kann er selbst eine Familie gründen. Er findet eine Frau, die ihn heiratet, Hermine, eine Näherin. Die beiden haben vier Kinder, der Größe nach angeordnet, sorgsam gekleidet und penibel frisiert sitzen sie vor den Eltern.
Auch diese seine eigenen Kinder, findet Großvater, sind schwer zu erziehen, er hat ein schweres Schicksal.

Das Familienfoto löste sich auf, einen Augenblick lang spürte ich, dass ich getragen wurde.
„Macht schnell", sagte die Frauenstimme.
Ich sank zurück in die zeitlose Leere.

Mutter

Die traurigen Augen meiner sechsjährigen Mutter führen mich in einen kleinen Raum, eine nackte Glühbirne leuchtet schwach über dem Tisch. Mutter steckt in einem abgetragenen Kleid, das zu groß für sie ist, sie weint. Auch Hermine, ihrer Mutter, stehen Tränen in den Augen, sie hat ein Tüchlein auf dem Tisch ausgebreitet, legt ein Stück Brot hinein, ihre Hände zittern, als sie das Tüchlein zusammenschnürt.
Vier kleine Buben sitzen auf dem Boden, alle blicken ängstlich hinauf zu ihrem Vater, der in der Mitte steht und mit heiserer Stimme krächzt:
„Elsa, du musst gehen. Nur brave Kinder dürfen hier wohnen. Nimm dieses Stück Brot und schau, wer dich nimmt. Ich will keine schlimmen Kinder! Es wird dich auch niemand nehmen, niemand will böse Kinder, du musst schauen, wo du bleibst."
„Knie nieder vor deinem Vater, und bitt ihn um Verzeihung, versprich, dass du nie wieder schlimm sein wirst!" seufzt die Mutter.
Heulend fällt die kleine Elsa vor ihrem Vater auf den Boden, bittet dableiben zu dürfen.

„Ich will noch einmal Gnade vor Recht ergehen lassen. Zur Strafe knie dich dort auf das Holzscheit in die Ecke, bete den Rosenkranz, und erinnere dich daran, du sollst Vater und Mutter ehren!“
Elsa rutscht in die Ecke und beginnt schluchzend zu beten. Hermine öffnet das Bündel, das sie für die Ausgestoßene geknüpft hat, sie will vom Tisch aufstehen, doch die Beine gehorchen ihr nicht, mühsam stemmt sie sich hoch und wankt an den kleinen Herd, Fritz geht ins Kabinett, und in die kleinen Geschwister kommt wieder Bewegung, als sei ein Fluch aufgehoben, für kurze Zeit.
Irgendwo im Mietshaus plärrt Militärmusik aus einem Radio. Der Lausssprecher dröhnt metallisch, als der Sprecher berichtet, in Deutschland hat sich Adolf Hitler zum Führer des Reichs gemacht.

Schleichend kriecht Versteinerung in Hermine, die Beine versagen und bald auch die Arme. Die Kinder kommen an ihr Bett, sie erklärt Elsa, der Ältesten, was sie einkaufen und kochen soll. Dann wird Hermine ins Krankenhaus gebracht, nichts hilft gegen die Lähmung, zuletzt kann sie nur mehr den Kopf bewegen, sie weint, wenn die Kinder sie besuchen. Fritz befiehlt Elsa, für die Familie zu sorgen. Sie ist noch ein Volksschulkind, muss den Haushalt erledigen, auf ihre vier Brüder aufpassen und mit ihnen lernen. Tante Walpurga kommt jeden Tag, um nach dem Rechten zu sehen, sie gibt Anweisungen und kontrolliert. Jeden Abend betet Else: „Bitte lieber Gott, mach Mutti gesund.“
Elsa ist neun, als ihre Mutter stirbt. Steif geht sie hinter dem Sarg her, sie kann nicht beten, nicht weinen, nicht denken. Neben ihrem Vater humpelt Tante Walpurga,

dahinter kommen ihre vier Brüder. Wie eingefroren steht Elsa am Grab, und als der Sarg in die Erde gesenkt ist, wirft ihre Hand eine Schaufel voll Erde in die Grube, so wie es alle tun. Wortlos wandert die Familie nach Hause, wie durch einen trüben Schleier sieht Elsa die Straßen, überall hängen Fahnen mit Hakenkreuzen. Zu Hause wartet die Arbeit auf sie.

Bald nach dem Begräbnis muss Elsas Buder Karli ins Krankenhaus, er leidet an einer Ohrentzündung, die Entzündungen werden eitrig, die Ärzte seien hilflos, heißt es.
Die anderen Geschwister kommen in ein kirchliches Kinderheim. Dreißig Kinder stehen an einem riesigen Tisch, es wird gebetet, dann dürfen sie sich setzen, zu sprechen ist während der Mahlzeit verboten. „Jetzt esst endlich auf!" ruft die Klosterschwester, als die Kinder in der mehligen Tomatensoße herumstochern. Elsa sieht, dass ihre Brüder nichts hinunter bekommen. Die Klosterschwester nimmt den Topf mit Schokoladepudding, jedes Kind bekommt seine Portion Nachspeise, die Kleinen sind noch immer nicht fertig mit der Soße, da platscht ihnen die Klosterschwester den Pudding hinein in die Soße, und die Kinder müssen so lange sitzen bleiben, bis sie das braun-rote Gemisch aufgegessen haben.
Ein weißhaariger Mann betritt das Kinderheim. Er sei Elsas Großvater, der Vater ihrer verstorbenen Mutter, erklärt er der Oberschwester, er kommt Elsa abholen, sie kann ein paar Wochen bei den Großeltern wohnen. Elsa wird gerufen:
„Lieber, lieber Opa! Dürfen die Kleinen auch mitkommen? Sie müssen so oft weinen."

„Leider nicht", antwortet er, Omama und er seien alte Leute, da können sie nicht auf vier kleine Kinder aufpassen.
„Aber es sind ja nur drei, der Karli ist seit ein paar Wochen wieder im Krankenhaus!" Großvater seufzt, das ginge trotzdem nicht, sie haben gar keinen Platz, nicht einmal ein übriges Bett, Else wird ja mit im Ehebett schlafen.
Gemeinsam fahren sie mit der Straßenbahn, kerzengerade sitzt Elsa da und flüstert: „Mit Opa fahre ich bis ans Ende der Welt."
Am Ende der Welt folgt Elsa ihrem Opa zu einem winzigen Häuschen mit Garten, zwischen Erdbeerbeeten und Johannisbeerstauden umringen Blumen eine Statue des Kaisers Franz Josef.
„Wenn wir unsern Kaiser noch hätten, dann würd's anders aussehen in Österreich", seufzt der alte Mann, als sie an der Statue vorbeigehen. „Weißt du, dass ich genau an dem Tag geboren wurde, als die k. und k. Monarchie in Österreich und Ungarn ihr zehnjähriges Jubiläum feierte?"
„Ja Opa, das weiß ich!"
„Komm, ich habe eine Überraschung für dich."
Die Omama umarmt Elsa, es riecht nach frisch gebackenem Kuchen. „Sie wird unserer Tochter, Gott hab sie selig, immer ähnlicher", flüstert sie und wendet sich ab.
Opa legt einen Finger an den Mund, mit funkelnden Augen holt er ein Päckchen aus der Tischlade, eingeschlagen in ein rotes Tüchlein: „Für dich!"
„Danke, Opa! Darf ich es gleich aufmachen?"
„Ja, natürlich!"
Behutsam öffnet sie die Schnur, schlägt die Enden des

Tuches zurück und hält ein Büchlein in Händen: „Alle Tiere dieser Erde, gezeichnet für Elsa von ihrem Opa", steht darauf. Seite für Seite blättert Elsa durch das Wunderwerk, sieht Hirsche, Schweine, Nashörner, Fische, Ameisen, Löwen, Eisbären ..., alle mit Buntstiften gemalt und sorgsam beschriftet.
„Danke, danke, lieber Opa!" Das kleine Mädchen fällt dem alten Mann um den Hals, dieser streicht ihr unbeholfen über den Kopf und schnäuzt sich umständlich.

Elsa sitzt mit den Großeltern beim Frühstück, Tante Walpurga humpelt den Gartenweg heran, ihr Gehstock schlägt hart auf die Steine, Elsa zuckt zusammen. Mit fragendem Blick stehen die Großeltern auf. Noch in der Tür sagt Walpurga: „Der kleine Karli ist gestern gestorben, sie sagten ja schon, er wird nicht wieder werden."
Elsa rührt sich nicht, Walpurga setzt sich. „Ich war dabei, als er starb. Er lag ganz ruhig da, auf einmal macht er die Augen auf, lacht über das ganze Gesicht und sagt: 'Die Mutti war bei mir, die Mutti kommt mich holen!'"
Elsa springt auf: „Ich will auch, dass die Mutti mich holen kommt!"
„Dummes Ding!" schimpft die Tante, doch der Großvater zieht seine Enkelin zu sich, nimmt sie auf den Schoß, immer wieder schluchzt sie laut und heftig, als er sagt: „Nein, Mädchen, du bleibst bei uns, du musst dableiben, hörst du!"

Bald nach dem Tod seiner Frau heiratet Fritz noch einmal, doch die zweite Frau ist nicht viel mehr als eine Haushälterin, Chefin im Haus bleibt Tante Walpurga.

Immer wieder wird Elsa ermahnt, mit den Brüdern zu lernen, doch die Buben können sich kaum konzentrieren, vergessen das Gelernte wieder, bringen schlechte Zeugnisse heim. Fritz tobt, mit heiserer Stimme beschimpft er seine Tochter, zu nichts ist sie zu gebrauchen, am liebsten würde er sie wegschicken, er wünscht sich eine andere Tochter. Tante Walpurga gibt ihm Recht, solche Zeugnisse seien eine Tragödie für die Familie, was wird aus solchen Buben werden, sie selbst wäre längst als Bettlerin zugrunde gegangen, wenn sie sich nicht einen guten Schulabschluss erarbeitet hätte. Elsa verkriecht sich im hintersten Eck des Kabinetts, weint, betet, und beginnt ein Tagebuch zu schreiben. „Ich werde einen lieben Mann heiraten, der darf nicht streng sein und er muss mir versprechen, dass die Schule nicht so wichtig ist.“ Dreimal unterstreicht Elsa diese Sätze.

Zwei Jahre später schreibt sie auch über den Krieg, über die Einberufung junger Männer, die sie kennt, über das Verschwinden braver Leute, entsetzt, dass sogar Priester von den Nazis eingesperrt werden. Sie fragt sich, wieso der gütige Gott nicht mächtiger ist als die grausamen Menschen, die die ganze Welt in Angst und Schrecken versetzen. Ein guter Teil Wiens ist jüdisch, das sind meist angesehene Leute, jeder zweite Arzt ist Jude, plötzlich wird rundherum gegen sie gehetzt. Elsa hört die Nachbarn im Stiegenhaus schreien, dass Hitler mit diesem Pack schon aufräumen wird und bald wohnen dort, wo vorher jüdische Familien gewohnt haben, fanatische Nazis.
Fritz, als Soldat untauglich, wird mehrmals von der Gestapo verhört, weil er als „politisch unzuverlässig“

gilt. Täglich geht er in die Kirche, doch immer trägt er dabei die Uniform mit dem Hakenkreuz, die er als Staatsangestellter zu tragen hat. Als pflichtbewusster Beamter in der Verwaltung einer Erziehungsanstalt bleibt er letztlich verschont vom gnadenlosen Kampf der Nazis gegen Andersdenkende.

Im Radio werden deutsche Soldaten als Helden dargestellt, doch da ist dieser unheimliche Ruf eines Kuckucks, der immer öfter und verzweifelter feindliche Flugzeuge nahe der Stadt meldet. An ihrem sechszehnten Geburtstag hört Elsa, dass es den Alliierten gelungen ist, die Flugabwehr rund um Wien auszuschalten. Von da an kommen bei Luftangriffen dunkle Geschwader über die Stadt, die Bomben heulen, Wohnhäuser zerfallen zu Ruinen und Schutt. Manche Straßenzüge werden zur Gänze dem Erdboden gleichgemacht, die Überlebenden als Ausgebombte bezeichnet und anderen Häusern zugeteilt, auch viele von Elsas Schulkolleginnen müssen irgendwo Unterschlupf finden. Unterernährte Frauen, hungernde Kindern, ein paar alte oder als Soldaten untaugliche Männer müssen immer enger zusammenrücken zwischen den Trümmern, und ständig kommen Nachrichten von Gefallenen. Immer wieder füllt das Wort „tot" eine ganze Seite in Elsas Tagebuch, so etwa stellt sie sich die Hölle vor.
Immer hat sie etwas zum Lernen dabei, um die Zeit zu füllen, beim stundenlangen Anstellen um winzige Portionen halb verkommener Lebensmittel, oder bei Bombenalarm, wenn sie in den Luftschutzkeller muss. Dort ist es stickig und feucht, überall kauern Menschen am Boden, schwitzen vor Angst, jammern und schimpfen.

Elsa versucht sich auf ihre Englischvokabel zu konzentrieren, da geht das Licht aus.
„Verflucht, jetzt haben sie eine Stromleitung getroffen“, schimpft jemand, „alles machen's kaputt, die verdammten Schweine!“
Es ist unheimlich, die Leute in der Dunkelheit atmen und seufzen zu hören, halblaut beginnt Elsa einen Rosenkranz zu beten, betet unablässig, bis Entwarnung gegeben wird.
Statt Schulunterricht werden die Mädchen zur Trümmerarbeit eingeteilt, Elsa hilft aufzuräumen, was noch aufzuräumen ist. In den Häusern, die in der Umgebung der Bombeneinschläge liegen, sind die Fenster zersplittert, über allem liegt eine dicke Schicht Staub. Was heil geblieben ist, muss hinunter getragen werden und auf der Straße mit dem Wasser der Hydranten gewaschen werden. Elsa meint, die Finger werden ihr abfrieren dabei, so kalt ist es. Stundenlang arbeitet sie für eine Frau mit vier Kindern, um ein bisschen Ordnung in die kaputte Wohnung zu bringen. Danach klopft sie an einer Türe ein Stockwerk höher, da sitzen zwei alte Leute inmitten der Trümmer, die Deckenbalken hängen in den Raum, die Einrichtung beschädigt, kaum etwas ist heil geblieben in der Wohnung. Elsa sagt zu den Alten, sie müssen sich beim Blockwart melden, eine Unterkunft wird ihnen zugeteilt. Doch die beiden weinen, bleiben sitzen, sie werden nirgend woanders hin gehen. Elsa hockt sich zu den Alten, spricht ein Gebet, und bei ihrem „Vater-unser“, beginnen die Leute mit zu beten. Dann hilft Elsa ihnen aufstehen und begleitet sie zum Blockwart.
Am nächsten Tag muss Elsa in den Keller der Schule und nach dem Bombenangriff heißt es, die Pfarrkirche

ist getroffen worden, ihre Eltern und Brüder müssen dort im Luftschutzkeller sein. Panisch rennt sie zu dem Steinhaufen, der von der Kirche übrig geblieben ist, verzweifelt fragt sie Nachbarn nach ihrer Familie. Ein paar Frauen haben bereits begonnen, Steine auf die Seite zu räumen, sofort packt Elsa mit an, schleppt und schaufelt, ihre Hände werden wund, an mehreren Stellen blutet sie, sie spürt es nicht. Es dauert einige Stunden, bis der Kellerzugang freigeschaufelt ist, die Stahltüre geöffnet werden kann. Elsa hält den Atem an, jeder ihrer Muskeln zittert vor Anspannung und Erschöpfung. Die Türe ruckt, jemand hilft von innen mit, sie zu öffnen:

„Hier sind alle am Leben, der Keller hat gehalten!“ ruft Hubert seiner Schwester zu. Sie fällt ihm um den Hals, die anderen Brüder kommen heraus, umringen Elsa, immer wieder schluchzt sie: „Ich danke Gott und jedem Schutzengel, danke, danke, danke!“

Fritz tritt dazu, mit heiserer Stimme fragt er, ob jemand weiß, wo der Pfarrer ist. Rund um den Kirchplatz ruft man nach dem Pfarrer und dem Jugendkaplan, niemand weiß von den beiden. Am nächsten Tag findet man sie unter den Trümmern des Pfarrhauses, tot, sie haben es nicht bis in den Keller geschafft.

Gegen Ende des Krieges ist auch die Wasserleitung kaputt, da muss Elsa mit Wasserkrügen auf einen nahen Berg wandern und sich an einer Quelle in eine endlose Reihe von Menschen einordnen, bevor sie ein paar Liter Wasser heimtragen kann.

Der einzige Lichtblick sind Freundschaften in der katholischen Mädchengruppe, die sich inmitten des Wahnsinns der Nazis gehalten haben. Dort sprechen sie darüber, dass der Krieg die Geißel der Menschheit ist, sie beten, trösten einander, bestärken einander im Glauben an Christus, der ihnen im Leid vorangegangen ist. Oft sprechen sie auch über die verlogene Propaganda der Nazis. Die jungen Frauen misstrauen allem, was in der Zeitung steht und was aus dem Radio plärrt. Sie haben aufgeschnappt, dass der Krieg bald zu Ende sein wird, und dass die Russen einmarschieren werden, sie hoffen auf Frieden und wissen nicht, ob sie am nächsten Tag noch etwas zu essen haben werden, ob ihr Haus noch stehen wird, ob sie selbst noch leben werden.

„Frieden", schreibt Elsa in ihr Tagebuch, „ich weiß nicht, wie das ist. Doch das Wort macht mich stark."

Und plötzlich sind überall fremde Soldaten, der Krieg ist vorbei, doch der Hunger bleibt und Angst vor den fremden Soldaten. Lange wagt sich Elsa nicht auf die Straße. Sie hat gehört, dass junge Frauen in aller Öffentlichkeit vergewaltigt werden.

Langsam kehrt ein bisschen Normalität nach Wien zurück. Dosen, Kekse und wurmige Erbsen werden an die hungernde Bevölkerung verteilt, und nachdem Elsa Berge von Schutt weggeschaufelt hat, kann sie endlich die Lehrerbildungsanstalt besuchen.

Zwei Jahre später wird ihr das Abschlusszeugnis überreicht, stolz nimmt sie es entgegen, sie weiß, sie wird unterrichten können, sie hat ja schon viel mit den jüngeren Brüdern gelernt. Sie bittet ihren Vater, von daheim ausziehen zu dürfen, Tante Walpurga wird ihr das Kabinett ihrer Wohnung überlassen, sie wünscht sich so sehr ein eigenes Zimmer, auch wenn es noch so klein sei. Fritz stimmt zu, und Tante Walpurga wacht sorgsam über der jungen Frau, kontrolliert ihr Heimkommen, über jeden ihrer Wege muss sie der Tante Rechenschaft ablegen. Als Elsa in ihrem neuen Heim einen Brief bekommt, hat die Tante diesen bereits gelesen. Sie versucht, der Tante zu erklären, dass sie als fast zwanzig-Jährige eine Privatsphäre hat, dass es ein Briefgeheimnis gibt. Die Tante antwortet, sie muss ihre geliebte Nichte vor Dummheiten bewahren, in diesem Alter seien junge Frauen verrückt nach Männern, zu oft würden sie auf deren Tricks hereinfallen.

Weiterhin öffnet Walpurga Briefe, die an ihre Nichte adressiert sind. Für das Tagebuch sucht Elsa immer wieder ein neues Versteck, doch sie weiß nicht, ob die Tante auch darin gelesen hat, von ihrer Eifersucht auf Freundinnen und von ihrer Sehnsucht nach einem Mann: Ein Mann wird sie aus der Enge ihrer Familie befreien, diesem Mann wird sie dienen und ihm schenken, was sie nur kann. Sie schreibt über ihre Gebete, um einen Mann zu finden, und über ihre Zweifel, ob sie Gott mit dieser Bitte zu sehr bedränge.

Sie beneidet Freundinnen, die Partner haben. Wo kann sie einen Mann kennenlernen, wie soll sie den Richtigen finden, wie ihn erkennen, wie ihm begegnen? Nicht jede Frau wird einen Mann bekommen, zu viele junge Männer sind gefallen oder nicht heimgekehrt. Im Krieg hat Elsa oft daran gedacht, dass ihr Zukünftiger irgendwo an der Front stehen wird, vielleicht in Russland dem Schlimmsten ausgesetzt, und sie hat gebetet, dass Gott ihn behüten möge.

Vorsehung

Die Herbstsonne wärmt die Berge vor Wien. In den Weingärten der Südhänge gehen Winzer daran, Trauben in Bottiche zu klauben, es werden volle Fässer werden dieses Jahr.
Mit Herzklopfen bis zum Hals kommt Elsa zum vereinbarten Treffpunkt am Rand des Wienerwaldes. Sie zupft ihre Bluse zurecht, prüft ihr Dirndlkleid, die Schleife im Haar. Ein befreundetes Paar hat sie eingeladen, einen Medizinstudenten kennenzulernen, sofort hat sie dem Vorschlag zugestimmt, zu viert einen Ausflug zu machen. Es ist der Geburtstag ihrer verstorbenen Mutter, sie nimmt es als Zeichen, vielleicht wird sie ihrem Mann begegnen.

Der Medizinstudent stellte sich vor: „Ich bin Hannes, ein Bauernsohn aus Schwendendorf, noch nicht lang in Wien, das muss ich nicht sagen, das hörst' an mein' Dialekt."
Elsa sieht ihm in die Augen und errötet: ‚Da ist er', denkt sie, ‚der Mann, um den ich gebetet habe, der Mann, den ich lieben werde!' Langsam streckt sie ihm die Hand entgegen. „Elsa", mehr kann sie nicht sagen.

Er lächelt: „Ja, dann geh'n wir!"
Elsa betrachtet ihn verstohlen, die dunklen, gelockten Haare, die kräftige Gestalt, die schlichte Krawatte.
„Sie studieren Medizin?"
„Ja, das ist meine Berufung."
„Wie schön! Ich bin nur Lehrerin."
„Auch das ist ein begnadeter Beruf, eine wichtige Aufgabe, Kinder zu erziehen. Gerade jetzt braucht unsere Welt Menschen, die ihr Bestes geben."
„Wenn wir Gutes tun, sind wir die Hände Gottes."
Elsa erzählt, wie sehr ihr der Glaube geholfen hat. In all den schlimmen Jahren hat sie gebetet, gelernt, für ihre Brüder gesorgt und gebetet. Hannes spricht darüber, wie er aufgewachsen ist, streng und gläubig, mit langen Gebeten vor den Mahlzeiten und kaum ein Wort über anderes als das, was getan werden musste, die Bauern im Dorf seiner Eltern lebten nicht viel anders als im Mittelalter, meint er. Gott hat ihn heimkehren lassen aus Russland, hat ihn auf seiner Flucht beschützt, alles liegt in Gottes Hand, auch dieser Tag, an dem er sie kennen lernen darf.
Elsa strahlt, beschwingt geht sie an der Seite dieses Mannes, hängt an seinen Lippen, und sie bemerkt, wie sehr es ihn freut, wenn sie ihn anschaut.
Er bleibt stehen: „Ich glaube, ich kann die Schönheit deiner Seele sehen ... und mir kommt vor, wir beide gehören zusammen."

Am Abend gehen die beiden in eine leere Kirche, Hand in Hand, versprechen, sie werden für immer zusammen bleiben. Sie danken Gott für das Glück, einander begegnet zu sein, dann stehen sie schweigend vor dem Altar. Er sagt leise, er habe so viel Einsamkeit erlebt,

soviel Grauenhaftes durchgemacht, aber nun werde alles gut werden, hier in Wien beginnt ein neues Leben für ihn, dieses Leben will er mit ihr teilen.
Sie antwortet, sie habe schon geahnt, wie bedeutsam dieser Tag für sie sein würde, der Tag, an dem ihre geliebte und so jung gestorbene Mutter geboren worden war. Ihre Familie habe schweres Schicksal erlitten, doch jetzt habe ihr Gott einen Mann geschickt. Und sie sagt, sie hat schon für ihn gebetet, noch bevor sie ihn kennengelernt hat, als er noch in Russland war, hat sie um Gottes Segen für seine Heimkehr gebeten.
Vor der Kirche bleiben die beiden stehen, nehmen einander an den Händen, sehen einander in die Augen. „In deinen Augen sehe ich Reinheit und Liebe", sagt er. Dann ist alles still. Leute gehen vorbei, Straßenbahnen kommen und fahren weiter, die beiden sind ineinander versunken, nehmen nichts anderes wahr als den Menschen, für den sie geschaffen sind.

Hannes schreibt an seinen Onkel, den Priester, wie erstaunlich es für ihn ist, sich in dieser unerwarteten Gemeinsamkeit mit einer Frau zu finden. Nachdem einige andere sein Herz und sein Verlangen geweckt hatten, ist sie nun da, die eine Einzige. Sie ist einfach da, und mit ihr das Gefühl, angekommen zu sein.
Dann schreibt er einen Brief an sie:
„Die vielen Stunden des Studiums machen müde, auch Erholung muss sein, und die schönste Erholung ist – seit drei Tagen – der Gedanke an dich. Unwirklich und unglaublich kommt mir das immer noch vor, besonders, weil wir ja selber nichts dazu getan haben. Nur Umrisse kennen wir voneinander, doch deine Umrisse tragen einen goldenen Kern. Ich möchte dich

schätzen und lieben lernen, im ganzen Universum nur dich!"
„Was schreibst denn so verträumt?" fragt ein Zimmerkollege im Studentenheim, „hast dich verliebt?"
Er antwortet, es sei mehr als Verliebtsein, sie wären füreinander bestimmt.
„Ja, so etwas gibt's bei den Bauern, wenn's um's Hoferben geht."
„Es ist mir gleichgültig, was du denkst, für mich ist es wie ein Wunder."
„So ein Wunder tut gut beim Studieren, wann triffst denn deine Abwechslung wieder?"
„Jetzt gleich. Und spar dir diese Bemerkungen: sie ist keine Abwechslung!
Wir werden beisammen bleiben. Das haben wir sofort gespürt, also Tschüss!"
Hannes lässt den Freund stehen, der sieht ihm nach: „Man könnte fast neidisch werden auf so etwas Verrücktes", murmelt er.

Elsa und Hannes treffen einander vor der Kirche, wieder nehmen sie einander an den Händen, sehen einander in die Augen, versinken ineinander.
„Ich habe den Himmel auf Erden gefunden", sagt er.
„Ich war noch nie so glücklich in meinem ganzen Leben", antwortet sie.
Hand in Hand wandern sie hinaus aus der Stadt.

An Tagen, an denen sie nicht beisammen sind, schreiben sie einander lange Briefe, füllen diese mit Liebeserklärungen, Gedichten, Gebeten. Und immer wieder fragen sie einander, ob sie gut genug sind für einander, ob es gut gehen wird mit ihnen.

Am Sonntag gehen sie gemeinsam zur Kirche und danach spazieren sie noch ein Weilchen durch das herbstliche Wien. Er sagt, es würde noch viele Jahre dauern, bevor er eine Familie erhalten kann, er besitzt nichts, außer einem eigensinnigen Kopf, einem harten Willen und ein paar Büchern. Er überlege, das Medizinstudium aufzugeben und irgendeine Arbeit zu suchen, damit sie heiraten können.
„Ich weiß, was dir die Medizin bedeutet, ich kann nicht glauben, was du bereit wärst für mich zu tun! Bitte, tu das nicht, bleib deinem Weg treu, du wirst ein guter Arzt werden!" Er antwortet, sie brauche ein tapferes Herz, wenn sie ihn auf diesem Weg begleiten wolle, leicht werde das alles bestimmt nicht werden, doch er freue sich auch auf das Leid, wenn sie es gemeinsam ertragen werden, gemeinsam werden sie daran wachsen.

Er schreibt seinen Eltern, dass er der Frau begegnet ist, mit der er leben will, und betont, sie wird ihnen bestimmt gefallen. Jakob und Rosi antworten erstaunlich wohlwollend. Offensichtlich ist er in Wien weder verhungert noch moralisch verkommen, und so wie er schreibt, studiert er tatsächlich Medizin und verdient sich seinen Lebensunterhalt.
Wie geplant, fährt Hannes zu Allerheiligen für ein paar Tage in seine Heimat, es fällt ihm schwer, sich von der Frau zu trennen, die so machtvoll in sein Leben getreten ist, die Frau, die ihm plötzlich alles bedeutet. Am Vorabend der Reise gehen die beiden noch stundenlang zusammen spazieren, und er fragt sie, was er seinen Eltern über sie erzählen soll.
Sie sagt, seine Eltern müssen gute Menschen sein, da er so voll Liebe und Ehrfurcht, so voll von Vertrauen

auf Gott ist, sie freue sich darauf, die Eltern ihres Zukünftigen kennenzulernen. Wehmütig verabschieden sich die Liebenden, versprechen, einander täglich zu schreiben. Er plant, den ersten Frühzug zu nehmen und sagt, sie solle nicht zum Bahnhof kommen, sie brauche den Schlaf.
Dennoch steht sie um fünf Uhr früh am Bahnsteig, und er ist glücklich, fast zieht er sie mit in den Zug, und als der Zug abfährt, lehnt er sich aus dem Fenster, und sie winken, solange sie einander als winzigen Punkt in der Ferne erahnen können.

Hannes bittet seine Eltern um Segen für die Verlobung. Jakob schmunzelt: „Gut siehst aus, Bub, mein' Segen sollst haben, auch wenn ich's nicht versteh."
Rosi murmelt: „Gibt's in Wien auch anständige Frauen?" Doch sie gibt Hannes ein selbstgesticktes Tuch für seine Verlobte: „Du wirst's wohl so und so nicht lassen."
Am Abend, als alle am Hof schon schlafen gegangen sind, bleibt Hannes noch lange in der Stube sitzen, genießt die Ruhe, die Wärme des Kachelofens, das Ticken der Pendeluhr mit dem Schlagwerk, das jede Viertelstunde kräftig anschlägt. Er schreibt seiner Geliebten, beschreibt alles, was er an diesem Tag erlebt hat. Dann liest er alle Briefe, die sie ihm geschrieben hat, versinkt in Träumen, Briefpapier und Füllfeder vor sich, und wie von selbst schreibt seine Hand weiter, Zeile um Zeile.

„Meine liebe Elsa!

Wenn ich Dir wieder ein paar Zeilen schreibe, so doch nur, weil mich dazu etwas drängt, obwohl ich ja weiß, dass ich Dir das, was ich für Dich empfinde, doch nie mit Worten auf Papier sagen kann. Ich gehorche nur einer inneren Notwendigkeit, die mir befiehlt, Dir zu schreiben. In Deinen Briefen habe ich wieder und wieder gesehen, was für ein Engel der Liebe Du bist und dass ich ganz klein bin gegen Dich. Neben Dir bin ich armselig, wenn auch in letzter Zeit mehr selig als arm.

Weißt Du, ich denke oft und lange nach über das Geheimnis der Liebe, unserer Liebe, und kann es weder mit Worten, noch mit sonst etwas erklären oder erahnen. Du mein Liebstes bist mir Alles geworden, und meinem Leben wäre die Sonne genommen, wenn Du nicht mehr wärst. Doch Du bist da, immer, in meinem Herzen, mag da kommen, was kommen mag. Die Liebe ist ewig, ist ein Teil jener großen, alles erfassenden Liebe unseres Schöpfers, dort ist unsere Heimat. Ich liebe Dich über den Tod hinaus.
Wir müssen an uns arbeiten, um ganz füreinander da sein zu können. Der Herrgott wird bei uns sein, ich hatte ihn um die richtige Frau für mein Leben gebeten, er hat uns zusammengeführt, er wird uns auch den Weg weisen.

Für immer Dein, Hannes."

Auch Elsa erzählt ihrem Vater von ihrer großen Liebe. Er weiß schon davon, Tante Walpurga hat ihm zugesteckt, dass sich seine Tochter nächtelang herumtreibt mit einem, den sie kaum kennt.
„Nächtelang!" Elsa ist empört: „Ein einziges Mal war ich länger spazieren mit ihm, aber um halb zwölf war ich daheim!"

„Besser, du lässt die Finger von einem Studenten. So einer hat selten ernsthafte Absichten. Wenn einer keine Familie erhalten kann, was sollte er von einer Frau wollen?"
„Er liebt mich, für mich würde er das Studium aufgeben, aber ich hab gesagt, das darf er nicht tun, er ist berufen, ein Arzt zu sein und er wird ein guter Arzt werden!"
„Von Liebe sprechen alle Verführer."
„Hannes ist kein Verführer. Du musst ihn kennen lernen. Er ist ein ernster und tief gläubiger Mensch!"
Fritz will ein Vier-Augen-Gespräch mit dem Verehrer seiner Tochter, er muss ihm auf den Zahn fühlen. Hannes kommt sich vorstellen, höflich und respektvoll, der Vater seiner Angebeteten muss ein guter Mensch sein.

Der gute Mensch fragt ihn nach seinem Glauben, seinen Zukunftsplänen, seiner politischen Einstellung. Mit Handschlag lässt er Hannes versprechen, seine Tochter entweder zu heiraten oder „rein" zurückzugeben.
„Wir nehmen die Aufgabe auf uns, jahrelang alles Sinnliche zurückzustellen", antwortet Hannes, „der Herrgott möge uns beschützen, damit wir sauber vor ihn hintreten können und seinen Segen bekommen."

So sind Elsa und Hannes ein verlobtes Paar, doch die Reinheit zu erhalten, ist mehr und mehr eine schwere Aufgabe, denn neben den Wanderungen, Kirchenbesuchen und vielleicht einem Ball im Fasching, kann Elsa es so einrichten, dass sie immer wieder in ihrem Zimmer allein sind. Sie genießen Zärtlichkeit, körperliche Nähe und schaffen es zunächst, sich zurückzuhalten, nicht „zum Äußersten" zu gehen.

„Schau, mein Lieber", sagt sie, „ich habe eine Spruchkarte entdeckt: „Größe ohne Opfer gibt es nicht, alles Große wächst aus dem Verzicht."
„Sehr treffend! Auch wenn wir uns die Enthaltsamkeit erkämpfen müssen, das ist die Brücke, auf der sich zwei Menschen im innersten Wesen finden können."
Sie nickt, ihr wird heiß, sie küsst ihn, innig umarmen sie einander. Er lässt sich ins Bett fallen, zieht sie mit sich, knöpft ihre Bluse auf, öffnet ihren Rock. Sanft schiebt sie ihn von sich, flüstert ihm ins Ohr: „Wir müssen unsere Leidenschaft bis zur Ehe zurückdrängen."
Er steht auf, tritt ans Fenster, sie stellt sich neben ihn, ohne ihn zu berühren. Verträumt sieht er hinaus, sagt mit belegter Stimme: „Danke! Du bist das Röslein, das auf der Heide blüht, ich bin der wilde Knabe, der es brechen will, doch ich weiß, ich würde uns beide verletzen."

Die Übung der Enthaltsamkeit dauert fünf Jahre. Dann ist das Ende des Medizinstudiums in Sicht und die Liebenden entschieden sich, eine für Elsas bescheidenes Gehalt leistbare Mietwohnung zu suchen, um endlich, endlich, zu heiraten und zusammen zu wohnen.
Doch es scheint unmöglich, in Wien eine Wohnung zu finden, fast jedes vierte Haus ist im Krieg zerstört worden. Elsa fragt alle Bekannten und Verwandten, alle Nachbarn und Freunde, ob sie nicht von einer Wohnung wissen.
Eines Tages lässt die Tante Klosterschwester sie rufen. Erwartungsvoll läuft sie zum Pflegeheim, in dem die Tante arbeitet, und erfährt, dass eine kinderlose Frau im Pflegeheim aufgenommen worden ist, ihre Wohnung ist frei, gerne wird sie diese dem frommen Paar übergeben.

Elsa kann nicht glauben, dass der Traum, ihren geliebten Mann zu heiraten und mit ihm zusammen zu wohnen, nun in Erfüllung gehen wird. Als sie ihm die glückliche Neuigkeit erzählt, bricht sie in Tränen aus, kann sich kaum halten, so heftig schüttelt sie das Weinen. Er ist verwirrt, immer wieder fragt er, was denn los ist, doch sie weiß es selbst nicht, sagt, sie ist glücklich. Am Abend schreibt sie in ihr Tagebuch, dass sie sich über sich selbst wundert und dass sie Angst hat, doch sie weiß nicht, wovor.

Am nächsten Tag schon können die beiden ihr zukünftiges Heim besichtigen, die Zweizimmerwohnung befindet sich im sechsten Stock eines Miethauses, das den Krieg unbeschadet überstanden hat. Es gibt einen Kachelofen im Wohnzimmer – Holz und Kohlen müssen in das sechste Stockwerk hinaufgetragen werden – es gibt einen eigenen Küchenraum, ein Badezimmer mit Badewanne und sogar ein Klo in der Wohnung und nicht, wie üblich, auf dem Gang für mehrere Wohnungen gemeinsam. Elsa und Hannes fühlen sich reich beschenkt.

Das große Glück

Tauwasser tropft vom Dach der Klosterkirche im Herzen Wiens. Viele Menschen sind auf den Straßen, gehen spazieren, als wäre schon Frühling. Passanten bleiben stehen, schauen dem Brautpaar nach, das zu Fuß zur Kirche kommt, begleitet von einer kleinen Gruppe Menschen. Es ist ungewöhnlich warm zwei Tage nach Weihnachten, als der Onkel Pfarrer die beiden traut.

„Elsa und Hannes, ich erkläre euch zu Mann und Frau. Möge eure Ehe Gott gefällig und mit Kindern gesegnet sein."

Nach der Zeremonie kommen Festgäste in die kalte Wohnung und heben ihr Glas auf das Paar, Geschenke gibt es so gut wie keine. „Wir wollen alles tun, einander glücklich zu machen", versprechen sie, „und unseren Kindern gute Eltern sein."

Bevor die beiden zum ersten Mal gemeinsam in einem Bett schlafen gehen, wiederholen sie noch einmal die Worte der Trauungszeremonie. „Ich will dich immer lieben, ehren und achten, bis dass der Tod uns scheidet."

Alles dreht sich in feurigen Spiralen, die als leuchtende Punkte vor meinen Augen tanzen.

„Gut so“, sagte die Frauenstimme, „langsam!“
Die Punkte dehnten sich aus, wurden zur Zweizimmerwohnung meiner Eltern.

Bei einem bescheidenen Frühstück sitzen sie mitsammen am Tisch. Mutter schenkt Vater die Kaffeetasse voll, für sie selbst bleibt eine halbe Tasse. Sie schiebt ihm das Brot zu und die Marmelade.
„Ich will dir die beste Frau sein, die es nur geben kann“, sagt sie. Sie denkt daran, dass sie ihre Mutter verloren hat und dass sie nun keinesfalls diesen ihren Mann verlieren will. Er sieht sie freundlich an.
Zehn Tage nach der Hochzeit gehen die jung Vermählten zusammen zu einem Tanzball, Vater trägt seinen Anzug, er hat nur den einen, Mutter hat sich ein weißes Ballkleid geliehen.
Er nimmt sie an der Hand, gemeinsam schreiten sie in die Mitte des Tanzsaals, drehen sich im Walzertakt, bis alles rundherum sich in färbigen Kreisen auflöst, in deren Mittelpunkt sie einander in die Augen sehen. Sie versinken ineinander, wie am ersten Tag ihrer Begegnung.
Mutter sagt, sie würde am liebsten so weitertanzen mit ihm, bis in alles Ewigkeit. Vater nickt, doch nach den ersten zehn Minuten der Ewigkeit sagt er, er brauche etwas zu trinken, bevor sie weiter in das Paradies tanzen. Elegant führt er sie zurück an den Tisch, bestellt Wein und blickt sich um, am Nachbartisch sitzen Studienkollegen. Mutter rückt näher an Vater heran, schiebt ihre Hand unter seinen Arm, hält ihn als müsse sie ihn zurückhalten. Sie versucht, ständig in seinem Blickfeld zu sein, sich angeregt mit ihm zu unterhalten. So bleiben sie sitzen, bis es Zeit ist, heimzugehen.

Vater grinst: „Du kommst mit mir“, sagt er, „denn die Frau soll dem Mann untertan sein.“
„Nichts lieber als das“, antwortet sie und klammert sich noch stärker an ihn.

Mutter zeigt gerne, wie glücklich sie ist, sie genießt es, wenn Freundinnen ihr zu ihrer Wunschehe gratulieren. Nur ihrem Tagebuch vertraut sie an, dass es nichts auf der Welt gibt, das ohne Schatten ist, und dass sie Angst hat, der Teufel lauere auf eine Gelegenheit, Gift in ihre Ehe zu mischen. Um dem Teufel nur ja keine Macht zu geben, schluckt Mutter wortlos, was ihr an ihrem Mann unangenehm ist, etwa, wenn er so schrecklich sachlich bleibt, obwohl sie gerne mit ihm zärtlich sein will.
Mutter hat viel Zeit für ihr Tagebuch, denn es ist beiden wichtig, dass er mit seinem Studium gut weiterkommt. Er lernt bis spät in die Nacht hinein, meist geht er erst ins Bett, wenn sie schon schläft. In der Früh, wenn sie zur Arbeit geht, steht sie leise auf, um ihn nicht zu wecken. Er geht erst Mittag aus dem Haus, zum Abendessen kommt er wieder, Mutter wartet bereits auf ihn, fragt, wie sein Tag gewesen sei.
Im Rahmen des Studiums habe er die Möglichkeit zu einer kostenlosen Psychotherapie, er sei neugierig, würde das gerne versuchen.
„Psychotherapie“, fragt Mutter, „von Sigmund Freud, wirst du da auf der Couch hypnotisiert?“
„Eher nicht, die Hypnose wird selten verwendet, ein guter Teil der Sitzungen wird einfach nur geredet.“
„Da bin ich schon gespannt, was du erzählen wirst. Wann geht’s los?“
„Gleich nächste Woche.“

Nach den ersten beiden Sitzungen will Vater nichts berichten, er sagt, er sei müde und nach der dritten Stunde bricht er die Therapie ab.
„Es ist, als würde man alte Wunden aufreißen und in ihnen herumstochern."
Mutter fragt, worüber sie denn gesprochen haben.
Vater antwortet: „Grausiges vom Krieg. Ich möchte die traurigen Geschichten nicht noch einmal wiederholen."
Das kann sie nur zu gut verstehen, auch in ihren Gesprächen kommt die Vergangenheit nicht mehr vor. Umso mehr freut er sich, ihr erklären zu können, es gibt eine neue Technik, Knochenbrüche zusammen zu schrauben, Mutter staunt.
Dann erzählt sie, dass sie einen schwierigen Schüler hat, der sei vorlaut, Ermahnungen würden an ihm abprallen. Vater meint, da wisse er auch keinen Rat, sie sei doch die Volkserzieherin. Am Samstag habe er wieder einen Auftrag als Fotograf.
„Wieder eine Hochzeit, oder Familienfotos?"
„Lass dich überraschen, meine Liebe, du bist die erste, die die Fotos sehen wird."
Am Samstag rasiert er sich sorgfältig, bindet sich die Krawatte um und macht sich mit seinem Fotoapparat auf den Weg. Ein Studienkollege wird Taufpate und hat Vater gebeten, zu fotografieren. Mit festen Schritten wandert Vater durch die Straßen, er hat ein paar Kilometer zu gehen, die Bewegung tut ihm gut und er genießt die milde Luft des Frühlings. Der Taufpate wartet bereits vor der Kirche, beschwingt geht Vater auf ihn zu, seine Körperhaltung ist betont aufrecht, wie immer blickt er freundlich, wenn er Menschen begegnet, wie immer verneigt er sich mit dem ganzen Oberkörper.

Der Kollege grinst, niemand in Wien würde sich so artig verneigen, als eben einer vom Land.
„Höflichkeit gewinnt", gibt Vater zurück, „Du weißt, ich bin als bettelarmer Bauernbub in die Stadt gekommen, jetzt bin ich bald Arzt. – Wie viele Fotos sollen es denn werden?"
Der Kollege meint, er müsse den Preis nennen, seine Bescheidenheit sei übertrieben, er sei ja imstande, seine Bilder zu verschenken. Fallweise würde das schon stimmen, antwortet Vater, bei Verwandten könne er ja nichts verlangen. – Fünfzig Bilder für hundert Schilling, wenn das in Ordnung sei.
Nochmal stichelt der Kollege, er würde es nicht weit bringen, auf diese Weise, die Eltern des Kindes hätten Geld, er könne schon mehr verlangen, doch Vater bleibt dabei, der Preis sei fair. Er sieht die Familie des Täuflings kommen und hebt die Kamera vor sein linkes Auge.

In der Wohnung hat Vater das Badezimmer zur Dunkelkammer umgebaut. Er kommt heim, wechselt ein paar Sätze mit Mutter und verschwindet in seinem behelfsmäßigen Fotolabor, entwickelt die Negative, arbeitet die Abzüge aus, zum Trocknen legt er sie auf den Schreibtisch im Wohnzimmer.
Mutter betrachtet die Fotos der Taufe und seufzt: „Ich wünsche mir so sehr ein Kind von dir."
Vater legt einen Arm um ihre Hüfte, „Ich auch", sagt er. „Immer wieder sehe ich unser erstes Kind vor mir, ein wunderschönes Mädchen mit deinen Augen, deinem Gesicht, mit deiner guten Seele."
Mutter schmiegt sich an ihren Mann: „Gute Menschen werden die Kinder erst, wenn wir sie dazu erziehen."

„Ja, wir werden alles tun, sie zu erfolgreichen und anständigen Menschen zu machen."
Vater nimmt eine Großaufnahme des Täuflings in die Hand, ein paar Augenblicke lang betrachten sie mitsammen das Baby, dann packt er die Fotos weg, schlägt sein Anatomiebuch auf und beginnt zu lernen.
Der Sommer kommt, Kinder, Lehrerinnen und Studenten haben Ferien. Meine Eltern verbringen ein paar Wochen auf dem Bauernhof, den nun Vaters jüngster Bruder übernommen hat. Dort wird Arbeit und Essen geteilt. Auch wenn es für die Bauern unverständlich ist, dass meine Eltern wandern gehen, einfach nur zum Vergnügen, so schätzen sie die Lehrerin aus der Stadt, und sehen es ihr nach, wenn sie sich mit Heugabel und Rechen ungeschickt anstellt. Mutter kommt mit der schroffen Art ihrer Schwiegermutter ganz gut zurecht, hilft in der Küche und füttert die Hühner.
Eines Morgens, als Vater aufwacht, ist Mutter bereits aufgestanden, er wundert sich, doch gleich darauf hört er ihre Schritte, sie schlüpft wieder ins Bett, da merkt er, dass sie weint. Erstaunt fragt er, was denn los sei. Nun seien sie schon ein halbes Jahr verheiratet und sie sei noch immer nicht schwanger, wieder habe sie ihre Tage, ob sie wohl gesund sei, im Stande, ein Kind zu bekommen. Vater streichelt sie, sagt, das brauche manchmal eben ein bisschen länger, und wenn ihnen keine eigenen Kinder geschenkt werden, könnten sie ja Kinder adoptieren und für diese sorgen, als wären es ihre eigenen. Doch das hat Zeit, einstweilen ist Vater ja noch Student, etwa zwei Jahre wird es noch brauchen, das Studium abzuschließen. Mutter nimmt seine Hand:
„Du bist der beste Mann auf dieser Erde!"

Die Liebe meiner Eltern scheint vollkommen, als Mutter bald darauf feststellt, dass sie schwanger ist, im Elternhaus ihres Mannes hat sie das Kind empfangen. Sie liebt das noch ungeborene Wesen als Geschenk Gottes und schreibt in ihr Tagebuch, nun sei alles gut und richtig in ihrem Leben. Vater ist sich sicher, eine Tochter gezeugt zu haben, und gemeinsam träumen meine Eltern von ihrem Glück.
Das Glück wächst und kommt zur Welt als mein Bruder Matthäus. „Wir haben einem Kind das Leben geschenkt!"
Zärtlich streichelt er das Baby, küsst seine Frau: „Jetzt sind wir eine Familie."

Mutter glaubt, dass man ein Kind keinesfalls verwöhnen darf, dass die Erziehung damit beginnt, den Säugling nach Zeitplan zu stillen, tagsüber alle vier Stunden und in der Nacht wird er nicht aus dem Bettchen genommen, auch wenn er schreit. Zwei Wochen nach der Geburt muss Mutter ihre Arbeit wieder aufnehmen, sie unterrichtet in der nahen Volksschule, und Matthäus wird bei einer befreundeten Familie untergebracht.
Vater macht unzählige Fotos von seinem Sohn, stolz verteilt er diese an Freunde und Verwandte, gerne kommen diese den kleinen Kerl besichtigen und bezeichnen ihn als Prachtexemplar. Das Prachtexemplar hat häufig Blähungen, auch dann, wenn Besuch da ist, schreit er.
„Er ist ein kleiner Schreihals", sagt Mutter.
„Burli, wir verkaufen dich!" sagt Vater und massiert ihm liebevoll den Bauch, bis die Blähungen vorbei sind und Matthäus einschlafen kann. Dann wechselt

er seinem Sohn die Windeln, mit geübten Griffen wischt er ihn sauber. Die Bekannten lachen, das sei doch wirklich lächerlich, als Mann mit Windeln herum zu spielen. Schnell geht Mutter hin, nimmt Vater die Windel aus der Hand und knüpft diese um den kleinen Popo. Von diesem Tag an ist das Wickeln des Babys allein ihre Arbeit.

Das ganze Land ist ausgerichtet auf eine bessere Zukunft: Im Wiederaufbau will Österreich frei werden von Besatzungssoldaten, will Armut, Elend, Gewalttaten vergessen und keinesfalls an Mittäterschaft und eigene Grausamkeiten zurückdenken. Über Judenverfolgung zu sprechen, gilt als Tabu und die provisorische Bundesregierung versucht es Juden, die überlebt haben, schwer zu machen, nach Wien zurück zu kehren. Eine friedliche Welt braucht gute Menschen, gemeinsam beten die Eltern für ihren Sohn.
„Es ist gut für Matthäus, wenn er in Bescheidenheit aufwächst", sagt Mutter, „aber ich freue mich, wenn wir uns ein bissl mehr leisten können."
Ihr Gehalt reicht für wenig mehr als für die Miete, Kohle zum Heizen und sparsam ausgewählte Nahrungsmittel.
Vater antwortet: „Es wird nicht mehr lange dauern, du wirst sehen, auch wir werden einmal einen Wagen besitzen."
Ein Auto ist für Mutter undenkbar, und sie meint: „Ja, einen Kinderwagen vielleicht."
Solche Güter werden im Bekanntenkreis weitergereicht, im besten Fall gebraucht gekauft, wenn zufällig ein günstiges Stück verfügbar ist.

Kindersegen

Verhütung kennen meine Eltern nur in Form von Enthaltsamkeit, so will es der katholische Glaube. In den Sommerferien, in Vaters Elternhaus, ist es mit der Enthaltsamkeit vorbei. Anders als in Wien, wo Vater bis spät in die Nacht lernt, ziehen sich am Bauernhof beide gemeinsam in das so genannte Auszugskammerl zurück. *(Anbau eines Bauernhauses, in dem die Altbauern nach der Hofübergabe an die Erben wohnten.)*
Vater meint, stillende Mütter würden selten empfangen, auch hat es beim ersten Kind lange gedauert, bis es geklappt hat. Mutter will in etwa zwei Jahren wieder schwanger werden, Vater gibt ihr Recht, und Mutter freut sich, dass sie sich in der wichtigen Frage der Familienplanung einig sind.
Kurz darauf ist das zweite Kind unterwegs. Mutter erschrickt heftig, als sie erkennt, dass sie vier Monate nach der ersten Geburt schon wieder schwanger geworden ist.

Ein metallischer Knall durchbrach das Bild, das Echo hallte wieder und wieder in meinem Kopf. Ein Motor sprang an, und das durchdringende Signalhorn eines

Rettungswagens stürzte von allen Seiten auf mich ein. Jemand drückte mir eine Plastikmaske vor den Mund, kühle Luft umspülte meine Lippen. Ich musste es sein, der hier lag, jemand hielt mir die Hand. Ach ja, wir waren Schlittenfahren gewesen, doch wann war das gewesen?
„Bleib einfach liegen, wir machen das schon!", das war mein Sohn, und das war wohl auch er, der mir die Hand drückte. Was für ein guter Mann er geworden ist, dachte ich und taumelte fort, weit hinter den Hori-zont, bis das schneidende „Tatütata" des Wagens verhallte.

Ich bin tot und lebendig zugleich, kann mich wie von außen sehen und bin dennoch im Körper. Da werde ich zu einem Punkt am Rand eines Torbogens, überwältigt von unbegreiflicher Angst. Da ist nichts außer dem dunklen Tor und dem Punkt, und alles in mir wird zu panischer Angst.

Der Raum ist erfüllt von Mutters Schluchzen: „Wie soll das gehen mit zwei Kindern, ich schaffe es gerade noch, die Arbeit, und für unseren Matthäus zu sorgen. Auch mit dem Geld kommen wir hinten und vorne nicht aus, und gerade jetzt musst du dich auf diese großen Abschlussprüfungen vorbereiten!"
Fahles rotes Licht fällt auf Mutter, sie steht in Vaters Dunkelkammer, eingehüllt vom starken Geruch der Entwicklerflüssigkeit, in denen die Fotos sich zu zeigen beginnen.
Ruhig und sicher klingt Vaters Stimme: „So lang haben wir auf unser erstes Kind gewartet. Stell dir vor, noch so ein wunderbares Wesen, wir werden es lieben, und alles wird gut. Wir schaffen das schon."

Sanft nimmt mein Vater sie in die Arme, Mutter lächelt. „Du hast recht, mein Lieber. Wenn Gott uns so rasch ein zweites Kind schenkt, wird er mir auch die Kraft geben, all das zu bewältigen."
Als Vater aus der Dunkelkammer kommt, nimmt sie Matthäus, trägt ihn in den nahen Park, damit ihr Mann ungestört lernen kann. Bald wird er als Arzt arbeiten, sagt sie zu Matthäus, wir müssen fröhlich sein, bald wird alles leichter werden.

Gegen Ende der Schwangerschaft geht es an die Grenzen ihrer Kräfte, alles zu ertragen. Sie steht früh auf, wie immer allein, bringt Matthäus zu den Bekannten, ihre sechsunddreißig Schulkinder sind laut und anstrengend, und mehrmals muss sie sich während des Unterrichts setzen, weil ihr Rücken schmerzt. Das Gehen tut weh, doch nach der Arbeit läuft sie, Matthäus rasch abzuholen und zusammen mit der Tasche voller Schulhefte auf den Armen heimzutragen und dann noch sechs Stockwerke hoch in die Wohnung. Eine Tragtasche für das Baby kann sie sich nicht leisten. Die Arme schmerzen vor Anstrengung, da nimmt sie das Baby unter den Arm und wird entsetzt angeredet: „Um Himmels willen, wie tragen Sie denn das Kind!"
Mit gesenktem Kopf antwortet Mutter: „Entschuldigen Sie, ich kann einfach nicht mehr."

Als sich die ersten Wehen ankündigen, wird gerade der Staatsvertrag über Österreichs Neutralität unterzeichnet. Bei der Geburt ist Vater dabei, alles geht gut, das zweite Kind ist wieder ein Bub, so wie es sich die Eltern gewünscht haben, denn zwei Buben können

besser zusammen spielen. Beide Söhne hat Vater auf dem Bauernhof seiner Eltern gezeugt. Einen frommen Namen für das Kind hat er bereits vorbereitet, und wie beim Erstgeborenen malt sich Vater das Leben seines zweiten Sohnes aus.
„Raphael sollst du heißen, das bedeutet Heilung durch Gott. Ein Missionar könntest du werden, in ferne Länder reisen wie die heiligen Boschafter Christi.“
Raphael, das bin ich, der zukünftige Missionar, doch zunächst machen sich meine Eltern daran, mich zu missionieren.

Nun müssen zwei Kinder erzogen und, wenn Mutter in der Schule ist, betreut werden, das Beste scheint, vormittags eine Haushaltshilfe anzustellen. Bald findet sich eine Zugehfrau, die für minimale Bezahlung am Vormittag Arbeit sucht. Mutter lädt sie ein, uns kennen zu lernen.
„Nennen S' mich einfach Grete“, sagt sie.
„Gut, Frau Grete, hier geht es zur Küche“, Mutter erklärt, was vormittags zu tun sei.
„Gerne, Gnä' Frau, darf ich gleich ihre süßen Kinder hochnehmen?“ Sie ist weich und dick, sie blickt freundlich durch eine dicke Brille und hat volle lockige Haare, die ein bisschen wirr in alle Richtungen wellen.
Mutter hat ein gutes Gefühl. „Das ist Tante Grete”, sagt sie zu uns. Die neue Tante trägt Matthäus und mich durch die Wohnung, erzählt uns Geschichten von Graf Bobby, singt uns Lieder vor und lacht mit uns. Mutter weiß uns gut versorgt, und nach der Arbeit in der Schule beeilt sie sich, nach Hause zu kommen, denn die Zugehfrau muss ihren Sohn vom Kindergarten abholen.

So geben sich die beiden Frauen die Türklinke in die Hand: „Gnä' Frau, sie haben reizende Kinder, und so brav. Die Windeln sind ausgekocht, und die Suppe steht schon auf dem Tisch."
„Danke, Frau Grete, was tät' ich ohne Sie!"

Nachdem Mutter mich abgestillt hat, entdeckt sie, wie einfach es ist, Matthäus und mich in einem Arbeitsgang zu füttern: „... ein Löffel für Matthäus, ein Löffel für Raphael." Ich bin aufgeregt vor Freude, als mein Bruder neben mir sitzt, ich umarme seine Knie, beiße ihn in den Arm, reiße ihm Haare aus und lache dabei über das ganze Gesicht.
„Meine lieben Buben, ich habe euch so schrecklich gern! Kommt, gebt mir ein Bussi! Ich weiß, auch ihr habt mich lieb. – So, jetzt ist Zeit zum Schlafen!" Mutter steckt uns gemeinsam ins Bett und lässt uns raufen und einander umarmen.

Sobald ich laufen kann, vergreife ich mich an Sachen, die Kinder nicht nehmen dürfen. Es liegt so viel Interessantes auf dem Tisch, Messer und Gabel, eine Kaffeetasse, eine Zeitung. Tante Grete trägt mich weg von den Dingen, die nur für Erwachsene sind, sie lenkt mich ab, wenn ich den Schalter der Stehlampe entdeckt habe, zeigt mir meine Spielsachen.
Am Nachmittag bekomme ich Schläge von Mutter, wenn ich Verbotenes berühre, ich weine, dann gibt es Versöhnung mit Bussi, bis zum nächsten Verbrechen.
„Raphael bekommt mehr Schläge als Essen", scherzt Mutter, als Vater heimkommt. Er nickt, streicht mir mit seiner großen Hand über den Kopf und sagt: „In wenigen Monaten bist du der Sohn eines Arztes!"

Mutter meint, er solle jetzt vielleicht keine Aufträge mehr als Fotograf annehmen, um sich voll und ganz auf das Lernen konzentrieren zu können. Vater ist einverstanden. Sie geht mit uns Kindern spazieren und sagt, zu Hause müssen wir leise sein, Vati hätte viel zu lernen. Am Abend macht sie Grießbrei, füttert uns und bringt uns ins Bett. Nach dem Gutenacht-Bussi seufzt sie, setzt sich mit einem Stoß Schulhefte an den Tisch und beginnt die Hausaufgaben ihrer sechsunddreißig Schulkinder zu korrigieren. Sie sieht sehr müde aus.

„Ich gehe mit den Buben in den Park und dann gleich zum Milchmann“, Mutter nimmt uns Kinder an der Hand. Der kleine Laden ist nicht weit von unserer Wohnung entfernt, ich bin fasziniert von den vielen großen Gläsern, die auf der Theke stehen, Essig-Gurken, Eier, Käse, Butter, Milch werden darin aufbewahrt. Die gewünschte Menge wird herausgenommen, abgewogen und an die Hausfrauen übergeben. Der Milchmann fragt mich und meinen Bruder, woher wir diese schwarzen Augen haben, ob da ein Teuferl in uns stecke. Manchmal schon, antwortet Mutter. Ich verstecke mich hinter Matthäus.
Mutter lässt sich einen Liter Milch abfüllen, der Milchmann lobt sie, immer hat sie ihre eigene Flasche mit, dann verlangt Mutter noch einen Laib Brot und ein Kilo Kartoffeln. Ob es ein bisschen mehr sein dürfe, fragt der Milchmann. Nein, es soll genau ein Kilo sein. Mutter zählt das Geld auf den Tresen, sonst brauche sie nichts. Am nächsten Tag sagt Mutter zu Tante Grete, sie muss mit jedem Löffel Butter, mit jedem Scheit Holz sparsam umgehen.

Zu meinem zweiten Geburtstag hat Tante Grete eine Torte gebacken, die Schokolade für die Glasur hat sie mitgebracht, das ist ihr Geschenk, sagt sie. Ein paar Tage lang gibt es beim Frühstück ein kleines Stück Torte für jeden von uns und als sie das letzte Stückchen für mich und Matthäus geteilt hat, macht sich Tante Grete daran, eine neue Torte zu backen. „Burtstag?“ frage ich. Nein, diese Torte wäre für Vaters Fest, antwortet sie: „Kannst stolz sein auf deinen Vater“.
Am Nachmittag kommen die Brüder meiner Mutter und gratulieren Vater. Mit breitem Lächeln hält Vater seine Promotionsurkunde hoch und Onkel Hubert sagt: „Hier in meinem Kopf stimmt etwas nicht, können Sie mir das wegmachen, Herr Doktor?“
„Da hilft nur Amputieren“, ruft Onkel Michael.
Mutter betont, welch unglaubliche Mühe und Energie Vater aufgebracht hat, sein Ziel neben zwei temperamentvollen Kleinkindern zu erreichen. Er habe das Studium sehr ernst genommen, es wäre undenkbar für ihn gewesen, bei einer Prüfung „auf gut Glück“ anzutreten, immer habe er so lange gelernt, bis er es vor sich verantworten konnte, mit gutem Erfolg zu bestehen, unabhängig davon, was er vom Prüfer gefragt wurde. Oft habe ihr Mann zehn bis zwölf Stunden am Tag gelernt.
Vater legt einen Arm um Mutter und bedankt sich, dass sie ihn so sehr unterstützt hat. Alle heben ihr Glas, Mutter nimmt die kleinen Hände von Matthäus in die ihren und klatscht mit ihm, sofort klatsche auch ich in die Hände. Alle lachen und stimmten ein in unseren unbeholfenen Applaus.
Vater brennt darauf, als Arzt zu arbeiten, doch zu viele junge Männer haben Medizin studiert, es gibt keine

Aussicht auf eine Anstellung in einem Wiener Spital. Vater will eine Stelle als Praktikant annehmen und ein Jahr ohne Entgelt im Wiener Gemeinde-Spital arbeiten. Mutter nickt stumm.
Wie ein Held kommt Vater nach der Arbeit im Spital nach Hause, ausführlich erzählt er Mutter von seinen verantwortungsvollen Aufgaben und bald von seiner ersten Assistenz bei einer Operation. Der Stationsarzt habe gesagt, er sei äußerst geschickt, er werde sich einsetzen dafür, dass Vater eine Anstellung bekommt, Mutter seufzt. Es dauert dann doch länger als ein Jahr, bis es soweit ist, doch schon als Praktikant hat Vater sich einen Ruf als Arzt mit heilenden Händen erarbeitet.

In den Ferien lernen wir Kinder das Leben am Bauernhof meiner Großeltern lieben. Als Klo benutzen wir einen Bretterverschlag direkt beim Misthaufen, fließendes Wasser gibt es nur in der Küche, die Bettwäsche ist abends immer feucht, die Stein-Mauern riechen leicht modrig. Die Eltern sagen, sie sind in Sommerfrische, helfen ein bisschen mit auf dem Hof und brauchen kein Geld. Mutter bleibt mit uns länger dort, während Vater nach Wien zurückfährt, um im Spital zu arbeiteten.
„Vati Pital, macht Leute 'esund!" krähe ich.
Vater sagt zu Mutter, sie muss gut auf uns aufpassen, für Kleinkinder gibt es viele Gefahren, doch Mutter lässt uns immer wieder unsere eigenen Wege gehen, bevor sie nachsehen kommt, was wir treiben. Es gibt fast keine Maschinen, noch keinen Traktor und keine Autos im Dorf, gepflügt wird mit Pferden, Heu und Stroh wird auf den Feldern zu geheimnisvollen Strohmännern hochgebunden und getrocknet. Mutter hilft

mit und ich spiele mit Matthäus hinter den Strohmännern verstecken.
Ich liebe den Geruch im Kuhstall, das Summen der Fliegen, die unendliche Weite des Heubodens und die gackernden Hühner, die so lustig flatternd davonlaufen, wenn wir schreiend in die Hände klatschen.
Mein Bruder läuft mir nach, obwohl ich der Jüngere bin, folgt er mir. Wir gehen um den Heustadl, da entdecke ich eine große Wasserpfütze in der Einfahrt, die Erde ist aufgewühlt von den Hufen der Pferde. Mit bloßen Füßen waten wir im Schlamm herum, bis zu den kurzen Hosen spritzt das braune Wasser. Ich stampfe noch fester auf, dann bücke ich mich und bewerfe meinen Bruder mit Schlamm, er macht es mir nach. Der Schlamm riecht scharf nach Jauche.
Laut schimpfend kommt Mutter auf uns zu, einen Stock in der Hand: „Seid ihr denn von allen guten Geistern verlassen?“ Sie fasst mich am Nacken, schiebt ein Knie vor und drückt mich dagegen, schlägt mit dem Stock auf meinen Po ein. Ich brülle. Auch Matthäus bekommt Prügel, er weint bitterlich, hängt sich an Mutter und sie sagt:
„Ich weiß, mein Großer, wie lieb du mich hast. Du musst brav sein, sonst gibt’s wieder Patsch.“
Mutter sieht traurig aus, fragt mich, warum ich so böse sei, sie wird es nicht zulassen, dass aus ihren Söhnen schlechte Menschen werden.

Nach dem Sommer in Schwendendorf kommen wir zurück in die Wiener Wohnung und Mutter legt sich auch dort einen Stock bereit, das Böse in uns Kindern zu bekämpfen. Als Vater heimkommt, klagt sie über mich: „Raphael hat Temperament für zwei, alles, was er nicht anfassen soll, findet er interessant. Matthäus ist der Brave, aber wenn er von Raphael angesteckt wird, Dummheiten zu machen, dann könnte ich die beiden durch den Fleischwolf drehen! Heute, als ich ein paar Minuten in der Küche war, haben sie Bausteine aus dem Fenster geworfen, weil es im Hof so schön hallt, wenn die dann unten aufschlagen."

Vater sieht mich an, lacht und setzt sich zu seinen Büchern. Am nächsten Abend kommt er mit einem Drahtgitter heim und nagelt es vor das Fenster in der Spielecke, so können wir nichts mehr hinunterwerfen. Doch Mutters Erziehung wirkt, in ihrer Nähe gehorchen wir fast immer aufs Wort, allein mit ihren Blicken kann sie uns Kleinkinder dirigieren.

Das Familienoberhaupt

Freudestrahlend kommt Vater nach Hause, schwungvoll geht er Mutter entgegen: „Elsa, meine Liebe, was glaubst du, was ich hier in der Jacke habe?"
„Das weiß ich nicht, aber du wirst es uns gleich verraten!"
Vater rückt die Krawatte zurecht, legt eine Hand auf sein Sakko, Matthäus und ich stehen in der Türe zum Vorraum unserer Wohnung, Vater lächelt und sagt zu uns: „Ab heute verdient euer Vater das Geld. Da drinnen ist mein erstes Gehalt als Arzt!" Er gibt jedem von uns einen Kuss und umarmt Mutter. „Wenn unser drittes Kind da ist, bleibst du daheim bei den Kindern!"
„Wann kommt das Kind?" frage ich mit meinen drei Jahren und sehe aufgeregt zur Eingangstüre.
Mutter lacht: „Das braucht noch ein paar Monate. Da gehst du dann schon mit Matthäus in den Kindergarten."
„Ich will jetzt in den Kindergarten gehen, ich bin schon groß!", sage ich und strecke den Arm über den Kopf, um zu zeigen, wie groß ich bin.
„Komm, mein Großer", Vater schnappt mich, wirft mich auf die Wohnzimmerbank und kitzelt mich. Ich quietsche vor Vergnügen.

„Lass ihn“, sagt Mutter, „das Abendessen ist schon fertig.“
Ich strecke Vater meinen Bauch entgegen, nehme seine große Hand, um gegen sie zu kämpfen, doch die Hand bewegt sich nicht mehr.
„Ich wünsche mir so sehr, dass wir ein Mädchen bekommen, eine Tochter, die mir bei der Hausarbeit hilft, die nicht so wild ist wie die Buben.“
„Aber Matthäus ist brav“, Vater streicht Matthäus über den Kopf. „Mein braver Sohn, was hast du denn heute im Kindergarten gelernt?“
„Ich bin auch brav!“ rufe ich.
„Ja, wenn du schläfst“, sagt Mutter. „Geht euch die Hände waschen, wir essen.“
„Tut, was Mutti sagt, meine braven Söhne!“
Wir laufen ins Badezimmer, ich überhole meinen Bruder, bin vor ihm am Waschbecken. Er wartet geduldig, bis ich fertig bin.

Ein paar Monate später sagt Mutter, sie müssen ins Krankenhaus, und wenn sie wiederkommt, dann wird sie ein Geschwisterchen für uns mitbringen. Sie ist dick, geht sehr langsam und atmet schwer. Tante Grete bleibt bei uns, bis Vater am Abend heimkommt. Der sagt, wir haben ein Brüderchen bekommen, es wird Lukas heißen, nun seien wir drei Buben.
Als Mutter mit dem Baby nach Hause kommt, laufe ich aufgeregt um die beiden herum, frage, ob ich mit meinem Bruder spielen darf, Mutter antwortet, da muss ich noch warten, aber ich darf Lukas vorsichtig streicheln und ihm etwas vorsingen.
Vater nimmt das Neugeborene aus der Wiege, blickt ihm in die Augen und sagt mit großer Bestimmtheit:

„Mein Sohn Lukas, du wirst Priester werden, ein guter Mann Gottes, vielleicht ein Gelehrter, ein Theologe!"
Mutter legt den werdenden Theologen zurück in die Wiege, setzt sich mit Vater auf die Wohnzimmerbank, ich gehe mit Matthäus zurück in die Spielecke und Mutter sagt: „Schau, wie gut sie sich erziehen lassen. Was gibt es Schöneres für eine Frau, als Mutter von lieben Kindern zu sein und so einen guten Mann zu haben. Ich freue mich, wie dir alles gelingt als Arzt."
Vater nickt, und Mutter nimmt seine Hand. „Ich hab mit Frau Grete gesprochen, sie kann jeden Tag eine Stunde länger bei uns bleiben. Ich warte jetzt noch mit der Kündigung meiner Arbeit, wir könnten dann ein bisschen etwas sparen."

Unterstützt durch die Zugehfrau Grete gelingt es Mutter auch mit drei Kleinkindern neben Berufstätigkeit und Haushalt die Kindererziehung überaus genau zu nehmen. Sie lehrt uns Gedichte, Gebete und Geschichten aus der Bibel, fragt uns Gelerntes ab, lässt uns vor Besuchern Verse aufsagen und hält uns zu täglicher Gewissenserforschung an. Ich liege im Bett, die nackte Glühbirne an der Zimmerdecke blendet mich, Mutters Stimme ist eindringlich:
„Hast du heute deinen Eltern gefolgt? – Warst du zornig? – Hast du mit deinem Bruder gestritten? – Jesus wird dir die Sünden vergeben, wenn du einsiehst, was du falsch gemacht hast, und wenn du traurig bist über deine Sünden."
„Ich bin eh traurig", sage ich, „wo ist Vati?"
„Der hat heute Nachtdienst, morgen kommt er dafür schon zu Mittag nach Hause."

Vater kommt erst am Nachmittag heim, er ermahnt uns, Mutter zu gehorchen und verschwindet in seinem Reich. Er hat seine eigene Welt am Schreibtisch, mit medizinischen Zeitschriften, Bergen von Büchern und in der Dunkelkammer. Niemand außer ihm darf am Schreibtisch oder in der Dunkelkammer etwas berühren, das ist eine strenge Regel, mir scheint Vaters Welt wie ein Heiligtum. Wenn Vater nur ein bisschen lauter wird, tue ich sofort, was mir befohlen wird, auch Tante Grete hat uns schon gedroht, sie wird es Vater erzählen, wenn wir schlimm seien. Ich will Vater zeigen, wie brav ich bin und mache einen weiten Bogen um seinen Schreibtisch.

Es läutet, Mutter geht zur Türe, Martina, eine Jugendfreundin meiner Mutter, kommt auf Besuch. Ich beobachte sie aus sicherer Distanz.

„Kommt her und sagt schön Grüß Gott", ruft Mutter Matthäus und mir zu.

„Du meine Güte", sagt Martina, „sind die Buben groß geworden, an den Kindern sieht man, wie die Zeit vergeht!"

„Ja, wir haben einander ja Monate lang nicht gesehen", Mutter runzelt die Stirn, „ich habe Arbeit bis über beide Ohren."

"Ist ja ein Phänomen, wie du das alles schaffst, drei Kinder und die Schule!"

„Ja, jetzt gerade ist es oft anstrengend. Lukas beginnt zu krabbeln, er nimmt den beiden Großen die Spielsachen weg, ständig muss ich dahinter sein, damit es keinen Streit gibt."

„Wir haben eine Gehschule am Dachboden, die könnt ihr gerne haben. Hannes, du kann sie jederzeit abholen."

„Morgen Nachmittag?"
„Ja, passt gut."
„Fein. Danke", Mutter lächelt Martina an, „er ist ja so stolz auf seine drei Söhne!"
„Hast du überhaupt noch Zeit für dich selbst, für so etwas wie ein eigenes Leben?"
Doch Mutter schwärmt von ihrem Glück als Ehefrau und Mutter. Niemandem erzählt sie, dass sie und Vater nur mehr selten mitsammen zärtlich sind, niemandem sagt sie, wie sehr ein wiederkehrender Traum sie beunruhigt:
Mit den Kindern an der Hand irrt sie in einem Bahnhof herum, sie muss zu ihrem Mann fahren, zu Hannes, der im Dorf seiner Kindheit ist, vielleicht hat sie auch die Fahrkarte verloren, doch sie hat keine Zeit nachzusehen. Als sie endlich den Bahnsteig findet, die Kinder vor sich herschiebt und sich keuchend auf die Sitzbank fallen lässt, setzt sich der Zug in Bewegung. Da bemerkt sie, dass dieser in die falsche Richtung losgefahren ist. Ängstlich fragt sie, wohin denn die Reise gehe, niemand kann es ihr sagen.

Zwei Tage später hat Vater die Gehschule aufgestellt, Mutter setzt Lukas in den hölzernen Käfig.
Wir müssen leise sein beim Spielen, sagt Mutter, legt sich auf die Wohnzimmerbank und macht die Augen zu. Doch ihre Stirn liegt in Falten und ihre Zehen bewegen sich, als wolle sie gehen.
Das Schloss unserer Eingangstüre macht „Klick, klick."
Ich laufe hin zur Türe, Vater tritt ein, zwei grüne Flaschen in der Hand, die stellt er auf das Schuhkästchen, nimmt mich hoch:
„Grüß dich Raphael. Warst du heute brav?" „Ja, Vati!"

Mutter kommt, gibt ihm einen Kuss. „Oh“, sagt sie, „haben sie dir schon wieder Wein geschenkt?“
Nach dem Abendessen öffnet Vater eine der Flaschen, gießt sich ein Glas ein. Mutter sagt, sie wolle nichts trinken und nachdem sie ihre Arbeit im Haushalt und für die Schule erledigt hat, geht sie zu Bett, während Vater noch am Schreibtisch sitzt.
Am nächsten Morgen fragt Vater, warum sie oft so still sei am Abend, so bald schlafen gehe. Wir sitzen beim Frühstück, Mutter holt tief Luft, schluckt.
Sie sei müde, antwortet sie, und ... Mutter zögert, ... sie muss ausgeschlafen sein für ihre Arbeit.

Wieder bringt Vater Wein nach Hause, viele dankbare Patienten schenken dem freundlichen Heiler eine Flasche Wein. Und immer öfter sind die Eltern unterschiedlicher Meinung. Vater sagt, er habe zu arbeiten, wir Kinder können doch wohl auch in der Küche unseren abendlichen Grießbrei essen. Mutter macht ein saures Gesicht und bringt uns in die kleine kalte Küche.
In den Ferien auf dem Bauernhof wirft er ihr vor, uns zu wenig zu beaufsichtigen. Mutter findet das übertrieben und meint, er selbst sei dort ja auch ohne Aufsicht groß geworden.
Als mein Bruder Matthäus in der ersten Klasse Volksschule Lernschwierigkeiten hat, versucht Vater, ihm ins Gewissen zu reden. Mutter sagt, das nütze nichts, er solle den armen Buben in Ruhe lassen.
Wir liegen schon im Bett und sollen schlafen, da höre ich die Eltern streiten, Vater ist zornig: „Du lässt mich nicht einmal mehr mit meinem Sohn reden!“
Mutters Stimme klingt schrill: „Er ist eben noch nicht

weit genug. Viele Sechsjährige sind noch nicht schulreif, nicht jeder ist so ein Genie, wie du es am liebsten hättest!“
Auch er antwortet so heftig, wie sie ihn noch nie gehört habe: „Aber darum geht es doch überhaupt nicht, ich sag nur, dass jeder sich anstrengen soll im Leben.“
Sie fällt ihm ins Wort: „Ich tu doch, was ich kann, den ganzen Tag plag ich mich ab mit den Kindern, es geht eben nicht besser!“
„Immer widersprichst du mir, dir passt nichts, was ich mit den Kindern mache.“
„Du siehst überhaupt nicht, wie sehr ich mich abrackere für die Kinder ...“, Mutter schluchzt, „... es ist so schlimm, dass wir streiten!”
Vater sagt nichts mehr, beide starren ins Leere. Mutter geht in die Küche, Vater bleibt sitzen, auch als Mutter an ihm vorbei geht und gute Nacht sagt, rührt er sich nicht.
Die Eltern sprechen nicht über den Streit, sie beten für einander, bitten um eine gute, gottgefällige Ehe, auch mein Bruder und ich werden angehalten, für die Eltern zu beten. Wir knien im Bett:
„Lieber Gott, bitte mach, dass es Vati und Mutti gut geht und dass wir nicht streiten und eine gute Familie sind. Jesu Kindlein komm zu mir, mach ein braves Kind aus mir.“
Ich stelle mir das Jesulein als Baby vor, so wie die kleine Holzpuppe, die zu Weihnachten in der Krippe liegt, mit dem Ochs und dem Eselein, das ich früher mit dem Jesulein verwechselt habe.
Obwohl wir alle für die Familie beten, gibt es immer öfter Ärger zwischen den Eltern. Wenn Mutter etwas an ihrem Mann stört, vermeidet sie es, ihn anzusehen,

antwortet nur knapp, ihre Lippen werden schmal, ihre Stimme kühl. Manchmal schreibt sie ihm einen Brief, bevor sie schlafen geht, dann sitzt er lange vor dem Brief, einen leeren Bogen Papier daneben, immer wieder setzt er mit der Füllfeder an zu schreiben, doch das Blatt bleibt leer. Dann geht er leise schlafen, bemüht, sie nicht aufzuwecken. Sie hört ihn, doch da er nichts sagt, rührt sie sich nicht.
Am nächsten Tag versucht sie, ihm besonders fröhlich zu begegnen, so, als müsse sie ihn neu für sich gewinnen. Nie haben sie sich ausgesprochen über das, was sich da zwischen sie drängt. Nach außen zeigen sie sich weiterhin als harmonisches Ehepaar, erzählen stolz von ihren Söhnen, sprechen von ihrem Glück.

Der Advent kommt, jeden Abend betet und singt Mutter mit uns. Vater kommt heim, eine Flasche Wein in der Hand, sorgsam verstaut er diese in seiner Abstellkammer, setzt sich zu uns und nimmt Lukas auf den Schoß. Mutters Augen glitzern im Kerzenschein. Vier Wochen lang betet Vater mit uns und trinkt keinen Alkohol.
Bald nach Weihnachten stellt Mutter fest, dass sie wieder schwanger ist, Lukas ist noch nicht ganz ein Jahr alt. Vater sieht sie liebevoll an und hebt das Glas auf sein viertes Kind. Mutter seufzt. Doch dann genießt sie es, ein Kind in ihrem wachsenden Bauch zu spüren, obwohl eine Nachbarin im Stiegenhaus die Bemerkung fallen lässt, man bekomme Kinder nicht wie die Karnickel.
Eine Bekannte schenkt uns ein viertes Kinderbett, nun füllen sechs Betten das Schlafzimmer, da ist wenig Platz übrig zwischen den Betten.

„Ich glaub, wir sollten uns umschauen nach einer größeren Wohnung“, meint Mutter. Doch Vater hat andere Pläne: Ein Haus mit vier Kinderzimmern, ein Garten mit Gemüsebeeten, das wäre das Richtige. Er selbst werde das Haus bauen und uns allen diesen Traum erfüllen. So wenig Mutter sich das vorstellen kann, sie hat gelernt, ihm zuzustimmen. Schließlich hat er vor kurzem auch ein kleines gebrauchtes Auto angeschafft.

Baustelle

Im Schulgebäude riecht es nach saurem Reinigungsmittel, nach Schweißfüßen und Kreidestaub. Mutter ist diese Gerüche gewohnt. Sie geht den Gang entlang, klopft an die Eichentüre der Direktion.
„Herein!" Die Direktorin sieht auf von ihren Papieren: „Frau Kollegin! Ich gratuliere zu Ihrem vierten Kind. Wie heißt es denn?"
„Markus, so wie der Evangelist."
„Vier Buben, na das ist etwas Besonderes!"
„Ich komme mich verabschieden, hier mein Schlüssel, ich danke Ihnen für alles."
„Sie werden uns fehlen, Frau Kollegin!"
„Danke, aber es war schon schwer genug im letzten Jahr mit den drei Buben, für die Schule konnte ich immer erst vorbereiten, wenn die Kinder schon im Bett lagen."
„Ich weiß, Sie waren immer sehr gewissenhaft, all die dreizehn Jahre haben Sie vorbildlich gearbeitet. Und natürlich haben Sie Recht, wenn Sie nun ganz für ihre eigenen Kinder da sind. Es gibt viel zu viele verwahrloste Kinder, haben sie gestern die Nachrichten gehört? In England ist eine neue Musikgruppe aufgetreten, die

macht die Jugend verrückt, den ganzen Konzertsaal haben sie demoliert, Beatles sollen sie sich nennen. Wenn das nur nicht übergreift zu uns!"
„Ja, ich werde meine Kinder zu anständigen Menschen erziehen."
„Das hört man gerne. Haben Sie Pläne für die Zukunft, Frau Kollegin?"
„Ich denke, es wird mir gut tun, ein bisschen mehr Luft zu haben, vielleicht mal am Vormittag ins Kaffeehaus gehen mit einer Freundin. Und eine größere Wohnung wäre fein, aber mein Mann will ein Haus bauen, ich weiß nicht recht."
„Ja, Ihr fleißiger Mann. Der ist doch jetzt schon Facharzt, nicht wahr?"
„Ja, sein Beruf ist ihm ein und alles."
„Grüßen Sie bitte den Herrn Doktor von mir. Ich wünsche Ihnen alles Gute."
„Ich danke Ihnen, Frau Direktor."
Mutter schließt die Türe des Schulgebäudes hinter sich, für immer. Endlich kann sie ganz und gar da sein für ihre Kinder und ihren Mann.

Zehn Jahre, nachdem sie überglücklich eine Wohnung gefunden hat, macht sie sich noch einmal auf die Suche, diesmal nach einem Bauplatz für Vaters Pläne. Ihre Abfindung wird zum Startkapital für das Haus im Grünen.
Wieder ist es die Tante Klosterschwester, die von einem Angebot weiß: ein Grundstück mit einem winzigen Haus in Rodaun, am Stadtrand von Wien. Der Kaufvertrag wird unterschrieben, Vater schmunzelt: „Jetzt sind wir Großgrundbesitzer."
Jedes Wochenende fährt Vater mit uns zum Garten mit

Obstbäumen, Erdbeerbeeten und Weinstöcken. Mutter arbeitet daran, das Häuschen mit einfachsten Mitteln wohnlich zu gestalten und Vater schreitet die Räume ab, vermisst den Garten und zeichnet Pläne, stundenlang durchdenkt er alle Details. Stolz erklärt er Mutter, wie er die Statik für die Betondecken berechnet hat.

Elsa steht wieder inmitten der Schutthalden, die der Krieg in Wien hinterlassen hat, steht vor einem riesigen Berg Ziegel, die sie Hannes weiterreichen muss, Ziegel für Ziegel gehen durch ihre Hände, doch der Ziegelberg wird nicht kleiner, ihre Hände werden wund, beginnen zu bluten. Sie kann Hannes nicht mehr sehen, nur die Ziegel, die er, einen nach dem anderen, entgegennimmt, und irgendwo hinter ihm wachsen Ruinen in den Himmel und beginnen bedrohlich zu wanken.
„Es bricht zusammen!" schreit sie und erwacht schweißgebadet.
Als sie Vater von ihrem Traum erzählt, sagt er ärgerlich, man würde einen Haufen Unsinn träumen, schon lange gäbe es keine Schutthalden mehr in Wien.
Der Bagger kommt, die Erdbeerbeete und die Weinstöcke verschwinden, das alte kleine Häuschen wird einstweilen noch verschont, doch an zwei Seiten steht das Häuschen nun direkt an der Baugrube.
Als der Bagger weg ist, wollen wir Kinder selbst weiterbaggern, da ist auch ein Sandhaufen, Vater hat eine Fuhre Sand für uns Kinder zum Spielen kommen lassen, aber Vater ruft uns zu, wir dürften noch nicht damit spielen, wir sollen warten, bis die Sandkiste *(der Sandkatsen)* fertig ist, auch er muss geduldig sein, ein Bauvorhaben gelinge nicht in zwei Tagen. Ich bleibe

stehen, betrachte den Sandhaufen mit ernstem Gesicht und suche mir etwas anderes zum Spielen. Doch dann wird der Sand für Bauarbeiten umgewidmet, und es gibt keine Sandkiste *(Sandkasten)* für uns.
Kurz nachdem Vater zu bauen begonnen hat, lädt einer von Mutters Brüdern zur Taufe seines dritten Kindes. Gleich nach dem Ritual in der Kirche sagt Vater, nun müssen er und seine Familie auf die Baustelle.
Mutter sieht ihn erschrocken an: „Aber wir sind doch eingeladen, alle aus meiner Familie sind da!"
„Die Arbeit wartet auf mich, wir müssen den freien Tag nutzen."
„Wir haben doch immer gerne gefeiert, auch bei der Taufe von Markus waren alle bei uns."
Eine Schwägerin legt Vater die Hand auf die Schulter: „Jetzt komm, Hannes, ob dein Haus einen halben Tag früher oder später fertig wird, das ist doch egal."
Empört antwortet er: „Wenn ich immer so denken würde, dann werden wir nie fertig mit dem Haus."
Mutter sagt nichts mehr. Seufzend und mit vielen Entschuldigungen verabschiedet sie sich: „Gerne würden wir bei eurem Fest bleiben ..."
Betrübt folgt sie ihrem Mann, auch wir Kinder machen lange Gesichter und steigen in Vaters Auto. Während der Fahrt nach Rodaun sprechen meine Eltern kein Wort miteinander.

Meistens ist Vater allein auf der Baustelle, selten heuert er Schwarzarbeiter an, nur besondere Aufgaben überlässt er einem befreundeten Bauunternehmer und an den Wochenenden helfen ihm Mutters Brüder und Bekannte. Ohne einen Groschen Schulden zu machen, kauft er Baumaterial jeweils vom laufenden Einkommen. Als Oberarzt kann er sich die Dienste so einteilen, dass er, abgesehen von Nachtdiensten, meist nur bis Mittag arbeitet. Jeden Tag nach der Arbeit im Spital schuftet er einige Stunden am Bau, schleppt Zementsäcke, hämmert an Verschalungen, biegt Torstahl zurecht, kommt spät und müde heim und entspannt sich mit Wein.

Auch von uns Söhnen will Vater Spitzenleistungen sehen, doch unsere Schulnoten werden von Jahr zu Jahr schlechter. Mutter sagt, sie mache sich Sorgen, ich könne mich kaum konzentrieren, schaue verträumt in die Luft, käme nicht weiter mit meinen Hausaufgaben. Ärgerlich antwortet Vater, ihre Aufgabe sei es, uns zum Lernen anzuhalten. Schließlich sei sie ausgebildete „Volkserzieherin", aber auch er werde mit uns lernen, sobald er das Bauen geschafft habe, drei bis vier Jahre habe er noch vor sich, nur für die Familie arbeite er.

„Dein Wort in Gottes Ohr", sagt Mutter.

„Ich tu', was ich kann", murmelt Vater vor sich hin, „wenn das Haus fertig ist, wird alles anders."

Im kleinen Häuschen können wir die Eltern reden hören, wenn wir schon im Bett liegen.

Mutter meint, Matthäus und ich, wir haben eine schwierige Phase, auch die Lebenssituation sei nicht einfach für uns, und an den Wochenenden könnten wir nicht lernen, wenn direkt daneben gehämmert, gesägt und geschaufelt wird.

Vater wirft Mutter vor, sie habe uns Söhne nicht im Griff, wieso kann sie nicht dafür sorgen, dass wir gute Schüler sind, uns so erziehen, dass wir keinen Kummer machen? Vater redet laut und vorwurfsvoll, Mutter weint. Es ist beunruhigend, die Eltern am Abend streiten zu hören, sie vermeiden es, vor uns Kindern zu streiten, so wirken die bösen Worte erst recht beängstigend.

Gleich am nächsten Tag stellt mich Vater zur Rede, fragt mich, warum ich nicht mein Bestes gäbe, er wäre so gerne stolz auf seine Söhne. Auch beim Hausbau würde ich kaum helfen, kein ernsthaftes Interesse zeigen. Er selbst habe als Kind nichts lieber getan, als Handwerker bei der Arbeit zu beobachten, tausende Fragen zu stellen, er habe so viel gelernt dabei. Auf meine Spielereien, wenn ich Ziegeln in den Schubkarren einzuladen habe, könne er verzichten.

Mutter unterbricht Vater, sagt, er habe uns das Taschengeld noch nicht gegeben, es sei bereits der vierte im neuen Monat. Vater verlangt mein Kassenbuch zu sehen, ich zeige es ihm, ich habe aus dem Gedächtnis aufgelistet, wofür ich die zwanzig Schilling des letzten Monats ausgegeben habe.

Das könne so nicht stimmen, sagt Vater, und außerdem, was sei mit dem Sparen, was würde ich auf die Seite legen? Hätte er in seiner Kindheit so viel Geld bekommen, was hätte er sich alles zusammengespart! Und jetzt könne er ein Haus bauen, aber auch nur, weil jeder freie Schilling ins Haus fließt. Würde er einen Kredit aufnehmen, gehöre das Haus auch schon der Bank.

Mutter ruft uns zum Essen, ihre Stimme klingt ärgerlich. Mit gerunzelter Stirne steht Vater von seinem Schreibtisch auf und setzt sich an den Ess-Tisch. Dann schaltet er das Radio ein, und wir müssen alle ruhig sein. Für Vater gibt es ein Stück Fleisch, für alle andern Nudeln mit Sauce.

Mutter ist gut im Sparen, jeden Schilling dreht sie dreimal um. Wenn die Milch zwei Gassen weiter fünf Groschen billiger ist, geht sie dorthin, sie hat immer alle Preise im Kopf. Sie näht Hosen für uns Buben, eine Wurstsemmel ist für uns seltener Luxus, Blue Jeans, Coca Cola, Schallplatten undenkbar, Schulkollegen halten uns für arme Leute. Wenn ich erzähle, dass mein Vater Arzt ist, werde ich erstaunt gefragt, wieso wir denn kein Geld haben. „Vater baut ein Haus", sage ich und wundere mich, dass jemand weiterfragt: „Na und?" Darauf habe ich keine Antwort.
Da es in Vaters Leben praktisch nur mehr Arbeit gibt, ist allein Mutter für Einladungen und Gäste zuständig. Es wird schwierig, ihn zu bewegen, Bekannte zu besuchen, und wenn wir zu Mutters Bruder eingeladen sind, kommen wir zu spät, Vater kann sich nicht losreißen von den Dingen, mit denen er gerade beschäftigt ist. Auf seiner Baustelle trinkt Vater Bier und nach vielen Stunden Schwerarbeit öffnet er eine Flasche Wein, sitzt allein bei seinem Glas. Mutter lädt niemanden mehr ein, wenn er da ist, sie schämt sich für ihren Mann.
Immer wieder schreibt sie ihm einen Brief, schreibt, dass sie den Alkohol als Problem empfinde, doch er antwortet nicht. So schickt sie Leserbriefe an Zeitungen mit dem Aufruf, Ärzten keine Alkoholgeschenke zu machen, sondern Sinnvolles zu schenken. Sie ruft bei Radiostationen an, redet mit Journalisten über Probleme des Alkohols, nur mit Vater redet sie darüber nicht.
Die Eltern sind nicht mehr als Paar unterwegs, nur bei der Sonntagsmesse sitzen sie noch nebeneinander, und es gibt keinen Urlaub mehr, keine Ferien auf dem Bauernhof in Vaters Heimat. Mutter bemüht sich, mit uns

Kindern fröhlich zu sein, doch meist schaut sie bekümmert und seufzt. Zu ihrer Freundin sagt sie, das Hin und Her zwischen Baustelle und Zweizimmerwohnung zehrt an ihren Nerven, doch es sei kein Ende in Sicht.

Das Haus wächst, und drinnen, in der Mitte des Bauwerks, steht noch der Großteil des alten, kleinen Hauses. Vater baut das neue Haus um das alte herum, so können wir am Wochenende und in den Ferien im alten Haus übernachten, Mutter kocht auf einem winzigen Ofen, das Plumpsklo steht auch noch, das Badezimmer besteht aus einer Waschschüssel und dem Gartenschlauch.

Vater verliert sich in Details, er stellt sogar Stahlbetongitter selbst her, schneidet für jedes Eck des Hauses kräftigen Torstahl, biegt diesen zurecht und dreht die Teile mit Spezialdraht zusammen, auch die Verschalungen für den Betonguss gestaltet er stets kunstvoll, doppelt abgesichert und sauber. Es ist, als würde der begabte Chirurg am Haus operieren.

Provisorisch

Schon von der Straße aus kann man die dicken Mauern des Hauses erahnen, Mauern aus noch unverputzten Ziegeln, eingerahmt von Beton. Das Dach überragt all die traditionellen Häuser in der kleinen Straße am Rande Wiens, den Garten füllen die Beton-Mischmaschine, ein Berg Schotter, eine Fuhre Ziegel, ein Stapel Bauholz und viel Schutt und Unkraut.

Langsam lenkt Vater seinen überladenen Wagen, parkt direkt vor dem Gartentor. „So, hier sind wir. Ab heute wohnhaft in unserem Eigenheim!"

Mutter schwitzt, mühsam lächelt sie, wir Söhne springen aus dem Auto. Der Kofferraum ist voll, auf dem Dachträger weitere Kartons mit Seilen festgezurrt. Vater übergibt uns Kiste um Kiste, sagt, in welches Zimmer wir die tragen sollen, dann laufen wir in die nahen Weinberge Indianer spielen. Vater sieht uns missmutig nach und macht sich an seine Arbeit. Brütend heiß steht die Sonne am Himmel, die Amseln singen, als wüssten sie, dass die Schulferien begonnen haben.

Sechs lange Jahre hat Vater ohne Unterbrechung am Haus gebaut, den Rohbau fertiggestellt, mit Stahlbetonträgern erdbebensicher und ausbaubar als Luft-

schutzbunker für die Familie. Aus seiner Heimat wird der Dachstuhl geliefert, die Fenster und Türen lässt er setzen, Dusche und Toilette werden provisorisch installiert. Vater macht sich daran, das alte Haus abzureißen und Schubkarre für Schubkarre nach draußen zu fahren, er freut sich, dass wir in der Baustelle wohnen, nun muss er nicht mehr allein werkeln wie so oft zuvor, die Familie ist bei ihm. Die Söhne werden wohl öfter zupacken, meint er. Doch anstatt mitzuhelfen üben wir Radfahren auf schrottreifen Fahrrädern, gehen ins Freibad, spielen auf den Hügeln des Wienerwaldes, und Vater ist einmal mehr enttäuscht von uns.
Für das Abendessen hat Mutter im Garten gedeckt. Vater sieht Matthäus und mich ärgerlich an: „Die Betonmischmaschine habt ihr nicht gewaschen, wenigstens das könntet ihr übernehmen!“ Es liegt ihm nicht, uns direkt zur Mitarbeit einzuteilen, und noch weniger, uns darum zu bitten. „In eurem Alter noch herumspielen wie Kleinkinder, ihr seid schon so groß und noch immer zu nichts zu gebrauchen!“
Mutter hält ihm entgegen, wir würden mehr am Bau helfen, wenn er uns Anspruchsvolleres zu tun gebe, als Werkzeug zu reichen, die leere Schubkarre zurückzufahren und die Mischmaschine zu waschen.
Nachbarn kommen ans Gartentor, Vater grüßt sie freundlich.
„Nach wie vor jede freie Minute an der Arbeit, Herr Doktor?“ „Fantastisch, das haben Sie alles alleine geschafft? Ein Arzt, der mit eigenen Händen ein Haus baut? Unglaublich!“
„Ja“, antwortet Vater, „meine Patienten staunen nicht schlecht, wenn ich ihnen erzähle, dass ich daheim Beton schaufle.“

„Jetzt wo Sie schon hier wohnen, könnten Sie es doch ein bisschen gemütlicher angehen, wir sehen Sie immer nur arbeiten, auch am Sonntag.“
„Da habe ich offizielle Erlaubnis! Der Pfarrer sagt, am eigenen Haus darf ich auch am Sonntag arbeiten, das fällt nicht unter das Sonntagsgebot. Aber in wenigen Monaten werde ich ohnedies fertig sein.“
Mutter nickt den Nachbarn zu, ihr Lächeln wirkt gequält.

Dann kommt das erste Weihnachten im eigenen Haus, im Rohbau, in dessen Mitte ein Loch in den Keller hinunter klafft, zur offenen Erde hin, da ist das alte Haus gestanden, das Vater nun abgerissen und schubkarrenweise hinausgefahren hat, da wird das neue Wohnzimmer entstehen. Im ganzen Haus riecht es nach rohen Ziegeln und Erde.
Am ersten Adventsonntag kommt Martina, die Jugendfreundin meiner Mutter, auf Besuch, offen zeigt sie, wie schockiert sie über unsere Wohnsituation ist, über das riesige Loch in der Mitte des Hauses, sie sagt zu Mutter: „Ich an deiner Stelle würde mich da hinunter stürzen!“
Plötzlich wird Mutter bewusst, dass wir in dieser Baustelle Weihnachten feiern müssen und noch – wer weiß wie lang – zwischen Schutt und Staub leben werden.
Als die Freundin gegangen ist, beginnt Mutter zu schluchzen, stundenlang schüttelt sie das Weinen, ihre Stimme überschlägt sich: „Du lieber Gott ... in welchem Drecks-Loch wohnen wir da ... es sieht so furchtbar schrecklich aus ... als wäre eine Bombe eingeschlagen!“

Zornig antwortet Vater: „Ich schufte, was ich nur kann, ich baue das Haus rund um dich, rund um meine Familie, und du schätzt das nicht, lässt dich von deiner Freundin aufhetzen gegen mich!"
„Du hast überhaupt keine Ahnung, wie schwierig es für mich ist, in diesem Chaos einen Haushalt zu führen, geschweige denn mit den Buben zu lernen."
„Meinst du, für mich ist es lustig, mich jeden Tag für euch abzurackern! Ich gebe, was ich kann und keiner sieht das!"
So geht es hin und her zwischen Weinen und zornigen Worten, beide sehen verzweifelt aus, sie sehen aneinander vorbei, wiederholen immer wieder dieselben Sätze. Es ist, als wäre das Loch im Haus der Abgrund zwischen den Eltern, ein wachsender Abgrund, über den hinweg sie einander etwas zurufen, ohne einander zu hören.
Mutter schmückt einen Christbaum in der Küche mit den Gartenstühlen und den alten Regalen an den unverputzten Ziegelwänden. Sie hängt ein buntes Tuch vor den Durchgang zur Baustelle, und immer wieder weint sie dabei. Vater vermeidet es, in ihre Nähe zu kommen, seine Backenknochen treten vor, als er schwitzend schaufelt, was er nur kann. Mutter versucht ihre Tränen vor uns Söhnen zu verbergen, doch es gelingt ihr nicht, und Vater sagt kaum noch ein Wort, wenn wir als Familie unter uns sind.
Es ist ein stilles Weihnachten, bedrückend still. Ich als Vierzehnjähriger denke mir nichts dabei, Weihnachten in einer Baustelle zu feiern, doch das Leid meiner Eltern kriecht in jeden Winkel des Hauses. Ich spiele „Stille Nacht" auf der Flöte, mit einem tonlosen „Alles Gute" überreichen wir einander ein paar kleine

Geschenke, dann gehen wir in die Kirche. Die Nacht ist eisig kalt, der Schnee knirscht bei jedem Schritt. Der Pfarrer steht hinten in der Kirche, begrüßt alle Hereinkommenden. Als er meinen Eltern die Hand gibt, ihnen ein gesegnetes Fest wünscht, hat Mutter wieder Tränen in den Augen, und der Pfarrer sagt zu ihr:
„Auch Jesus ist in einem Stall zur Welt gekommen."
Vater bewegt die Lippen, als wollte er etwas sagen, doch er nickt nur stumm.

Zwischen den Bäumen im Garten rattert die Mischmaschine. Das Gestänge unter der Mischtrommel ist eingehüllt in einen Klumpen Beton, es sieht aus, als hätte jemand sie an Ort und Stelle festbetonieren wollen. Es sind jedoch nur kleine Spritzer, beim Betonmischen geht immer ein bisschen daneben, die Spritzer sind im Laufe der Jahre verhärtet, nun kann man das Ding nicht mehr vom Fleck bewegen. Beton wird hart wie Stein.

Die Obstbäume zu beiden Seiten der Mischmaschine haben sich erstaunlich robust gezeigt inmitten des Baugeschehens, auch der kalte Westwind scheint sie nicht zu stören, die Blätter brechen hervor, suchen das Licht. Für die Bäume ist der Winter vorbei.

Ich beobachte die Öffnung der Mischtrommel, die sich immerzu um sich selbst dreht, sehe Wasser und Sand kreisen, für ein paar Augenblicke vergesse ich alles rund um mich.

„Geh weg, Raphael!“ Onkel Thomas lacht. „Sonst schaufle ich dich auch noch da hinein.“

Zum vierten Mal ist er gekommen zum Deckenbetonieren, das ist ein harter Arbeitstag für vier Männer.

Einer befüllt die Mischmaschine, zwei Männer fahren mit den schweren Schubkarren über die Rampe hinauf, kippen den Beton in die Verschalung der werdenden Decke, und Vater verdichtet die graue Masse, indem er sie zwischen den Eisenbewährungen feststampft. So geht das einen vollen Tag lang, mehr als zweihundert Schubkarren Beton sind notwendig für eine von Vaters überdimensionierten Zimmerdecken.

Wochenlang hat Vater an der Verschalung gearbeitet, drei weitere Wochen Torstahl geschnitten, gebogen, eingepasst und miteinander verflochten. Nun ist das letzte Stück zu betonieren, die fehlende Fußbodendecke im zukünftigen Wohnzimmer.

„Was machst' denn da für Löcher, mitten in das Haus", sagt Onkel Thomas zu meinem Vater, „na gut, dann betonieren wir das eben zu!"

Er zählt sechzehn Schaufel Schotter, einen Eimer Wasser und zwei Eimer Zement, drei Minuten durchmischt, die Fuhre kann hinaufgeradelt werden. Onkel Hubert steht schon bereit mit dem Schubkarren. Ich will es auch einmal probieren.

„Lasst mich mal fahren, aber bitte nicht voll machen."

„Ja, zeig nur was d' kannst!"

Mit dem halbvollen Schubkarren fahre ich die Rampe hinauf zum Hauseingang, auch die Kurve oben schaffe ich gut, dann geht es über zwei Bretter ans hintere Ende der werdenden Decke, dort wartet Vater schon auf die Fuhre Beton. Ich konzentriere mich auf die Balance. „He, Halbstarker, hierher!", ruft Vater.

Mein Schubkarren schwankt, ich kann ihn nicht mehr halten, kippe den Beton auf die falsche Seite.

„Jetzt muss ich mir den Dreck da herüberschaufeln", schimpft mein Vater, „sonst hilfst mir auch nie, brauchst heute auch nicht zeigen, wie stark du bist. Die leere Scheibtruhe kannst' zurückfahren, das ist was für Halbstarke!" Ich lasse den Schubkarren stehen, wortlos gehe ich aus dem Haus.

Zwei Häuser weiter wohnen zwei Jugendliche in meinem Alter. Die haben die neuesten Schallplatten der Beatles und Rolling Stones und einen bunt bemalten Kellerraum, dort können wir die Musik aufdrehen, so laut wir wollen. Stundenlang hören wir immer wieder dieselben Songs und bestärken einander, nicht mehr zum Friseur zu gehen. Kurze Haare, das ist etwas für Spießer und für folgsame Soldaten, nicht für uns. Wenn ich inmitten der dröhnend lauten Musik die Schallplatte beobachte, kann ich für ein paar Augenblicke alles rund um mich vergessen, die Schallplatte dreht sich immerzu im Kreis, wie unsere Mischmaschine mit den Klumpfüßen.

Als ich wieder heimkomme, glänzt eine glatt gestrichene Betondecke im Haus, die Männer sitzen bei der Jause *(Brotzeit)*, Mutter sieht mich aufmunternd an.

„Wo warst denn so lang", fragt Onkel Hubert, „fast hätten wir's nicht geschafft ohne dich."

Ich sehe hinüber zu Vater, der konzentriert sich auf sein Speckbrot.

Am nächsten Tag kommt Martina. Mutter erzählt, ihr Leben sei zu einem Albtraum geworden, sie hasse das Hausbauen, das ihre Liebe kaputt gemacht habe, sie hasse den Alkohol, und mehr und mehr hasse sie es, für Vater zu kochen, der nur nörgelt. „Er hat überhaupt kein Verständnis mehr für seine Söhne, wegen jedem kleinen Fehler macht er ein Drama", sagt sie. „Und ich versuche zu vertuschen, renne in die Schule, um die

Lehrer mild zu stimmen, es ist mittlerweile so, dass ich die Söhne vor meinem Mann beschützen muss."
Martina fragt, ob Vater einen Freund hat, mit dem er sich aussprechen kann. Mutter verneint, sagt, er rede auch nichts Persönliches mehr mit ihr, und sie wisse nichts von einem Freund. Er kenne nur seine Arbeit, für alles andere sei sie zuständig, und vor allem für die Erziehung der Söhne würde er allein sie verantwortlich machen.
Da erinnert sich Martina, dass meine Mutter schon als Kind an der Verantwortung für ihre vier Brüder gelitten hat, nun sind es vier Söhne, und ihr Mann ist fordernd und zornig, so wie ihr Vater.
Martina geht und kurz darauf kommt Vater heim vom Spital, Mutter ist um diese Zeit meist im ersten Stock des unfertigen Hauses, sie hört das Auto vorfahren und sieht ihn durch den Garten auf das Haus zugehen. Da beobachtet sie, dass sich seine Miene verfinstert, sein Gesicht in Falten zieht, als er auf das Haus, auf seine Baustelle zugeht. Sie läuft nach unten, ihn zu begrüßen, ihn nach der Arbeit im Spital zu fragen. Nie kommt er nach oben zu ihr und zu uns, seinen Söhnen, die wir auch meist oben sind, doch er weiß ja, Mutter wird herunterkommen, ihm entgegengehen. Er fragt auch nicht mehr, wie es ihr geht. In der provisorischen Küche bedient sie ihn und auch uns, die vier Söhne, die wir ebenfalls gelernt haben, keinen Handgriff im Haushalt zu tun.
Das Telefon klingelt. Sie solle abheben, meint er.
„Das wird wohl für dich sein", sagt sie, doch sie nimmt den Hörer ab. Ein älterer Bekannter ist an Krebs erkrankt. Er hat nicht mehr lange zu leben, sagt die Frau des Bekannten, ihr Mann wünsche sich so sehr einen

Besuch meines Vaters. Er könne da nicht helfen, lässt er Mutter ausrichten, beißt die Zähne zusammen und macht sich an die Arbeit am Haus. Auch am nächsten Tag ruft die Frau des Kranken an, Vater geht wieder nicht ans Telefon, Mutter sagt, es gehe nicht um seine Visite als Arzt, sondern um Freundschaft. Vater verzieht das Gesicht, schiebt das Kinn vor und hebt die Hände in einer hilflosen Geste.
Wenige Wochen später kommt die Nachricht vom Tod des Bekannten. Vater hat ihn nicht mehr besucht.

Vater schimpft, dass Matthäus und ich viel zu lange Haare haben, es sei schrecklich, uns anzusehen, so als wären wir verwahrlost. Er klagt Mutter an, uns Söhne verzogen zu haben, auf der falschen Seite zu stehen, gegen ihn, nun seien wir Buben völlig entgleist.
Mutter wirft ihm vor, verständnislos zu sein. Er antwortet, sie sei es, die nicht verstehe.
„Hilflos muss ich zusehen, wie meine Söhne verkommen, weil du mich boykottierst!"
„So ein Unsinn, ich boykottiere dich doch nicht!"
Doch er beharrt darauf, sie habe ihm jede Macht genommen, wie ein Trottel müsse er sich abrackern, und niemand sei dankbar dafür. Wenn er nicht einen eisernen Willen hätte, er hätte längst alles hingeschmissen. Mit finsterem Gesicht holt er seine Kabelrolle und beginnt die provisorischen Stromleitungen durch wohldurchdachte Verkabelung zu ersetzen, in jeder Ecke der Zimmer installiert er eine ganze Reihe von Steckdosen.

Monatelang arbeitet Vater an den Installationen, dann werden die rohen Ziegelwände verputzt und Vater

meint, bald wäre alles fertig. Mutter sagt, wir müssen das Zimmer räumen, das große Kinderzimmer soll der erste Raum sein, in dem der Verputz an die Wand geworfen wird. Unwillig schleppen wir unsere Spielsachen und Bücher, die Betten und Kästen in einen kleineren Raum. Doch nach ein paar Wochen müssen wir wieder zurück übersiedeln, denn nun kommt das kleinere Zimmer an die Reihe. Ein paar Monate später wird die Deckenverkleidung hochgeschraubt und der Estrich betoniert und wieder wechseln wir die Zimmer, hin und zurück. Mutter bemüht sich, uns Söhne zu ermuntern, doch ihr ist selbst zum Heulen. Und sie spricht oft in der Schule vor, bittet um Verständnis und Nachsicht, rettet mich vor dem Sitzenbleiben, indem sie den Klassenvorstand bekniet, natürlich ohne Vaters Wissen.
„Mutter, du bist ja mehr in der Schule als ich“, sagt Markus, als Mutter ihm vorhält, was sie von seinem Klassenvorstand erfahren hat, „da könntest ja auch gleich meine Schularbeiten schreiben!“
Mutter will ihm eine Ohrfeige geben, Markus jedoch hält sich rasch den Ellbogen vor das Gesicht.
„Au“, ruft Mutter, als sie mit der Hand dagegen prallt, „was wird nur aus euch werden?“ Mit Tränen in den Augen verlässt sie den Raum.
Lukas grinst und geht zu seinem Freund Sebastian, dessen Eltern haben den Burschen erlaubt, die Garage für Bastelarbeiten zu benützen. Aus Fahrradteilen und einem Moped-Motor baut sich Lukas einen Go-Kart. Das Fahrgestell ist fertig verschraubt, die Räder montiert, zügig bringen die Freunde den Motor an, verkürzen eine Fahrradkette, um den Antrieb auf die Hinterräder zu übertragen. Lukas startet, der Motor

heult auf, vorsichtig lässt er die Kupplung los, die Räder drehen sich.
„Spitze!" ruft Lukas, „ich wusste, es würde klappen!"
Sebastian klopft ihm auf die Schulter: „Klar, nur wie können wir da noch Bremsen montieren?"
„Da fällt uns schon etwas ein, ich fahr mal eine Runde!" Gemeinsam schieben sie das Gefährt vor die Garage, Lukas setzt sich darauf, gibt Gas und saust die Straße hinauf, fährt eine enge Kurve und kommt zurück. Vor der Garage des Freundes ruft er:
„Ich schau' mal, was das Maschinchen hergibt!"
Er beschleunigt in Richtung Hauptstraße und als er der Straßenkreuzung näher kommt, nimmt er das Gas zurück, doch das Gefährt rollt mit gleichbleibender Geschwindigkeit weiter. Da versucht Lukas mit dem Fuß am Asphalt zu bremsen. Mit voller Wucht schlägt das Fahrgestell gegen seine Wade, reißt eine Wunde, das Fahrzeug ruckt, ein Stück weiter bleibt es stehen, nur wenige Meter vor der Straßenkreuzung. Keuchend kommt Sebastian nachgelaufen, sieht Lukas blutendes Bein: „Mist! Was machen wir jetzt?"
Lukas steht auf, humpelt zurück zum Haus, Sebastian schiebt den Go-Kart hinter ihm her.
„Gib mir was zum Verbinden, ich fahre zu meinem Vater ins Spital, du brauchst nicht mitkommen, in der Straßenbahn schaff ich das schon."
Vater will wissen, wie die Verletzung passiert ist, Lukas beschreibt einen Sturz mit dem Fahrrad. Das könne nicht so gewesen sein, widerspricht ihm Vater, er sieht an der Verletzung, dass diese von hinten durch den Schlag eines kantigen Eisens entstanden sei. Doch Lukas bleibt bei seiner Behauptung. Mit finsterem Gesicht näht Vater die Wunde.

Als Vater vom Spital heim kommt, klagt er Mutter, wie unverfroren ihn sein Sohn angelogen hat, alle würden ihn für dumm verkaufen. Mutter weiß vom Go-Kart, doch sie sagt kein Wort, schluckt die Wut auf ihren Mann und die Angst um ihren Sohn.

Markus, der Jüngste, kommt am besten mit Vater zurecht. Er spielt Geige in einem Jugendorchester, und er erfüllt Vater einen unausgesprochenen Wunsch, indem er sagt, er wolle Priester werden.
Doch unpassender Weise ist er verliebt. Er erzählt Mutter davon, da schreibt sie dem Mädchen, bittet sie, von ihrem Sohn die Finger zu lassen, sie muss Halt machen vor einem, der sich Gott versprochen habe, der Priester werden wolle.
Ein paar Tage darauf erhält Markus einen Brief seiner Freundin, er reißt ihn auf und erstarrt: „Ich muss Abschied nehmen von dir, wir passen nicht zusammen", steht da.
Er erfährt erst viel später, dass Mutter dazwischen gegangen ist.

Mutter und Tochter

Das Rattern des Zuges wird langsamer, die Waggons schaukeln, als sie über eine Reihe von Weichen in den Bahnhof einfahren, so als würden sie sich nach langer Fahrt nur mehr mühsam voranschleppen. Bremsen kreischen auf schweren Eisenrädern. Alle Abteile sind voll besetzt, viele Jugendliche recken sich, die letzte Nacht haben sie im Sitzen geschlafen, die Füße auf den großen Rucksäcken. Auch meine Beine fühlen sich steif an.

„Wien Westbahnhof, bitte alles aussteigen!" Ich bin wieder daheim.

Langsam trage ich meinen Rucksack zur Straßenbahn. Schlafsack und Matte baumeln auf mein Gesäß. Ich bin hungrig, unrasiert, meine Haare schulterlang, meiner Jeans und dem Sommerhemd kann man ansehen, dass ich es schon tagelang getragen habe. Ich überlege, ob ich daheim anrufen soll.

Eine ältere Frau sieht mich interessiert an, da geb ich mir einen Ruck und frage: „Könnten Sie mir bitte einen Schilling leihen, ich müsste telefonieren."

„Ach so, leihen, naja, wissen Sie was, ich schenk' Ihnen einen Schilling."

„Danke, sehr freundlich!"
Daheim geht Vater ans Telefon, offensichtlich sitzt er an seinem Schreibtisch, ich kann ihn vor mir sehen, Vaters Stimmung ist dort meist so dunkel wie die alten Schnitzereien im Holz. Ich drücke den Zahlknopf des Telefons. „Grüß dich Vater, ich bin wieder da. Könntest du mich bitte vom Westbahnhof abholen, ich hab kein Geld mehr für die Straßenbahn."
„Warte auf mich am Taxistandplatz." Vater kommt, nickt mir zu, kaum eine Regung im Gesicht, wir fahren heim. Überschwänglich begrüßt mich Mutter, das Essen steht schon auf dem Tisch. Meine Brüder sehen mich neugierig an, Mutter sagt, ich solle erzählen, sicher habe ich viel gelernt.
Ich habe in einem Feriencamp Kinder betreut und bei einer Gastfamilie in New York gewohnt. Dort im Haus durfte ich eine Dunkelkammer benutzen, so kann ich gleich ein paar Fotos vom Straßenleben in New York herumreichen. Vater grinst, nickt, hört mir zu. „Er ist ja doch mein Sohn", sagt er zu Mutter und zitiert einen Spruch aus seiner Heimat: „Wie der Acker so die Ruam, wie der Vater, so die Buam, wie die Mutter so die Töchta, meist sind's no' a bissl schlechta." *(Wie der Acker so die Rüben, wie der Vater so die Buben, wie die Mutter, so die Töchter, meist sind sie noch ein bisschen schlechter.)*
Mutter verzieht das Gesicht, sie schaut weg. Doch zwei Jahre später erweist sich Vaters Spruch als wahr.

Meine beiden jüngeren Brüder haben die Hürden des Gymnasiums geschafft, und Mutter schließt sich einer Pilgergruppe an, die der Pfarrer organisiert. Sie hat für sich das Gelübde abgelegt: Wenn alle ihre Kinder die

Schule abgeschlossen haben, dankt sie Gott auf einer Fuß-Wallfahrt nach Mariazell. Jahrelang ist sie nicht mehr gewandert. Fröhlich gehen die Pilger durch den Wienerwald Richtung Steiermark. Die Sonne wirft ihre Strahlen durch die Baumkronen, die Wege sind gepflegt, die Raststätten einladend. Mutter plaudert mit anderen Frauen, erzählt, wie gerne sie mit ihrem Mann gewandert ist, in den ersten Jahren ihres Beisammenseins, verliebt und glücklich. Nun werden alle vier Söhne von daheim ausziehen, vielleicht ist ein Neuanfang mit ihrem Mann möglich, die letzten fünfzehn Jahre sind schrecklich gewesen.
Am vierten Tag der Pilgerschaft denkt Mutter, sie hat sich schon ein bisschen an das Gehen gewöhnt, es sind noch ein paar Kilometer bis zur Mittagsrast, der Pfarrer stimmt den schmerzhaften Rosenkranz an, da spürt Mutter, dass ihr das linke Bein nicht mehr richtig gehorcht. Es ist wie gelähmt, ohne dass es weh tut, sie muss den Fuß nachschleifen. Der Pfarrer will einen Arzt rufen, doch Mutter schreibt die Lähmung der ungewohnten Anstrengung zu, und sie beendet die Pilgerwanderung auf einen Stock gestützt mit Unterstützung anderer Pilger. Alle in der Gruppe sind freundlich und rücksichtsvoll, der Pfarrer passt das Tempo jeweils an die Langsamsten an. Mutter ist es peinlich, so behindert zu wirken. Die Lähmungserscheinung verschwindet wie von selbst und Mutter geht der Sache nicht weiter nach.

Irgendwo hallte das Signalhorn einer Rettung durch die Straßen. Das blinkende Blaulicht ließ die Fassaden der Häuser tanzen. Bremsen quietschten, Türen wurden aufgeschlagen.

Dunkle Leere fließt durch die geöffneten Türen und trägt die blinkenden Lichter fort.

Zusammengeknickt sitzt meine Mutter in unserem provisorisch eingerichteten Wohnzimmer. Tonlos sagt sie:

„Mein Bruder Hubert, mein guter Bruder Hubert."

Martina fragt: „Hubert, der als junger Mann Priester werden wollte und dann, nach ein paar Jahren wieder aus dem Kloster ausgetreten ist?"

Wie versteinert antwortet Mutter: „Immer hatte er eine Frau gesucht. Immer wieder hatte er mir eine Frau vorgestellt, mit der er gerne zusammen gekommen wäre, doch nie wurde mehr daraus, und Hubert blieb allein. So war er oft bei uns, half an Wochenenden beim Hausbau, mir zuliebe, denn mit Hannes kam er nicht gut zurecht. Vor eineinhalb Jahren hat er eine Witwe kennengelernt, doch er kam uns nie besuchen mit ihr. So wie ich hat diese Frau vier Kinder, die hat er geheiratet.

Ein Monat nach der Hochzeit war Weihnachten, jedes Jahr trifft sich meine Verwandtschaft am Christtag zu Kaffee und Kuchen, mit kleinen Geschenken. Hubert kam nun mit seiner neuen Familie, doch er, der immer viele Späße gemacht hatte, war wortkarg und antwortete nicht, wenn wir ihn fragten, wie ihm sein neues Leben gefalle.

Am Tag darauf rief er mich an, ich solle ihm das Geschenk zurückschicken, das er und seine Frau mir überreicht hatten, denn was sie von mir bekommen hätten, sei ja wohl wertloser Tand. Er sprach mit zitternder Stimme, und als ich ihn fragte, wie er das denn meine, hörte ich, wie seine Frau ihm vorsprach, was

er zu antworten hatte. Ich versuchte zu beruhigen: ‚Natürlich kann ich euch die wertvolle Vase zurückschicken ... Nein, wir wollten euch nicht beleidigen ... Wir haben uns doch immer nur kleine Aufmerksamkeiten geschenkt ... Niemals würden wir euch wie den letzten Dreck behandeln ... Was soll ich machen, wenn ihr nicht mehr mit uns feiern wollt ...'
Meinen Bruder habe ich seither nicht mehr gesehen.
Vor ein paar Tagen läutete das Telefon. Ich fuhr hoch: ‚Das ist Hubert', sagte ich und griff nach dem Hörer. Tatsächlich, er war es, mein Bruder Hubert:
‚Else!' sagte er mit erstickter Stimme, ‚Else!'
Was denn passiert ist, fragte ich, er könne mir alles erzählen.
Er hatte ein Kind gezeugt, ein Kind, doch seine Frau hat es abtreiben lassen, sein Kind! Er wusste nicht, was tun. Er rang nach Luft und brach das Telefonat ab.
Ich versuchte zurückzurufen, immer wieder probierte ich es, doch niemand nahm den Anruf entgegen. Zwei Nächte lang konnte ich kaum schlafen, hatte wirre, bedrohliche Träume. Dann kam die Nachricht, dass mein Bruder Selbstmord begangen hatte."
Zusammengeknickt sitzt meine Mutter im provisorisch eingerichteten Wohnzimmer. Tonlos, wie versteinert erzählt sie, was passiert ist. Vielleicht hat Hubert sie um Hilfe bitten wollen, vielleicht ist er vor unserem Garten gestanden, ohne zu läuten, der Hund des Nachbarn hat angeschlagen am Vorabend seines Todes, vielleicht hätte Mutter ihm helfen können. Doch wenn er da gewesen ist, dann ist er gegangen, ohne zu läuten. In einem Wald, nicht weit von unserem Haus, hat man ihn gefunden, tot.

Huberts Totenbild steht auf Mutters Nachtkästchen und etwas vom Schmerz bleibt in ihrem Gesicht.
Wir Söhne ziehen aus von daheim, einer nach dem anderen verabschiedet sich. Damit ist der größte Streitpunkt zwischen meinen Eltern aus dem Blickfeld, Mutter atmet auf. Nun will sie ein eigenes Zimmer im Haus, sagt sie zu Vater. Er nickt, hebt die Hände, als wolle er etwas sagen, doch es kommt nur ein unverständlicher Laut. Mutter macht sich an die Arbeit, sie hat schon alles vorbereitet, sie tapeziert ihr Zimmer in orangefarbenen Tönen und verlässt das gemeinsame Schlafzimmer für immer. Sie sucht nach Aktivitäten ohne Mann und Familie, besucht Veranstaltungen im katholischen Bildungswerk, engagiert sich in der Pfarrei. Vater ist nicht gerne allein zu Haus, doch immer öfter hat sie gute Gründe, auch dann fort zu gehen, wenn er da ist.
„Ich gehe einkaufen für Frau Mayer, du weißt schon, die, die Multiple Sklerose hat, und dann in die Bibelrunde."
„Wenn du meinst", ohne den Blick von seiner Bohrmaschine zu lösen hebt Vater den Kopf ein wenig.
„Das Essen steht am Herd, um neun bin ich wieder da."
Vater sieht ihr nach und seufzt. Im blauen Arbeitsgewand steht er im Badezimmer, ein neues Waschbecken neben sich, das alte ist mit Holzstreben gestützt. Vater legt die Bohrmaschine auf die Seite: „Für wen arbeite ich eigentlich?" Er holt sich Mutters Essen und öffnet eine Flasche Wein. Übermäßig laute Radiomusik hallt durch die Weite der Räume. Mit dem Haus kommt er immer weniger voran.

Vater blättert in einer medizinischen Fachzeitschrift, daneben Prospekte mit Fliesen, doch zuvor muss noch der Estrich in den Bädern und im Eingangsbereich betoniert werden, und der Kellerboden liegt noch zur Hälfte in der rohen Erde.

„Hast du die Post schon hereingeholt?“ ruft er in die Küche.

„Sie liegt auf deinem Schreibtisch!“

„Ach ja.“ Vater nimmt sein Skalpell und öffnet einen großen Umschlag. „Wir sind nach Lausanne eingeladen, zu sportmedizinischen Vorträgen, sogar der Flug wird uns bezahlt!“ Fröhlich hebt Vater die Einladung einer pharmazeutischen Firma hoch.

„Wieso wir?“ fragt Mutter.

„Für Begleitpersonen wird ein Abendprogramm mit Gala Menü anboten.“

Mutter lächelt: „Wir sind ja ewig lange nicht mehr mitsammen fortgefahren, das muss etwa fünfzehn Jahre her sein, und da waren wir auch nur am Hof deiner Eltern!“

Vater nickt gedankenverloren. Obwohl er sich all die Jahre am Haus abgerackert hat, ist Vater erfolgreich als Arzt. Er arbeitet mit hundertprozentiger Genauigkeit, die Heilquote ist ungewöhnlich hoch, die Patienten verehren ihn. Allen erzählt er, dass er in die Schweiz eingeladen sei. Er findet es großartig, gemeinsam mit seiner Frau ein Flugzeug zu besteigen, fotografiert alle Berge, die sie überfliegen, zwei Filmrollen füllt er mit Fotos von seinem ersten Flug. „Fantastisch, was der Mensch alles kann!“, sagt er immer wieder.

Mutter nickt, sie hat Angst beim Fliegen.

Der dritte Tag in Lausanne fällt auf Mutters Geburtstag. Vater macht sich auf die Suche nach einem Juwelier und kauft eine goldene Halskette, nach dem Abendessen überrascht er sie mit seinem Geschenk.

„Du darfst es gleich aufmachen“, schmunzelt er. Langsam öffnet Mutter die Bänder des Päckchens. „Du meine Güte“, sagt sie, „du sollst doch nicht so viel Geld für mich ausgeben ... Danke!“
Vater antwortet, es sei an der Zeit, dass sie sich etwas leisten, er freue sich auch, ihr ein Fünf-Sterne-Hotel zu bieten. Sie erwidert, so viel Luxus sei eigentlich Verschwendung. Er zieht die Mundwinkel nach unten, sie würde nichts schätzen, was von ihm kommt, murmelt er in sich hinein. Mutter hört es und sagt, er solle doch besser seine Söhne unterstützen. Mit finsterem Gesicht dreht er sich um.
Schweigend treten sie die Heimreise an, Vater fotografiert Wolken, Mutter hält sich am Sicherheitsgurt fest.

Einmal lädt auch Mutter zu einem Vortrag ein, das große Wohnzimmer füllt sich, sie bringt Kaffee und Kuchen, Vater baut den Diaprojektor auf. Mit leuchtenden Augen sagt er zu den Gästen: „Mein zweitgeborener Sohn ist da unten“, er deutet zum Boden, „in der Südsee, auf der anderen Seite der Erde!“ Vater zeigt Bilder, die ich von meiner Reise geschickt habe, im Kreis der Verwandten beschreibt er die Tropen als wäre er selbst dort gewesen.
„So oft hast du an unseren Söhnen gezweifelt“, sagt Mutter, „jetzt siehst du, was sie alles schaffen, jeder auf seine Weise!“
Vater nickt, doch er weicht Mutters Blick aus: „Ich freue mich schon auf den nächsten Brief von Raphael“, sagt er mehr zu sich selbst als zu ihr.
Ein paar Wochen nach Vaters Diavortrag kommt Mutter vom einem Einkauf zurück, Vater lacht sie an, deutet auf einen Brief mit Paradiesvögeln auf dem

Umschlag: „Da, lies“, sagt er, „es gibt was Neues!“ Rasch stellt Mutter die Einkaufstasche ab, nimmt den Brief, ihre Augen fliegen über die Zeilen. Ich habe geschrieben, dass ich Anna kennengelernt habe, eine Hebamme, die aus Vaters Heimat kommt, die werde ich heiraten, sofort nach der Heimkehr nach Österreich wollen wir Hochzeit feiern.

„Aus meiner Heimat“, sagt Vater voll Nachdruck, „und sie arbeitet im Krankenhaus!“

„Meine erste Schwiegertochter“, antwortet Mutter wie in Trance. Sofort beginnt sie einen Brief an mich, will alles wissen über meine Zukünftige. Und noch bevor Mutter und Vater Anna kennenlernen, besuchen sie deren Eltern in St. Nikolaus, einem Dorf in den Bergen. Mutter ist erstaunt, wie einfach Annas Eltern leben, ohne Telefon und Fernseher, ohne Waschmaschine und Elektroherd, mit Plumpsklo in einem Holzverschlag außerhalb des Hauses. Es wird üppig aufgekocht für die Gäste, Schweinsbraten, Knödel, Kraut und Salat. „Esst's nur, es ist genug da!“, wiederholt die Gastgeberin und schiebt meinen Eltern die vollen Schüsseln zu. Vater sagt, er fühle sich wie daheim auf dem Bauernhof seiner Eltern.

„Es war vor genau dreißig Jahren, als ich deine Eltern kennen gelernt habe“, Mutter sieht Vater so direkt in die Augen, wie schon lange nicht, „auch damals war Frühling ...“

Vater grinst über das ganze Gesicht: „Mein Gott, was waren wir arme Floh-Leute, ohne Wohnung, ohne Kinder, ohne Geld!“

„Was ihr euch nicht alles g‘schaffen habt“, sagt Schwiegermutter ehrfurchtsvoll, „so brave Leut‘, so tüchtig, so ein lieber Sohn, man sieht's schon an den

Fotos, dass er ein guter Mensch ist, ist ja kein Wunder, bei so fleißigen Eltern!"
Vater lächelt, nickt meiner Mutter zu, sie hebt die Hand, um ihn zu berühren, doch er sieht schon wieder auf seinen Teller, da zieht sie die Hand zurück.
„Wird Zeit, dass wir Enkerln bekommen, hoffentlich ist Euer braver Raphael auch fleißig beim Kinder-Machen!"
Schwiegervater lacht, seine Frau sieht ihn böse an.
„Unsere Enkelkinder werden zu Dreiviertel Bauern-Gene haben, da tut das Viertel Wiener Gene auch nicht weh", rechnet Vater vor und grinst. Mutter blickt gequält.
Bei der Heimfahrt sitzen meine Eltern wieder nebeneinander, ohne zu reden, nichts in ihren Gesichtern regt sich, Mutter blickt in die Ferne, ohne dort etwas zu sehen.

Lukas malt eine Karikatur, in der der Priester das Brautpaar auf der Landebahn des Flughafens traut, Mutter kopiert das Bild und lädt alle ihre Bekannten und Verwandten zur Hochzeit, sie organisiert die Musik und das Festessen. Vater kommt für sämtliche Kosten auf, er rahmt die von Lukas gezeichnete Einladung und stellt diese auf seinen übervollen Schreibtisch. Meine Eltern sind aufgeregt, als wäre es ihre eigene Hochzeit.
Endlich kommen wir heim, stürmisch wird Anna willkommen geheißen. In der Hochzeitsansprache betont der Priester, dass Gottes Fügung die Brautleute zusammengebracht habe, meine Eltern nicken hingebungsvoll.
Beim Hochzeitsessen verkündet Vater, dass er nach siebzehn Jahren, in denen er jeden Urlaubstag auf der

Baustelle verbracht hat, wieder Skifahren wolle, er lade alle Familienmitglieder und den Pfarrer zum Skiurlaub ein. „Auch du bist gerne Ski gefahren“, sagt er zu Mutter, „gerade jetzt sollest du dich viel bewegen, seit zwei Jahrzehnten hast du keinen Sport mehr gemacht!”

„Na, wenn du meinst.“

Seufzend versucht sich Mutter noch einmal im Skifahren, bemüht sich verzweifelt die Ski zu lenken, doch die Muskeln gehorchen ihr nicht. Da lässt sich Mutter untersuchen und es wird die Krankheit diagnostiziert, an der ihre Mutter gestorben ist, Multiple Sklerose.

Neun Monate nach der Hochzeit kommt meine Tochter Alexandra zur Welt, zwei Jahre später mein Sohn Hermann. Mit den Enkeln im Arm sieht Mutter um zehn Jahre jünger aus.

„Genauso war es mit euch“, sagt Vater fröhlich, „brauchst nicht glauben, wir hätten euch nicht geliebt.“

„Da bin ich mir hundert Prozent sicher“, ich lege Vater eine Hand auf die Schulter, doch er wendet sich ab.

„Komm, ich hab einen Patienten, der verkauft Kinderwägen, dort kannst dir einen aussuchen.“

Vater und Mutter besuchen uns in St. Nikolaus, in unserem kleinen Haus neben den Schwiegereltern. Die Kinder überlassen wir auch gerne stundenweise meiner Mutter. Sie ist hingerissen vom freizügigen Erziehungsstil, in dem sich meine Frau und ich versuchen. Sie sagt, es tut ihr leid, dass sie damals kein psychologisches Wissen gehabt habe, damals, als sie uns erzogen hat und so streng gewesen ist. Vater meint, sie solle nicht so daher reden, sie haben als Eltern ihr Bestes gegeben. Er freut sich, wenn er seine Enkelkinder sieht, doch er weiß nichts zu sagen. Stumm lächelnd beobachtet er uns mit den Kleinen, er nimmt sie nie auf den Arm und berührt sie fast nur, wenn er sie als Arzt untersucht. Bald wird er unruhig, wenn sie im Raum sind, es scheint, dass die Lebendigkeit und das freie Spiel der Kleinkinder ihn irritieren.

Ich erzähle, dass ich begonnen habe mich in Psychotherapie mit meiner Kindheit auseinanderzusetzen. Ich würde damit kämpfen, sage ich, mich auch ohne Leistung liebenswert zu fühlen. Vater antwortet, man solle nicht für alles die Eltern verantwortlich machen, Psychotherapie sei materialistisch, es sei falsch, alles analytisch zu hinterfragen, sogar den katholischen Glauben. Das sei ja wohl auch der Grund dafür, dass keiner der Söhne Priester geworden wäre.

Jeder von uns Brüdern hat eine Zeit lang Priester werden wollen, doch keiner von uns ist dabeigeblieben. Und jeder von uns ist weit weg gezogen von zu Hause. Wenn wir auf Besuch ins Elternhaus kommen, führt Mutter vertraute Gespräche mit uns jungen Männern, wählt dafür die Küche, während Vater allein bleibt im Wohnzimmer, allein mit Fernsehen, Musik und den Stapeln von Büchern auf seinem Schreibtisch, scheinbar beschäftigt, in seiner eigenen Welt. Mutter hängt an unseren Lippen, beneidet uns um unsere Auseinandersetzung mit der Kindheit, fragt, was wir in der Psychotherapie besprochen haben, wir würden gute Ehemänner werden, gute Väter.

Nach einem Besuch der Söhne sagt Vater, seine Frau habe vergessen, wohin sie gehöre, sie sei zu viel unterwegs, würde sich wie eine unreife Jugendliche verhalten, mitschwimmen mit den Psycho-Trends der Söhne. Mutter antwortet nicht, mühsam steht sie auf, nimmt ihren Gehstock und geht, eine Nachbarin nimmt sie mit zur Bibelrunde. Als sie heimkommt, läuft im Fernsehen ein Interview mit Alice Schwarzer: Frauen erbrächten die wesentlichen Leistungen in den Familien, unterstützten ihre Männer, die sich von ihnen versorgen ließen wie Kleinkinder, behauptet Frau Schwarzer, Frauen müssen sich aus den Fesseln des Patriarchats befreien. Mutter sagt, da wäre schon etwas dran, Vater wird zornig: Diese Emanze würde Frauen verführen, ihre Familien kaputt zu machen, teuflisch findet er das. Mutter humpelt in ihr Zimmer, schreibt auf, was sie soeben gehört hat. Dann nimmt sie eine Reisetasche, packt ein paar Kleider ein, ihren Schmuck, einen Stoß Bücher und schreibt einen Brief an Vater.

Kurz darauf kommt sie meine junge Familie besuchen, allein. Als meine Kinder im Bett sind, erzählt sie voll Elan, sie hat Vater verlassen. Sie zeigt mir die Kopie des Briefes, den sie am Bahnhof vor der Abfahrt auf die Post gebracht hat, um ihm die Entscheidung mitzuteilen. Sie fühle sich befreit, sagt sie schwungvoll, ungläubig sehe ich Mutter an, weiß nichts zu sagen. Ob sie zunächst bei uns wohnen kann, fragt sie. „Tut mir leid, Mutter, das ist mir zu eng“, antworte ich.
Zwei Tage später kommt ein Brief von Vater, seit Jahren habe ich keinen Brief von Vater bekommen. Doch der Brief ist nicht für mich, er hat Mutter geschrieben, an meine Adresse. Eilig öffnet Mutter das Kuvert, seufzt, schüttelt den Kopf und meint, ich solle ihr sagen, was ich von Vaters Schreiben halte. Erwartungsvoll sieht

sie mir beim Lesen zu. Vater hat geschrieben, was Gott verbunden hat, kann sie nicht trennen, sie gehöre zu ihm, er warte auf ihre Heimkehr.
Ich gebe ihr den Brief zurück und antworte, ich habe nichts anderes von ihm erwartet, genau das ist seine Art zu denken und sich auszudrücken. Mutter schluckt, sie findet den Brief schrecklich, liest ihn dann noch einmal, sagt, sie müsse darüber schlafen, durchdenken, was sie nun tun wird. Am nächsten Tag kehrt sie zu ihrem Mann zurück.
Beide tun, als ob nichts gewesen ist, und sie ignoriert seine abwertenden Bemerkungen, wenn er getrunken hat. Wenn er nicht im Spital ist, sitzt er alleine am Schreibtisch, trübselig, verletzt durch uns Söhne, die sich, wie er meint, von ihm abgewandt haben, verärgert und zugleich besorgt über seine Frau, deren Krankheit nun in aller Heftigkeit ausbricht. Jeder Weg wird für sie beschwerlich.

„Gleich sind wir da“, sagt eine Stimme in der Ferne. Der Klang dieser Worte läuft wie ein Zittern durch das Haus. Das Echo verliert sich, das Haus erstarrt, Mutter tritt ans Fenster.

Wortlos

Mit dumpfem Ton schlagen die Äpfel am Boden auf, wieder hat der alte Baum getragen, inmitten von wucherndem Unkraut. Gute und angefaulte Äpfel liegen nebeneinander, der Herbstwind schüttelt weitere Früchte herunter. Mutter steht mit den Krücken am Fenster, ein paar Meter von ihr entfernt sitzt Vater.
„Es tut mir weh, wenn das gute Obst verkommt", sagt sie. Es ist undenkbar für sie, eine Leiter zu besteigen, noch weniger, sich zu bücken. Sie hat Nachbarn angerufen, sie eingeladen, Äpfel zu holen, doch nur die untersten Äste sind abgeerntet, niemand hat sich bemüht, weiter hinauf zu steigen.
„Wie wertvoll war jeder einzige Apfel nach dem Krieg", murmelt Mutter.
„Eine Sauerei, dass sich keiner von den Söhnen um das Haus kümmert", antwortet Vater, „alle sind davon, als ob wir giftig wären, einer weiter weg als der andere. Eine Schande, was aus unserer Familie geworden ist."
Wortlos geht Mutter, bewegt sich mühsam davon, die Krücken schlagen am Boden auf wie die fauligen Äpfel.

Noch einmal spricht sie am nächsten Tag über die Äpfel, es ist noch kälter geworden, der Wind pfeift ums Haus. „Ich könnte einen Apfelstrudel machen, wenn du rausgehen würdest, du holst ja auch gerne etwas vom Fleischer."
„Kommt nicht in Frage, dass ich da draußen herumturne, schon gar nicht bei diesem Wetter!"
„Aber auf deiner Baustelle kletterst doch auch noch herum, immer wieder."
„Was soll das heißen, meine Baustelle, als ob ich das alles für mich getan hätte ..." Mit bösem Blick und schneidend lauter Stimme fügt er hinzu: „Ein armer Hund bin ich, ein bitter armer Hund."
„Ich habe absolut keine Ahnung, was du damit sagen willst", sagt Mutter, doch sie sagt es so leise, dass er es nicht hören kann, und wendet sich ab, will hinauf in ihr Zimmer. Doch als sie die Treppen zum ersten Stock erreicht, merkt sie, dass sie die Beine nicht mehr heben kann. Es kommt ihr nicht über die Lippen Vater um Hilfe zu bitten, und es dauert eine halbe Stunde, bis sie sich ins erste Stockwerk hochgequält hat.

Bald darauf hat Mutter einen Schlaganfall, wenig später Vater. Ihre Gehirnblutung regeneriert, doch ihre Behinderung wird schlimmer. Vater bleibt nach dem Gehirnschlag halbseitig gelähmt, er muss seinen Beruf aufgeben, kann nicht mehr am Haus arbeiten, vieles wird mühsam für ihn. Nun sind sie beide behindert, doch Vater lernt, sich mit einer Hand zu versorgen und mit einer Krücke zu gehen.
Mutter muss in ein Zimmer im Erdgeschoss übersiedeln, in den ersten Stock kommt sie nur mehr mit fremder Hilfe. Regelmäßig kommen Freundinnen, kaufen für sie

ein, nehmen sie mit zu Pfarrveranstaltungen, die Haushaltshilfe der Caritas übernimmt die Putzarbeit und das Wäschewaschen, fertig gekochte Mahlzeiten werden von einem Hilfsdienst gebracht.
„Unser Haus ist ein Invalidenheim geworden", sagt Vater, Mutter seufzt. Die Lähmung ist im Körper nach oben gekrochen, behindert nun auch die Arme.
An einem Samstagabend, strenger Frost hat sich über das Haus gelegt, sagt sie zu Vater, er solle in der Früh ohne sie in die Kirche gehen, sie schaffe das nicht mehr. Sie wünscht ihm gute Nacht, sonst sagt sie nichts. Sie sieht ihn noch eine Zeit lang an und schleppt sich in ihr Zimmer.
Am nächsten Tag kommt Vater von der Sonntagsmesse, es ist schon fast Mittag. Er wundert sich, sie nicht in der Küche vorzufinden. Auch er muss sich beim Gehen plagen, sein linkes Beim gehorcht ihm nicht richtig, es pendelt nach vorne, wenn er sich rechts auf die Krücke stützt. Er betritt Mutters Zimmer, sieht sie reglos im Bett liegen, das Gesicht leichenblass, den Mund weit geöffnet, der Atem flach und unendlich langsam. Als erfahrener Arzt weiß Vater sofort, was los ist und ruft einen Krankenwagen. Wenige Minuten später ist die Rettung da. „Rasch in die Entgiftung", sagt er mehr ärgerlich als besorgt.
Monatelang hat Mutter sich von verschiedenen Freundinnen Schlaftabletten bringen lassen, diese sorgsam versteckt gehalten und dann mehrere Packungen auf einmal geschluckt. Sie konnte gerade noch das Licht löschen, dann schlief sie ein.
Vater weiß, dass es keine Schlaftabletten mehr gibt, mit denen man sich umbringen kann.
Der tiefe Schlaf jedoch hat Mutters Lähmungen noch

weiter verschlimmert. Sie kommt in die Pflegestation eines Altersheims, kann nur mehr Kopf und Hände bewegen. Vater grollt Mutter, dass sie aus dieser Welt hat gehen wollen, ohne sich von ihm zu verabschieden. Dumm auch, dass sie geglaubt hat, das sei so einfach. Er als Arzt wisse schließlich, wie man da vorgehen müsse.
Auch uns Söhnen gegenüber hatte Mutter keinerlei Andeutungen gemacht, was sie lange schon geplant hatte, sie meint, sie habe ihrem Mann die beachtlichen Kosten ersparen wollen, die ihre Pflege verursachen würde.

Vater stürzt schwer, auch er muss ins Altersheim, dort leben sie noch zwei Jahre nebeneinander in je einem Einzelzimmer, Tür an Tür. Wenn ich auf Besuch komme und sein Zimmer betrete, fragt er: „Warst du schon bei der Mutter?“ Er hat Fachbücher über Multiple Sklerose auf dem Nachttisch liegen, „Es muss doch irgendetwas geben, das diese teuflische Krankheit heilt“, sagt er, dann schimpft er über das schlecht ausgebildete Pflegepersonal. Er behauptet, seine gelähmte Seite würde bei der kleinsten Berührung brennen vor Schmerz und lässt niemanden an sich heran, auch wenn das An- und Ausziehen anstrengend ist und mehr als zehn Minuten dauert. Er rasiert sich so gut es geht, die wenigen verbliebenen Haare, schlohweiß, stehen ihm zu Berge, auf das Zuknöpfen der Jacke verzichtet er meistens. So folgt er seiner Frau in den Speisesaal, hinkt hinter dem Rollstuhl her, den eine Pflegerin eilig den Gang entlang schiebt. Immer trägt Mutter eine Kette um den Hals, die er ihr geschenkt hat.

An einem kleinen Tisch sitzen sie beisammen, das Essen wird gebracht, es sieht wenig einladend aus. „Eine Zumutung, dieser Fraß", kommentiert Vater die Mahlzeit.
„Musst du immer an allem herumnörgeln", Mutter sieht mich leidend an. Ich beachte es nicht und beginne sie zu füttern.

Immer seltener verlässt Vater das Altersheim. Just Lukas, der Sohn, den Vater in der Wiege als Gelehrten angesprochen hat, beendet sein Theologiestudium erfolgreich. Doch Vater kommt nicht zur Promotionsfeier, er bleibt in seinem kleinen Zimmer im Pflegeheim, freut sich aus der Ferne, während Mutter sich das beste Gewand anziehen und im Rollstuhl zur Feier bringen lässt. Sie kann sich nicht mehr rühren, nur den Kopf kann sie noch aufrecht halten.

Dann ist er es, der vor ihr geht. Immer wieder sagt er über sein Leben: „Ich kann nicht mehr, ich mag nicht mehr, und ich will auch nicht mehr." Er stürzt, bricht sich den Oberschenkel, ein Bruch, den er an hunderten Patienten operiert hat. So kommt er noch einmal in sein geliebtes Spital, nun als Patient, und dort überwältigt ihn eine schwere Lungenentzündung. Es ist klar, er wird nicht wieder aufstehen aus einem der Betten, in denen früher seine Kranken gelegen haben.
Bald verliert Vater das Bewusstsein, starke Schmerzmittel helfen wohl mit, ihn wegtreten zu lassen. Die zuständigen Ärzte, seine ehemaligen Kollegen, sagen, es wird nicht mehr lange dauern, vielleicht zwei, drei Tage kann es seine Lunge noch schaffen, jede Widerbelebungsmaßnahme hat Vater nachdrücklichst unter-

sagt. Wir Söhne, inzwischen alle vier weit weg von Wien, kommen angereist, verbringen eine Nacht gemeinsam im Krankenzimmer. Wir wissen, Vater will gehen, will dieses Leben nicht mehr.
Schweigend sitzen wir an Vaters Totenbett, so wortlos, wie Vater geworden ist. Nach ein paar glücklichen Jahren ist etwas in ihm verstummt, hat sich zurückgezogen, so dass er kein Wort mehr über die Lippen gebracht hat, um seine Liebe auszudrücken.
Am Morgen nach dieser Nachtwache rufen wir Mutter an, ermutigen sie, sich in die Klinik bringen zu lassen. Sie kommt, und wir legen die Hände der Eltern ineinander, da bewegt sich Vater mit geschlossenen Augen.
„Jetzt ist es so weit", sagt Lukas, es scheint, Vater hat auf seine Frau gewartet mit dem Sterben, so geht er hinüber, ein stummer Abschied ohne erkennbares Bewusstsein.

Hätte er reden können, er hätte es wohl auch nicht geschafft, zum Abschied zu sagen, woran er mit Sicherheit glaubte: dass sie einander wiedersehen würden im Jenseits.
Mutter hatte immer wieder Träume von ihm. Es war, als wäre er noch bei ihr, trotz allem, immer bei ihr.

Teil 2

Erinnertes und Vergessenes

Die Bilder verschwimmen, es zieht mich nach hinten ins Nirgendwo. Das Nirgendwo lächelt. "Bis dann!", zwei Worte, die widerhallen, als gäbe es nie etwas anderes zu sagen.

Etwas hämmerte in meinem Kopf, meine Glieder schmerzten, mit großer Anstrengung öffnete ich die Augen. Da war ein Röntgenapparat über mir, und ein weiß gekleideter Mann gab mir eine Injektion in den entblößten Arm. „Sie werden jetzt gut schlafen! Sie haben eine schwere Gehirnerschütterung, im Kopf drinnen scheint alles soweit in Ordnung, ich nähe jetzt Ihre Verletzungen. Ihr Sohn hat Ihnen ...", da schlief ich ein. Rhythmische Summtöne weckten mich, etwas drückte auf meinen Kopf, das musste ein Verband sein, Hals und Schultern taten mir weh, mein Körper war wie aus Blei. Ich erlaubte meinen Augenlidern, der Schwere nachzugeben. Wieso lag ich in einem Krankenhaus? Langsam erinnerte ich mich an das, was geschehen war, an den Spaß beim Rodeln, an den Unfall, an die Fürsorge meines Sohnes, der wie ein erfahrener Sanitäter gehandelt hatte.

Und plötzlich wurde mir dieser unglaubliche Traum bewusst, heiß und kalt lief es mir über den Rücken, war das nur ein Traum? So klar wie in einem Film hatte ich die Szenen gesehen, getragen von dieser Frage nach meinem Leben. Es schien mir verrückt, doch ich war dankbar.

„Ja, ich bin froh, dass ich lebe."

Ich sank tiefer in mein Bett, die Schmerzen lösten sich auf, alles wurde still in mir.

Drei Tage, bevor Vater starb, kam ich allein zu ihm, kraftlos und bleich lag er im Bett, hob die linke Hand ein wenig: „Danke, dass du mich besuchen kommst."
„Ja, Vater, tu ich gerne. Wie geht's?"
„Es geht bald nicht mehr. Ich will nicht mehr, und ich kann auch nicht mehr."
Er atmete schwer, ich konnte hören, wie angeschlagen seine Lungen waren.
„Uns geht es gut, alle lassen dich grüßen, wünschen dir alles alles Gute."
Er nickte. Mir war klar, dass ich vielleicht zum letzten Mal mit ihm beisammen war. Ich überlegte, was ich ihm noch erzählen könnte, dachte daran, dass ich viel zu sagen hätte, doch nichts schien mir passend.
„Danke, Vater, für alles, was du mir gegeben hast."
Er sagte nichts.
Es klopfte. Die Tür ging auf, Vaters Brüder kamen herein. Sie waren alt geworden, grau und faltig, die Schritte schwer, man konnte erahnen, dass sie jahrzehntelang hart gearbeitet hatten, geschuftet und geflucht. Sie waren weit gefahren, sich von Vater zu verabschieden.

„Grüß dich, Hannes!“

Vater deutete ein Lächeln an, einer nach dem anderen drückte ihm die Hand, sie hatten Tränen in den Augen, einer nach dem anderen ging hinaus sich zu schnäuzen. Dann standen sie am Bett: liebe Grüße von daheim, gute Wünsche, bald waren alle still.

Ein Priester kam, wir beteten, Vater bewegte sich nicht. Noch einmal gab jeder der Brüder meinem Vater die Hand, sie verabschiedeten sich leise, und ohne einander anzusehen machten sie sich auf den Weg in die Berge.

Ich war wieder allein mit Vater, keiner von uns beiden sagte etwas, das war ich gewohnt. Ich sah ihn an, er schien nachdenklich, ich hätte ihn gerne gefragt, ob er Angst habe vor dem Sterben, ob er sich noch etwas wünsche von mir, ob ich Mutter etwas ausrichten solle von ihm. Stattdessen sagte ich, ich müsse bald gehen, hätte Arbeit, ich würde wiederkommen in zwei Tagen, und fragte, ob ich vielleicht noch eine Stunde bei ihm bleiben solle.

Er sagte: „Geh nur zu deiner Arbeit, es ist gut so“, und sah mir kurz in die Augen, tief in die Augen, vermutlich spürte er den Abschied für immer.

Ich wurde unruhig, etwas hielt mich zurück, und ich blieb. Vater starrte ins Leere, kurz darauf entspannte sich sein Gesicht. Ich dachte, er sei vielleicht nicht mehr wirklich bei Bewusstsein. Da griff er wortlos meinen Arm und zog mich näher heran, nahm mein Gesicht in seine Hand, streichelte mich, so wie er es vielleicht zuletzt getan hatte, als ich ein Baby war.

Ich konnte nichts denken in diesem Augenblick, vielleicht blieb mir einfach die Luft weg. Im Abschied gab mir mein Vater noch etwas, etwas, auf das ich jahrelang gewartet hatte, etwas, von dem ich irgendwann nichts mehr wissen wollte, nicht mehr geglaubt hatte, dass es das gäbe, jemals gegeben habe.

Das Telefon läutete. Es war ein altes Telefon, ein großer schwarzer Apparat mit einer Wählscheibe und einem schweren Hörer mit halbrundem Griff. Solche Telefone gab es, als ich ein Kind war. Ich wunderte mich, das alte Telefon stand in meinem Krankenzimmer, direkt neben dem Monitor, der meinen Pulsschlag in Linien darstellte, zuvor hatte ich es nicht bemerkt. „Träume ich?" Als Antwort läutete das Telefon noch einmal und das Zimmer wurde heller.
Ich nahm den Hörer ab: „Ja, bitte?"
„Ich bin's, dein Vater, ich rufe an von drüben."
Der Monitor zeigte rasende Herzschläge.
„Grüß dich, Vater ... Du ... hey ... bitte sag mir ... wie ist das, gestorben zu sein?"
„Das kann ich dir nicht erklären."
Ich wusste, dass er lächelte. „O.K., das verstehe ich."
„Ich hab dich lieb, mein Sohn! – Hörst du: ich hab dich lieb."
Der Monitor mit meinem Herzschlag begann laut zu summen, jemand betrat das Krankenzimmer. Ich wollte mich bei Vater bedanken, doch der Traum löste sich auf in Wärme und Licht.
„Ja Vater, ich bin froh, dass ich lebe!", rief ich dem Traum hinterher. Gerne hätte ich weitergeträumt, doch es war vorbei, ich war wach.
Ich öffnete die Augen, nichts summte, das Zimmer lag im Halbdunkel. Mein Sohn Hermann saß neben mir. Verträumt blinzelte ich ihm zu. Er sah mich fragend an, drückte mir die Hand.

„Du hast gut geschlafen, es ist schon fast Mittag."
„Dann war der Unfall gestern Abend?"
„Ja, zumindest in der üblichen Zeitrechnung. – Was hast du da eben geflüstert, du bist froh, dass du lebst? – Wir hatten Glück, dass die Rettung so schnell da war, du hast viel Blut verloren."
„Danke, mein Guter. Alle Achtung, dass du beim Unfall die Nerven behalten hast. Du bist ein guter Mann!"
Er lächelte. „Haben wir doch alles im Erstehilfekurs gelernt!"
„Du hast wohl ein Praktikum gebraucht?"
Das Lachen tat mir weh. Erstaunlich, dachte ich, wie ähnlich er meinem Vater sieht, damals, als Vater jung war. Ich schloss die Augen, Hermann streichelte sanft meine Wange. Ohne die Augen zu öffnen begann ich leise zu erzählen.
„Kurz nachdem du, mein Sohn, auf die Welt gekommen bist, kamen meine Eltern auf Besuch, mein Vater war fröhlich, nie sah ich ihn so fröhlich, er schüttelte mir die Hand, sagte mit warmer Stimme: 'Grüß dich, du zweifacher Vater!' Da umarmte ich ihn, er jedoch wandte sich ab, sagte: 'Lass mich.' Sonst sagte er nichts, doch das war, als würde er viele Meter abrücken von mir.
Dieser mein Vater hatte Liebesbriefe geschrieben, hatte Worte gefunden für seine Liebe, hatte über sein Glück geschrieben, Mutter gefunden zu haben, mit ihr beschenkt zu sein.
Zärtliche Worte passen nicht in das Bild, das ich mir von meinem Vater gemacht hatte. Wenn ihn etwas berührte, wurde er stumm, seine Herzlichkeit konnte ich nur in seinem Lächeln erahnen. Meistens schien mir mein Vater unerreichbar und jahrelang fürchtete ich

ihn. Jetzt hab ich Traumbilder von seiner Liebe!
Es gibt ein Foto, das meinen Vater zeigt, der mich als Baby liebevoll im Arm hält, sich aufmerksam zu mir neigt, es ist ein besonderes Bild für mich, denn ich hätte mich nicht erinnern können an zärtliche Nähe meines Vaters."

„Ich kenne das Foto", sagte Hermann, „du hast den Mund offen, und Großvati ist ganz nah bei dir."

„Genau, das meine ich."

„Wieso denkst du jetzt über deinen Vater nach?"

„Es ist unglaublich, was alles in meinem Kopf vorgegangen ist, nach dem Unfall."

„Ja, zum Glück hast du einen harten Kopf!"

„Ich rede von Bildern, wie ein Film, auch vorhin noch, bevor du hereingekommen bist. Ich habe die Geschichte meiner Herkunft noch nie so sehr als Ganzes gesehen. Du weißt, mein Vater war streng und immer nur am Arbeiten."

„Klar, so hab ich ihn auch noch kennengelernt, bevor er ins Altersheim kam."

„Bei euch, bei Alexandra und dir, wollte ich genau das Gegenteil von meinem Vater sein, ich wollte euch das geben, was ich vermisst hatte. Es fiel mir schwer, ein Vater zu sein, der Grenzen setzt, der über Ziele und Werte spricht, ein Vater, der vorausgeht."

„Macht nichts, war schon gut so, wie es war."

„Ich bin mir da nicht so sicher ..."

Ich versuchte nachzudenken, doch ich glitt in einen Dämmerzustand, Erinnerungen und Gedanken zogen vorbei, ohne dass ich sie herbeigerufen hatte. Ich konnte noch hören, wie Hermann leise aufstand und hinausging.

Auf der Fahrt zu meinen Eltern saß ich mit meinen Kindern im Zug, Alexandra war etwa fünf, Hermann drei. Nach zwei Stunden hatten die beiden genug vom Sitzen und kamen auf die Idee, zwischen anderen Reisenden auf und ab zu laufen, ich ließ es zu. Beide hatten die Schuhe ausgezogen, ich freute mich, wie unbeschwert sie zwischen den fremden Menschen durchliefen, die langen Haare flogen ihnen um den Kopf, sie lachten und riefen einander zu: „Eins, zwei, drei, los!"
Ein paar Reisende drehten sich ärgerlich um nach mir, jemand sagte, ich solle die Kinder zurückrufen, dafür sorgen, dass sie sitzen blieben.
In scharfem Tonfall antwortete ich: „Seien Sie nicht so kinderfeindlich. Wir sind ja nicht im Leichenhaus, dass alle wie versteinert herumsitzen müssen!"
Eine Frau beschwerte sich beim Schaffner, und als dieser mich ermahnte, die Kinder besser zu beaufsichtigen, fragte ich, wieso die Wünsche von Erwachsenen mehr zählten als die Lebensfreude von Kindern, und ich sagte, er sei nicht mein Chef, auch ich würde mit meiner Fahrkarte sein Gehalt mitbezahlen.
Kopfschüttelnd ging der Schaffner, von hinten erinnerte mich seine Gestalt an Vater. Ein bisschen tat es mir leid, dass meinen Kindern nach diesem Aufsehen die Lust zum Umherlaufen vergangen war.

Immer wieder geriet ich in Konflikte mit Autoritäten, und ich wusste damals noch nicht, dass es möglich ist, beides zu verbinden: die Bedürfnisse meiner Kinder und anderer Menschen gleichermaßen zu respektieren, liebevoll zu sein und zugleich entschieden Grenzen zu setzen. Wenn mein Vater Grenzen gesetzt hatte, war

mir das wie eine Verurteilung erschienen, und wenn ich eine Grenze übertrat, war das wie eine Kampfansage.
„Verneige dich, wenn du jemanden begrüßt, oder hast du einen Stock verschluckt?“, betont aufrecht begrüßte ich meinen Onkel.
„Geh endlich zum Friseur, du siehst aus wie ein Mädchen.“ Ich ging zum Friseur um des lieben Friedens willen, Mutter bezahlte ja dafür – doch ich ließ mir die Haare nur um fünf Millimeter kürzen. Frech sah ich Vater ins Gesicht, stolz auf meinen jungen Mut: „Ich bin doch nicht beim Militär.“

Mein Vater war Soldat in einer Nazi-Armee. Er musste einer Ideologie dienen, die er verabscheute. Ich bin mir sicher, dass ihm dieser Widerspruch schwer zu schaffen machte. Er sagte nicht viel darüber, nur dass Krieg grauenhaft sei und dass er im Zug nicht schlafen könne, denn da träume er immer vom Krieg. Damals ratterte der Zug noch über die Stöße der Geleise, und Vaters Träume machten daraus Maschinengewehrsalven.
Ich weiß nicht, wie viele Menschen mein Vater im Krieg getötet hat, er hat nur einmal erzählt, dass er eine Auszeichnung bekommen hatte, weil er einen verwundeten Kameraden zwischen den Feinden herausgeholt hatte, die Russen rundherum habe er „fertig gemacht“. Von Mutter weiß ich, dass es ihn lange gequält hat, junge Männer erschossen zu haben, besonders dann, wenn diese so nahe herangekommen waren, dass er ihr Gesicht sehen konnte. Vater selbst sagte einmal, er habe viele der jungen russischen Soldaten sympathisch gefunden, er hätte sie gerne in einer anderen Situation kennengelernt, er habe

gewusst, sie würden fühlen wie er. Über das Töten hörte ich Vater nie reden.
Mein Vater kämpfte in einem außerordentlich grausamen Angriffskrieg. Ich weiß nicht, ob er der Nazi-Propaganda glaubte, dass es in diesem Feldzug darum ginge, sich gegen den Kommunismus zu behaupten, oder ob ihm bewusst war, dass Hitler schon in „Mein Kampf" angekündigt hatte, dass er „die minderwertigen Völker des Ostens" vernichten, vertreiben und versklaven wolle. Dreißig Millionen Menschen sind in diesem Krieg gegen Russland umgekommen, davon siebenundzwanzig Millionen Russen, unfassbares Grauen versteckt sich hinter solchen Zahlen.
Ich weiß auch nicht, ob mein Vater je weinen konnte über den Horror, in den er da hineingeraten war, vermutlich ist all dies zu entsetzlich für die, die daran beteiligt waren. Ich habe meinen Vater auch nie weinen sehen, vielleicht hatte er schon in seiner Kindheit gelernt, sich in Trauer zu verhärten, so blieb ihm nur das Schweigen.
Krieg tötet auch etwas in den Seelen der Menschen, die mit dem Leben davonkommen.
Mein Vater hat diese Hölle überstanden. Das war vor etwa siebzig Jahren. Noch immer wühlt es mich auf, daran zu denken.
Wenn Vater zornig war über das, was ich als Jugendlicher trieb, schüttelte er den Kopf, sagte, ich habe einen Schuss. Jahre später wurde mir klar, dass Vater diese Redewendung aus dem Krieg mitgebracht hatte, oft wurde einer durch einen Kopfschuss verrückt. Immer wieder ertappe ich mich dabei, dass ich im Ärger Vaters Worte vor mich hinsage: „So ein Trottel, der hat einen Schuss!"

Ich spüre Vaters hohe Ansprüche in mir, verurteile mich für kleine Fehler, oder etwas treibt mich an weiterzuarbeiten, auch wenn ich längst eine Ruhepause bräuchte. Wie er habe ich den Drang, alles Handwerkliche selbst zu machen, auch wenn dies viel aufwändiger ist, als einen Fachmann zu beauftragen.
Und immer wieder denke ich daran, dass er mich willkommen geheißen hat, noch bevor ich auf die Welt kam, und ich sehe, wie viel er mir mitgegeben hat, auch aus seiner einsamen Distanz und in seiner Wortlosigkeit für Liebe.

Ich hörte, wie jemand ins Zimmer kam, wollte den Kopf heben, da spürte ich, dass eine Halskrause mich in der Bewegung einschränkte.
„Bleib liegen!“ Anna rückte in mein Blickfeld.
„Hallo!“, sagte sie. Sie setzte sich, ich lächelte ihr zu. Sie sah müde aus, ein bisschen traurig. Ein paar Tage zuvor hatte sie sich die Haare kurz schneiden lassen, die neue Frisur machte sie jünger. Ich vermisste ihre langen schwarzen Haare, doch es waren schon ein paar graue Strähnen drinnen, und da Anna die Haare nicht färben wollte, fand sie, es wäre Zeit, Abschied zu nehmen von der Haarpracht ihrer Jugend. Sie streichelte meine Hand. ‚Aha', dachte ich, ‚jetzt, wo ich kaputt im Bett liege, ist sie wieder lieb zu mir.'

„Gott sei Dank ist nicht mehr passiert!“, sagte sie, „du hast uns einen bösen Schrecken eingejagt!“
„Tut mir leid“, antwortete ich halbherzig.
„Sicher bist du gefahren wie ein Wilder, wolltest schneller sein als die Jugend!“
„Du hast Recht, ein Riesen-Glück hab ich gehabt. Und ich glaub, ich hab was gelernt dabei.“

Anna sah mich fragend an: „Na, da bin ich ja neugierig."
„Ich erzähl' dir alles, wenn ich wieder besser beisammen bin, jetzt grad bin ich ziemlich streichfähig."
„Ja, streng dich nicht an, ich komm' ein andermal."
„Du, ich hab gleich eine Bitte, bring mir bitte den Karton mit den Briefen, Tagebüchern und Kindheitsfotos aus meinem Kleiderschrank."
„Machen die hier Familientherapie mit dir?"
„So 'was Ähnliches. Du kannst dir nicht vorstellen, was ich nach dem Unfall alles geträumt habe, wie ein Film war das. Ich glaube, ich versteh meine Eltern besser als je zuvor, sehe, wie sehr sie sich bemüht haben, wie sie auf ihre Weise geliebt haben, auch einander ..."
Anna schluckte: „Mir ist auch was klar geworden: Ich will so nicht weitermachen ... mit ... mit deiner verwirrten Liebe." Sie sah mich bitter an: „Wieder hab ich mir anhören müssen, dass du eine Geliebte hast und was ich mir alles gefallen lasse ..."
Sie stand auf, lief hinaus.
Ich wollte nachdenken, da muss ich eingeschlafen sein, ein Kärtchen lag auf meinem Nachttisch:
„Gute Besserung! Komme übermorgen um 5. Anna."
Ich ließ mich zurücksinken in meine Kissen, dachte noch einmal an das Leid meiner Eltern und daran, wie dieses Leid auch mein Leben geprägt hatte.

Ich hatte in Wien ein psychotherapeutisches Selbsterfahrungswochenende besucht, es war Sonntagnachmittag, ich hatte noch etwas Zeit bis zur Heimfahrt, so ging ich Mutter im Pflegeheim besuchen. Passenderweise wurde es „Haus der Barmherzigkeit" genannt. Die Pflegerinnen hatten sie in den Rollstuhl gesetzt, sie war sorgsam gekleidet, Bluse, Rock, Schal, alles in dunkelblauen Tönen, ihr weißes Haar nach hinten gekämmt. Im ersten Augenblick wirkte es, als hätte sie sich nur kurz zur Entspannung hingesetzt, nichts in ihrem vollen Gesicht ließ auf die Krankheit schließen, nur die Kopfhaltung verriet die Lähmung, der Kopf fiel zur Seite, lehnte an der Kopfstütze.

Kaum hatte ich Mutter begrüßt, fragte sie mich, woher ich käme, was ich dort erlebt hätte. Ihre Augen wurden lebendiger, als sie davon hörte, dass ich mich mit meiner Kindheit auseinandersetzte. Ich überlegte, was ich ihr erzählen wollte. Im Seminar war ein Bild, über meine Familie aufgetaucht, ein Bild das mir wehtat: In diesem meinem Bild steht Mutter machtvoll in der Mitte, Vater weit draußen am Rand, und wir, die Söhne, sind um Mutter geschart, die uns den Blick auf Vater verdeckt. Und ich als kleiner Raphael möchte zum Vater, aber der ist weit weg und ich darf auch gar nicht weg von der Mutter.

Zu Mutter sagte ich: „Ich bin meiner Sehnsucht nach Vater begegnet."

Mutter sah mich nachdenklich an: „Ich träume noch immer von ihm, es ist immer wieder derselbe Traum: Vater liest die Zeitschrift ‚Das Beste', und ich will etwas von ihm, doch er reagiert nicht. Da bin ich gekränkt, drehe mich um, denke mir, er muss doch merken, dass ich etwas von ihm will."

„Vater hatte immer das Beste angestrebt, das Beste gewollt."

„Ja, beim Hausbauen und als Arzt. Er hat immer gesagt, er arbeitet für mich, er baut das Haus für mich und für euch, aber das Hausbauen hat unsere Ehe kaputt gemacht."

„Naja, vielleicht spielt da Verschiedenes zusammen. Jedenfalls war Vater irgendwo auf der Baustelle und da war er unerreichbar für mich. Mein Therapeut hat gesagt:
‚Da wo kein Vater ist, da bleibt in einem jungen Mann ein Loch, dann sucht er draußen, was ihm drinnen fehlt. ... und oft führt diese Suche in die Sucht.'
Ich hätte als Jugendlicher gerne mehr Kontakt mit Vater gehabt, zumindest hätte ich streiten müssen mit ihm."
„Ja, das hab ich verhindert, ich wusste es nicht besser. Ich wollte jeden Streit vermeiden."
„Mir ist jetzt erst bewusst geworden, wie zornig ich in manchen Situationen werde, ich hab mir das nie eingestanden, dass ich überhaupt zornig sein kann. Aggression war ja in unserer Familie verboten. Stattdessen war ich oft trübsinnig, fühlte mich schwer, aber auch bedürftig."
„Diese schwermütige Seite kenne ich gut an dir. Weißt du, alles Aggressive war für mich und Vater bedrohlich. Wir haben immer erst gestritten, wenn wir schon tagelang oder wochenlang gelitten hatten und wenn wir es nicht mehr ausgehalten haben. Und dann war es eben erst recht schlimm und hat uns noch mehr auseinander gebracht. Im Guten streiten, das haben wir nie gelernt."
„Klar. Ich bin mir sicher, das hat auch mit dem Krieg zu tun. Wenn ich im Radio Nachrichten höre, dass wieder irgendwo auf der Welt Krieg geführt wird, trifft mich das, als wäre ich selbst bedroht. Aber unsere Familie, das war manchmal wie ein kalter Krieg, zumindest als ich älter wurde. Die vielen Fotos aus meiner frühen Kindheit, Fotos von zärtlichen, idyllischen

Szenen, die Vater fotografiert hat ... alle in Hochglanz ... die Fotos sind schön, ich sehe sie gerne an. Aber ich kann kaum Erinnerungen mit ihnen verbinden, die Fotos stehen für eine Zeit, die verloren gegangen ist."

„Das waren die glücklichsten Jahre meines Lebens. Es war eine schwierige Zeit, wir hatten nichts, nur das Allernotwendigste zum Überleben, aber ich war glücklich", Mutter seufzte schwer. Nach einer Pause fragte sie: „Was ist denn deine früheste Erinnerung?"

„Da laufe ich von dir weg. So wenig ich mich an meine Kindheit vor den Schuljahren erinnere, so erstaunlich finde ich es, dass ich gerade diese eine Szene behalten habe."

„Du kannst mir alles erzählen!"

„Das hast du auch immer gesagt, als ich begann, meine eigenen Wege zu gehen. Ich denke jetzt, Mutter-Nähe kann auch zu intensiv werden, vor allem für einen werdenden Mann."

„Es ist schlimm, wie es damals war. Ich bin froh, dass ihr jetzt die Psychotherapie habt."

„Ja, Mutter, ihr habt euer Bestes gegeben. Es geht mir gut ... Ich geh mal kurz hinaus, hol mir einen Kaffee, bin in ein paar Minuten wieder da."

Ich wollte meine Erinnerungen für mich allein sortieren. Im Park des Pflegeheims lehnte ich mich an eine alte Föhre, ließ die Bilder der Vergangenheit in meinem Inneren tanzen. Dann kehrte ich in Mutters Zimmer zurück, doch ich erzählte ihr nichts mehr, ich sagte, ich würde ihr schreiben. Gleich auf der Heimfahrt begann ich meine ersten Erinnerungen zu notieren:

Mutti und Vati, so nannten wir sie als Kinder, Mutti und Vati waren auf einer Camping-Reise in Holland, ich war drei Jahre alt, mein älterer Bruder und ich blieben mit der vertrauten Tante Grete auf dem Bauernhof meiner Großeltern. Die Eltern waren eingeladen worden, mit Bekannten mitzufahren, die hatten einen Volkswagen, so waren sie zweieinhalb Wochen unterwegs, schliefen in einem alten Militärzelt, aßen nicht viel mehr als das, was sie vom Bauernhof mitgenommen hatten.

Als die Eltern von der Reise zurückkamen, wollte mich Mutti an sich drücken, da lief ich weg von ihr, umklammerte die Tante, versteckte mein Gesicht in ihrem weichen Rock, und Vati sagte: „So lange fahren wir nicht mehr weg, dass uns unsere Kinder nicht mehr kennen."

Diese Szene blieb in meinem Gedächtnis, das so wenig aus dieser Zeit behalten wollte.

Ich erinnere mich, dass mein Bruder weinte, als er gewaschen wurde, ich stand vor der Tür des Badezimmers, und ich weiß, dass auch ich beim Waschen weinte, doch ich habe nur Bilder vom Weinen meines Bruders im Kopf.

Als ich schon ins Gymnasium ging, sagte Mutter zu mir: „Nun bist du groß genug, ab jetzt kannst du dich auch im Intimbereich selber waschen." Doch ich erinnere mich an kein einziges Mal, dass sie mich gewaschen hätte.

Ich war vielleicht zehn, Mutter hatte mich mit dem Stock bestraft, vermutlich hatte ich einen meiner kleinen Brüder geschlagen. Mutter saß im Wohnzimmer, ich war draußen im dunklen Vorzimmer und heulte. Da überkam es mich, ich holte den Stock, stellte mich vor Mutter und sagte: Jetzt zerbreche ich dir deinen bösen Stock! Und ich bog ihn über mein Knie, ohne ihn wirklich zerbrechen zu wollen. Da knackte es, und der Stock war entzwei. Ich erschrak, Mutter drehte sich um und lachte. Diese Szene sehe ich deutlich vor mir, doch ich erinnere mich an kein einziges Mal, dass sie mich schlug.

Mit etwa dreißig erzählte ich Mutter zum ersten Mal von meiner Selbsterfahrung. Wir saßen in Mutters bunt tapeziertem Zimmer, sie stand auf, kramte in ihrem Schrank, holte ein Büchlein heraus, blätterte es durch und übergab es mir. Ich bedankte mich, warf einen Blick hinein, es waren handgeschriebene Seiten auf gelblichem Papier, von dunkler Füllfeder geschrieben. Ich hielt das Tagebuch meiner Mutter in Händen, Aufzeichnungen aus den Jahren, als mein Bruder Matthäus und ich auf die Welt gekommen waren.

Sie seufzte: „Vielleicht hilft dir das, vielleicht solltest du das wissen." Immer hatte meine Mutter mir helfen wollen.

Ein paar Tage später war ich allein, ich schlug Mutters Büchlein auf, las über ihre Freude, zweifache Mutter geworden zu sein. Ein paar Seiten weiter stieß ich auf diesen Satz:

„Mein zweiter Sohn bekommt mehr Schläge als Essen." Als Kleinkind, lebendig, neugierig, wurde ich geschlagen, wenn ich Verbotenes berührte ... Ich war erst drei, da gab es schon den Stock für meine „Verbrechen", so hatte Mutter es aufgeschrieben. Dreißig Jahre später las ich, was mein Gedächtnis vor mir versteckt hatte, ich drehte laute Musik auf und heulte und schrie.

Beim nächsten Besuch fragte mich Mutter, ob ich wütend sei, dass sie mich schon als Baby geschlagen hatte. Ich antwortete: „Wenn ich versuche, mich in das

Kind einzufühlen, das ich damals war, dann finde ich nur Verwirrung und Traurigkeit."
Ich denke, es gab damals keinen Platz für Wut, vielleicht hatte ich schon Mutters Weltordnung übernommen, die meinte, sie müsse schmerzhaft strafen, um das Böse in mir zu bekämpfen, um einen guten Menschen aus mir zu machen.
Vielleicht ließ es mein Gedächtnis nicht zu, mir zu merken, dass da Liebe und Gewalt mich trafen, in grausam verrückter Nähe.

Das Notlicht im Krankenzimmer schien grünlich und bleich, auch der abnehmende Mond warf ein paar fahle Schatten in den Raum. Ich hatte wirr geträumt, im Traum versucht, den Weg aus Kellerräumen zu finden, der Ausgang war verschüttet. Ich sah mich um nach einer Schaufel, da hatte mich eine hektische Krankenschwester geweckt, mein Fieber zu messen.
„Leicht erhöhte Werte", hatte sie gesagt. „Wie geht es Ihrem Kopf?"
„Etwas schwer, ich glaube, der schläft noch. Wann darf ich aufstehen?"
„Da müssen Sie auf die Visite warten, derzeit haben Sie noch strenge Bettruhe, bitte läuten Sie mir, wenn Sie die Harnflasche benutzt haben."
Kaum hatte Sie das Zimmer verlassen, stand ich auf und ging auf die Toilette.

Als Anna mich am Nachmittag besuchen kam, war ich schon etwas munterer, wie immer trug sie Jeans, einen hellgrünen Pullover, Kleidung war ihr nicht wichtig. In den letzten Jahren war sie ein bisschen rundlich geworden, und es war mir unangenehm zu sehen, wie

das Älterwerden sich in ihr Gesicht geschrieben hatte. Den Karton mit meinen Erinnerungen stellte sie neben das Krankenbett. Als sie sich bückte, verrutschte der Pullover, gab den Blick frei auf ein Stück ihrer Körpermitte, mit Nachdruck rückte sie die Kleidung zurecht.
„Lass doch, sieht gut aus“, sagte ich.
„Brauchst mir nicht schön tun. Ich weiß, ich bin nicht mehr zwanzig.“
„Okay, okay!“
„Ich soll dir schöne Grüße ausrichten von Alexandra, es geht ihr gut. Hier ein paar Zeilen von ihr.“
Anna hielt mir ein Fax vor die Nase:
„Hallo, mein Dad!
Gute Besserung, bessere Dich. Ein Glück, dass Hermann bei deinem Unfall dabei war und nicht ich! Ich hätte nur geschrien, und mir wäre schlecht geworden, wenn ich das Blut gesehen hätte. Vielleicht hätte ich Dich trotzdem gerettet, obwohl ich böse bin auf Dich, das weißt Du auch. Alles Gute, werde bald gesund!
Deine Tochter Alexandra.
PS: Das Lernen macht mir derzeit viel Spaß. Und:
Sei lieb zu Mami!“

Ich wusste, meine Tochter litt mit ihrer Mutter. Sie lernte in einer Kankenpflegeschule in Wien, wohnte dort im Internat.
„Sie kommt nächstes Wochenende heim.“
„Danke. Da bin ich dann schon im Kurzentrum Bad Vigaun. Der Arzt sagt, ich soll zur Rehabilitation auf Kur, meine Wirbelsäule ist beleidigt.“
„Das wär ich auch, wenn du so mit mir umgehst.“
„Du tust ja so, als hätte ich den Unfall geplant.“
„Du lebst eben gerne gefährlich.“

„Na ja, manchmal hat Gefahr ihren Reiz."
Da war wieder dieser bittere Ausdruck in Annas schönem Gesicht. Es sollte wohl sachlich klingen, doch die Frage kam heftig: „Hat sie dich schon besucht?"
Ich überlegte kurz, wie ich darauf eingehen sollte, wieso sollte das klar sein, wer „sie" war, einfach „sie", aus heiterem Himmel kam dieses "sie" zwischen uns. So ruhig als möglich antwortete ich: „Nein, ich hatte noch keinen Kontakt mit Carmen. – Was wird daheim geredet?"
„Das fragst du noch? Jeden Tag schimpft Papa über dich, dass du mit diesem Flittchen herum machst."
„Nein, nein, das brauchst mir nicht zu sagen, ich hab' gemeint wegen des Unfalls."
Anna atmete durch, sie war etwas rot geworden im Gesicht.
„Ach so. Ja, auch nichts Gutes. Mein Papa sagt, bist selber schuld, wenn du herumturnst wie ein Schulbub."
„Vielleicht ganz gut, wenn ich jetzt ein paar Wochen weg bin."
Anna sah mich lange an: „Ich möchte auch weg. Ich möchte endlich in eine Stadt übersiedeln. Unserer Alexandra geht's gut in Wien. Schon als Kind war mir dieses Dorf zu eng. Und jetzt zerreißen sich die Leute das Maul über uns. Es wird immer schlimmer in diesem Nest."
„Ich weiß."
Eine Krankenschwester brachte mein Abendessen, das Kauen tat weh. Anna sah mir noch eine Zeitlang zu. Ich spürte, dass wir verbunden waren, trotz all der Spannungen. Jahrzehntelanges Zusammenleben als Frau und Mann, das gehört wohl zu den größten

Herausforderungen im Leben, ein Glück, wenn das gelingt und wenn es beiden gut tut, beisammen zu bleiben.
Auch Anna schien über unsere Beziehung nachzudenken: „Überleg dir das, sonst bin ich bald alleine weg ... Ich geh jetzt."
„Mach ich, bitte gib mir noch das erste Kuvert vorne aus meinem Karton."
„Tschüss, du verträumter Mann!"
Ich sah ihr nach, „verträumt" hatte sie gesagt. Dann öffnete ich das Kuvert mit Briefen und Fotos zu meinen ersten Lebensjahren.
Es war seltsam, im Krankenbett alte Aufzeichnungen zu lesen, das Krankenhaus war der Lebensraum meines Vaters. Vielleicht war er dort mehr daheim gewesen als in der Familie, für die er unermüdlich ein Haus baute, ein sicheres, festes, unzerstörbares Haus, ein Haus, das nie fertig wurde und das alle verlassen hatten. Jetzt steht es leer, das Lebenswerk meines Vaters.
So wie Mutter musste ich den ganzen Tag im Bett liegen, seit Jahren hatte ich sie nur im Rollstuhl oder liegend gesehen bei meinen seltenen Besuchen. Für jeden Handgriff war sie angewiesen auf andere, sie, die immer aktiv gewesen war, immer bemüht, immer für andere im Einsatz, so lange es ihr möglich gewesen war.
In meinem Zeitgefühl schien mir meine Kindheit tausend Jahre vorbei, doch immer noch war da etwas, das herüberreichte über all diese Jahre. Die enge Welt der Eltern hatte ich verlassen, aber war es mir gelungen, der Mensch zu sein, der ich sein wollte? War ich dabei aus meiner Familie zu fliehen?

Gedankenverloren hatte ich Fotos meiner Kindheit auf der Bettdecke ausgebreitet, da waren nur wenige Bilder von Vater aus der Zeit meiner ersten Lebensjahre. Meist war er es, der fotografierte, und wenn er anderen kurz seine Kamera anvertraut hatte, war er oft nicht zufrieden mit dem Ergebnis, von unscharfen Bildern warf er auch gleich die Negative weg. Vater hatte viel fotografiert, doch dann, als er zu bauen begann, blieb seine Kamera in der Schreibtischlade. Unter den Bildern meiner ersten Lebensjahre finde ich Ausschnitte einer Liebe, die mir abhandengekommen war.

Vater saß auf einer hölzernen Gartenbank, links und rechts neigen sich dunkle Zweige ins Bild. Er trug ein helles Hemd mit kurzen Ärmeln und lachte über das ganze Gesicht. Auf seinem Schoß saß Mutter, auf ihrem Schoß Matthäus, und oben drauf ich. Wir hatten kurze Hosen an, die nackten Füße ertasteten Vaters Beine, mit beiden Händen hielt ich seine Hand, seine behaarten Arme lagen auf meinem Bauch.
„Vati, du bist der Stärkste, was es geben kann."
Vati kitzelte mich, und Mutti sagte: „Komm, lass uns wieder herunter. Und, Raphael, es heißt: der Stärkste, den es geben kann!"
In Anzug und Krawatte, die grauen Haare sauber nach hinten gekämmt, stand Vater neben seinem ersten Auto, ein winziges, gebrauchtes Auto, immer roch es ein wenig nach Benzin, und wie modern, wie reich fühlte er sich: „Schau, wie gut es uns geht! Ab jetzt fahre ich mit dem Auto in die Arbeit und komme dann viel schneller wieder nach Hause zu euch!"
Mutter blickte skeptisch: „Hoffentlich hast du nie einen Unfall."

„Komm schon, die Straßen sind leer, und die Straßenbahn hört man von weitem um die Ecke kommen."
„Ich muss mich erst gewöhnen an diesen Luxus. Niemand in der Verwandtschaft hat ein Auto", Mutter lächelte, „kommt, steigt ein!"
Mutter stellte die Tragetasche, in der Lukas schlief, auf den Rücksitz, Matthäus und ich kletterten aufgeregt ins Auto, links und rechts neben das Baby, ich rutschte so weit als möglich nach vorne, direkt hinter Vater. Sein Ellbogen lag auf dem geöffneten Seitenfenster, ich konnte die Haare auf seinem Unterarm sehen. Der Motor sprang an, wir fuhren los.
Ich hörte mich „Vati" sagen, es war ein gutes Gefühl, immer wieder wollte ich „Vati" sagen. Mutti saß neben ihm, vorne, sie sah mich freundlich an, und Vati sagte: „Ja?"
Ich überlegte, was ich antworten könnte, und sagte dann: „Ich hab dich lieb!"
Ich dachte, dass es gut ist, eine Antwort vorbereitet zu haben, wenn ich „Vati" sage, auch wenn ich sonst nichts sagen wollte. Noch einmal sagte ich zärtlich: „Vati"! – „Ja?" – „Nichts." – Also auch das ging, ich konnte auch einfach „Nichts" sagen.
Wir fuhren zum Bauernhof meiner Großeltern, bis direkt vor das große Holztor, parkten neben dem Pferdefuhrwerk voll Heu. Zwei mächtige Nussbäume überragten das Dach des ebenerdigen Bauwerks, die kleinen Fenster waren immer geschlossen, vermutlich wegen der vielen Fliegen auf dem Misthaufen. Onkel Thomas streckte mir seine Hand entgegen, ich hielt meine Hände hinter dem Rücken.
„Na, komm schon, sei nicht feig!", sagte der Onkel, „Drück mich!"

Ich zögerte, dann nahm ich beide Hände und versuchte, die große Hand zu drücken. Daraufhin drückte der Onkel meine Hand, bis mir die Tränen kamen. Vater ging an uns vorbei, er half mir nicht.
Ich folgte ihm ins Haus, in die Stube, meine Hand tat noch weh, Großmutter kam aus der Küche: „Ja, die Wiener sind wieder da, lang habt's euch nicht anschau'n lassen!"
„Grüß dich Mutter! Ich werd' nie ein Wiener sein, und auch meine Söhne sind zur Hälfte Bauernkinder!"
„Mehr als die Hälfte!", sagte ich nachdrücklich, und ich dachte, ich hätte keinen anderen Vater haben wollen, er tat mir nicht weh, auch wenn er mich oft nicht sehen konnte.

Auch die Haustüre unseres Wiener Mietshauses hatte Vater fotografiert. Der Hauseingang war mit Schnitzereien verziert, drinnen gab es nochmals zwei Flügeltüren zum Stiegenhaus, das war das Reich der Hausmeisterin und beängstigte mich. Im Eingangsbereich wetteiferten wir, den Eltern die Flügeltüren offen zu halten. Vater war schon an mir vorbeigegangen, zügig sprang er die Treppen hinauf, ich stand mit der offenen Tür wie ein zuvorkommender Diener, Mutter kam, lächelte mich an, ging weiter, so muss es öfters abgelaufen sein. Doch dieses Mal lief ich ihr nach und sagte: „Ich halte euch die Tür auf, und niemand bedankt sich!"
„Ich hab dich doch freundlich angelächelt", antwortete Mutter.
Doch ich hatte Vater gemeint, der wortlos vorübergegangen war, in Gedanken versunken. Vermutlich sollte Mutters Lächeln ausgleichen, was ich mir vom Vater

gewünscht hätte. Ich lief ihm nach, doch er ging weiter, ohne sich nach mir umzudrehen.

In der Wohnung setzte sich Vater an seinen Schreibtisch. Als kleiner Bub war es leicht, zu ihm hinzugehen, mein Kinn auf seinen Arm zu legen und Vati zu riechen. Ich mochte den Geruch meines Vaters. Als ich dann ein Schulbub geworden war, sagte er, ich solle mich auf den Hocker neben den Schreibtisch setzen, und er erklärte mir, dass es wichtig sei, sich im Leben anzustrengen, und dass aus ihm nichts Gescheites geworden wäre, wenn er nicht seinen ganzen Einsatz gegeben hätte, nun wäre er Arzt. „Begnadetes Vorrecht für Tausend zu leben, ein Lehrer, ein Priester, ein Arzt ..." Er sagte noch mehr, doch das konnte ich nicht mehr hören, denn ich hatte begonnen, die Titel auf den Buchrücken hinter ihm zu lesen. Er bemerkte es und wies mich zurecht, doch er schmunzelte ein bisschen. Mutter sah uns zu dabei. Obwohl ich Vater nicht zugehört hatte, durfte ich mit ihm in seine geheimnisvolle Dunkelkammer, die er im Bad eingerichtet hatte, Mutter sagte:
„Du darfst Vati zuschauen!" Und das Wort „Vati" zog sie in die Länge und legte eine Melodie und ein Lächeln hinein.
Da war das kleine rote Licht im Badezimmer, es roch scharf wie Essig, ich war in einer Märchenhöhle. Wie durch einen Zauberpinsel entstanden Bilder auf dem gelblich weißen Papier, das Vater in der Flüssigkeit schwenkte. Ich durfte keinesfalls etwas berühren, und es war aufregend für mich.
Am Schreibtisch wurden die Fotos in einer kleinen Hochglanzpresse getrocknet und gepresst, doch ich

durfte nicht näherkommen, ich hatte schon einmal nach einem Foto gegriffen und mich verbrannt. Vater sagte: „Geh in deine Spielecke!" Was Vater sagte, das galt, und Mutter deutete mir mit Blicken, zu gehorchen.

Ich ging schon ein paar Wochen zur Schule, betrat das Klassenzimmer, die Lehrerin saß an ihrem Pult, jedes Kind ging zu ihr hin und gab ihr die Hand. Da sagte sie lachend, während sie meine Hand schüttelte: „Nein, Bussi gibst mir keines." Da wurde mir bewusst, dass ich ihr auch meinen Mund entgegengestreckt hatte, offensichtlich war ich das von zu Hause gewohnt, und der Fehler beschämte mich. Durch diese Erinnerung weiß ich, wir hatten uns daheim Bussis gegeben. Wenn ich versuche, das herzuholen, dann höre ich Mutter sagen: „Gib Vati ein Gute-Nacht-Bussi und dann komm!" Doch ich finde kein Bild dazu, kein Foto und auch nicht die Ahnung eines Bildes in meinem Kopf, es ist, als wäre da etwas ausgelöscht. „Gib Vati ein Gute-Nacht-Bussi ..." An Mutters Worte erinnere ich mich, Vaters Zärtlichkeit ist mir verloren gegangen.

Einmal hatte ich ein Taschenmesser bekommen, Vater nahm es und schleifte die Spitze weg, sagte, ich würde sonst mich und andere verletzen. Ich sah zu, wie er etwas vom Schönsten an dem neuen Messer zerstörte. Es wäre mir nicht in den Sinn gekommen, zu protestieren oder zu jammern, vermutlich hätte ich das Messer sonst gar nicht mehr zurückbekommen. So blieb mir nur, wütend auf die Schleifmaschine zu sein.

Der Schuppen, in dem die Schleifmaschine stand, wurde bald darauf abgerissen, der Bagger war gekommen, Platz zu machen für das neue Haus. Ich sah Vater nur noch selten, meist war ich schon im Bett, wenn er spät und müde von der Arbeit kam, und an Wochenenden sah ich ihn immer nur auf der Baustelle arbeiten. Mit Lukas kletterte ich auf die Obstbäume, die der Bagger verschont hatte, einer der Äste brach bei unserem wilden Spiel, Vater schimpfte. Ich hörte kaum noch anderes als ärgerliche Worte von meinem Vater, er arbeitete mit zusammengebissenen Zähnen, ich begann ihm aus dem Weg zu gehen und mir schien, ich würde nichts von dem schaffen, was Vater wichtig war. Ich dachte, ich wäre das schwarze Schaf der Familie.

Irgendwann dann als Jugendlicher legte ich mir zurecht, dass er mir gleichgültig wäre. Doch wenn er mich als hoffnungslos bezeichnete, traf mich das noch immer, auch dann noch, als ich schon wagte, Vater mit langen Haaren zu trotzen und ihm zu widersprechen. „Vater, bitte gib mir das Taschengeld", sagte ich am Monatsersten.
Vater sah mich missmutig an: „Und was ist mit deinen Leistungen?"
„Dann eben nicht", ich drehte mich um und ging, verzichtete auf das Geld, obwohl ich die hundert Schilling dringend brauchte. Mir war kaum bewusst, wie sehr ich mit meinem Trotz auch Vater traf.
Bald darauf war ich siebzehn, der Onkel Pfarrer war auf Besuch und schenkte mir eine gebrauchte Kamera. Ich dachte sofort daran, mit Fotos ein bisschen Geld zu verdienen, kaum jemand hatte damals einen Fotoapparat. Vater kramte in seinem Schreibtisch und überreichte mir ein paar Filme, er hatte nie Zeit, Geschenke einzupacken. Das Geschenk meiner Mutter

war, dass sie die Zimmereinteilung neu durchdacht und mit Vater ausgehandelt hatte. Matthias und ich bekamen jeder ein Zimmer für sich allein. Matthias half mir den Kleiderschrank in die Mitte des Zimmers zu schieben, auf der Fensterseite war gerade genug Platz für das Bett und für einen kleinen Schreibtisch. Und sofort begann ich, mir hinter dem Schrank eine winzige Dunkelkammer einzurichten. „Viel Spaß, Herr Fotograf!" sagte Matthias und ging in sein neues Zimmer.
Gleich am darauffolgenden Tag radelte ich in das nächste Fachgeschäft, von mühsam erspartem Geld kaufte ich die billigste Ausstattung. Für die Spülwannen schnitt ich einen Plastikkanister auf, für das Schwenken der Fotos verwendete ich Gurkenzangen statt Pinzetten. Ich wusste, Vater hatte irgendwo im Haus all die guten Geräte seiner ehemaligen Dunkelkammer, zehn Jahre schon unbenutzt, doch es war undenkbar, ihn danach zu fragen.

Erst Jahre später, als ich fast zwanzigtausend Kilometer weit weg von daheim in der Südsee arbeitete, entdeckte ich, wie sehr mein Vater mich schätzte. Und dann, als ich nach drei Jahren im Ausland meine Eltern wiedersah, wurde mir klar, dass mein Vater alkoholkrank war, es schon gewesen war, als ich ein Kind war, und ich fragte mich, warum ich das früher nicht bemerkt hatte. Offensichtlich hatte ich das unausgesprochene Gebot meines Vaters übernommen, dass wir seine Schwäche zu übersehen hatten. Die Krankheit, für die er sich schämte, die sollte den Söhnen verborgen bleiben. Diesen geheimen Wunsch hatte ich respektiert, ohne es zu wissen.

Ein Klopfen brachte mich zurück ins Krankenzimmer.
„Ja, bitte!"
Lange blonde Haare erschienen im Türspalt, in Zeitlupe kam Carmen herein, sie tat, als müsste sie leise sein, sah mir fragend in die Augen, ich hätte versinken können in ihren Augen. Ihre zarte Gestalt erfüllte den Raum, ein modisches Kleid zeigte ihre wunderbare Figur, sie schickte mir ein Küsschen, sanftes Rot betonte ihre vollen Lippen. Ihr Gang hatte eine wohltuende Natürlichkeit, Stöckelschuhe hatte sie als Folterwerkzeug aus ihrer Garderobe verbannt.
„Hast du hier im Krankenhaus einen Termin als Model?"
Sie lachte: „Nein, aber sicher hast du deine Kamera griffbereit!"
„Ich glaube, ich könnte nicht scharf stellen, so geblendet bin ich von deiner Erscheinung ...
Wie hast du mich gefunden?"
„Natürlich reden alle in der Schule über deinen Unfall, ... und der Portier hier sagt jedem, der es wissen will, wo du liegst."
„Ich werde mich beschweren, das ist sicher gegen den Datenschutz ...

Aber überschätz den Portier nicht: Dir sagt jeder, was du wissen willst."
„Schön wär's! – Warum hast mich nicht angerufen?"
„Mir geht so viel durch den Kopf seit dem Unfall, mein ganzes Leben geht mir durch den Kopf."
„Ist ja nichts Neues, Sigmund Freud ist wieder auferstanden in dir ...
Siehst übrigens schon etwas mitgenommen aus."
„Es geht mir jeden Tag besser. – Die Narben da am Kopf werden bleiben."
„Passt zu deinem Seeräuberwesen."
„Ich fühl mich aber mehr wie ein Zigeuner."
„Bei denen gibt's auch wilde Typen, die aussehen wie du."
„Mein Vater nannte mich Russe, wenn ich was gemacht hab, was ihm nicht gepasst hat. Als Kind wusste ich nichts von Russen, doch ein Russe zu sein, war schlimm, das hab ich gespürt, so zornig, wie er das Wort immer ausgesprochen hat."
„Kramst du wieder herum in deiner Kindheit?"
„Mehr denn je. Nur jetzt denk' ich mir, ich muss auch was verändern in meinem Leben."
„Was willst denn verändern?"
„Das hab ich noch nicht ganz klar. Ich denke, ich werde weggehen von St. Nikolaus, lass mich versetzen oder kündige."
„Kein Wunder, dass du weg willst, so wie du angefeindet worden bist bei der letzten Konferenz. Ich glaube, du machst einigen Kollegen Angst, weil du so offen sagst, dass du nicht zufrieden bist mit dem, wie die Schule so ist."
„Ja, kann sein. Ich denk' wirklich, ich werde gehen."
Carmen sah mich an, als würde sie mir direkt in die Seele schauen.

„Ich würde sofort abhauen mit dir.“
Mir wurde heiß. Leise antwortete ich: „Bitte sag das nicht, wir haben doch vereinbart, dass wir nur Freunde sind. Gute Freunde.“
Sie löste den Blick: „Klar. Einfach Freunde. Wie Geschwister.“
Eine Zeit lang waren wir still, dann nahm ich das Kuvert mit den alten Fotos von meinem Nachttischchen. „Wie gesagt, ich bin dabei, meine Lebensgeschichte durchzudenken. Magst ein bissl was hören?“
„Klar, schieß los.“
„Hab ich dir schon mal von meinen Brüdern erzählt?“

Wir, Matthäus, Raphael, Lukas, Markus, bekamen die Namen von großen Heiligen, die uns Vorbild sein sollten. Ich bekam eine Sonderrolle, als wäre ich der Älteste, meine Brüder sagen, sie hätten gelitten unter meiner Macht.
Die Eltern nannten meinen älteren Bruder und mich die Großen, die beiden Jüngeren waren die Kleinen. Anfangs war ich fürsorglich zu den vier und sechs Jahre jüngeren „Kleinen“, deckte sie im Bett zu, half ihnen beim Anziehen, doch bald wurden sie zu Konkurrenten, besonders Lukas, der von klein auf ein guter Schauspieler war.
Lukas konnte Tierlaute imitieren. Sein Meisterstück war eine Szene mit einem Hund und einer Katze, zuerst jagt der Hund die Katze mit lautem Gebell, die Katze miaut ängstlich und klettert auf einen Baum, der Hund steht unten, schaut hinauf, dann hebt er ein Bein und macht sein Geschäft am Baum. Plötzlich springt die Katze dem Hund auf den Rücken, der Hund erschrickt und läuft davon. Das Bellen, Jaulen und

Miauen klang überzeugend, dazu ahmte er die Bewegungen der Tiere nach, alle lachten. Um auch etwas Witziges beizutragen, brüllte ich wie ein zorniger Löwe, aber da lachte niemand.
Auch Vater hatte über das Hund und Katz Spiel gelacht, er hatte es schon zwei Mal gesehen, und als Lukas nach dem Frühstück wieder einmal damit beginnen wollte, meinte er, Lukas solle sich etwas Gescheiteres ausdenken. „Genau“, sagte ich, „das kennen wir schon.“
Lukas trat mir unter dem Tisch gegen das Bein, ich trat zurück, unauffällig, so dass Vater es nicht sehen konnte.
„Schluss mit dem Unsinn“, befahl Vater. „Markus, mein braver Bub, was habt ihr denn gestern getan?“
Markus saß neben Vater, er sah fröhlich hinauf zu ihm, aber er sagte nichts. Obwohl er schon vier war, konnte er noch nicht richtig reden.
Ich rief: „Wir waren im Park“, doch Vater antwortete streng, er habe Markus gefragt.
Bald darauf redete Markus in ganzen Sätzen, es war, als hätte er alles im Geheimen geübt. Er verwendete auch Worte, die Kinder normalerweise nicht verwenden, sagte etwa zu mir:
„Ich bin verärgert über dein Verhalten!“
„Ja, Herr Professor.“ Markus ging mir manchmal auf die Nerven, doch er gefiel mir und schien mir so klein und zerbrechlich.
„Einer meiner Kollegen lädt zu einem Fest, er hat einen großen Garten, alle kommen mit ihren Kindern“, rief Vater, „macht euch fertig.“
Es war Herbst, wir schlüpften in unsere Jacken, setzten die Mützen auf, Matthäus und Markus hatten die ihren

vertauscht. Jeder von uns Vieren hatte dieselbe Jacke und dieselbe Mütze, Mutter zog uns immer gleich an, wie in Uniform traten wir Söhne auf. Matthäus riss Markus die Mütze vom Kopf:
„Das ist meine!"
„He, sei nicht so grob zu deinem kleinen Bruder", fuhr ich ihn an.
„Misch du dich nicht ein, das geht dich nichts an."
„Du bist auch noch frech", gab ich zurück.
„Hört sofort auf zu streiten!" befahl Mutti, „hinaus mit euch in's Stiegenhaus, aber leise!"
Wir liefen hinunter, Vater öffnete die Autotüren, Lukas und Markus stiegen zuerst ein, sie mussten in der Mitte der Rückbank sitzen, das war Vaters Regel, wir, die beiden Großen, saßen links und rechts an den Fenstern. Kindersitze oder Sicherheitsgurte gab es damals noch nicht.
„Ruhe während der Fahrt, ich muss mich auf den Verkehr konzentrieren."
Ich sah aus dem Fenster und begann zu träumen. Ich sah mich als mächtigen Indianerhäuptling, dem die anderen gehorchten, den sie bewunderten. Ich träumte davon, mir aus Holz ein Pferd zu bauen, eines, das richtig laufen kann, ich brütete über der Konstruktion, sah mich hoch oben sitzen und die anderen Kinder hinter mir herlaufen, hinter mir, dem Häuptling der Apachen.
„So, da sind wir." Vater parkte vor einem großen Garten, viele Kinder waren dort, auch ältere Kinder, sie spielten 'der Kaiser schickt Soldaten aus'. Wir gingen hin, „lasst uns auch mitspielen", rief ich. Zwei Mannschaften bildeten je eine Reihe, ein Kind lief los gegen die Reihe der Feinde und versuchte die Reihe zu

durchbrechen, die anderen hielten sich fest an den Händen, wer nicht durchkam, musste bei den Feinden bleiben. Ich stand am Rande der einen Reihe, Lukas neben mir, gegenüber hatten sich Matthäus und Markus eingereiht. Ich brannte darauf, meine Kraft zu zeigen, „ich möchte als nächster laufen, Kaiser, schick mich los!"

„Der Kaiser schickt Soldaten aus und schickt dabei den – wie heißt du überhaupt?"

„Raphael!" „... und schickt dabei den Raphael aus."

Ich lief los, doch ich kam nicht durch, die Feinde hielten mich fest, ich musste drüben bleiben. Ich hätte heulen können, dass ich nicht stark genug war, doch heulen war kindisch und schwach.

Mitten im Spiel rief mich Vater und sagte böse: „Schau, was du deinem Bruder angetan hast!"

Ich wusste von nichts, doch Markus sagte, ich hätte ihn niedergerannt. Ich wollte es nicht glauben, ich hatte doch nichts getan, immer gaben sie mir die Schuld. Vater fuhr mit dem Kleinen ins Spital und als sie zurückkamen, hatte Markus ein Bein im Gips. Offensichtlich hatte ich die Reihe der feindlichen Soldaten an der schwächsten Stelle zu durchbrechen versucht und der um sechs Jahre Jüngere war hingefallen. Ich hatte das nicht bemerkt und war ihm wohl auf das Bein getreten in meinem missglückten Versuch, die Reihe zu durchbrechen. Im wilden Spiel hatte ich keine Augen gehabt für die Verletzlichkeit meines kleinen Bruders.

Oft spielten wir Indianer oder Soldaten im Krieg. Kriegsspiele waren meinem Vater verhasst, und immer wieder tadelte er mich und nahm mir die Waffen weg.

Ich wollte mich an sein Gebot halten, doch bald fand ich einen neuen Stock, der wie ein Gewehr aussah, und wieder überkam es mich zu schießen und zu kämpfen. Ich war vielleicht zehn oder zwölf, da ließen uns die Eltern eines Abends ohne Babysitter allein und übergaben dem Ältesten symbolisch den Wohnungsschlüssel. Mein Bruder war stolz auf diese ungewohnte Auszeichnung und hielt den Schlüssel fest in der Hand. „Seid brav und geht bald ins Bett", ermahnte uns Mutter. Ich schielte hinüber zu Matthäus, konnte es nicht ertragen, dass er und nicht ich ausgewählt war, die Wohnungstüre notfalls aufzusperren.
Kaum waren die Eltern draußen, sagte ich, er solle mir den Schlüssel geben. „Nein", war seine Antwort. Ich schlug vor, dass wir uns abwechseln. Er blieb bei seinem Nein. „Ich schenk dir einen Schilling", versuchte ich es noch einmal.
„Nein", rief er und lief weg von mir, „lass mich in Ruh!"
So stiftete ich die Kleinen an, mit mir gemeinsam gegen den Älteren zu kämpfen: „Kommt helft mir, wir brauchen den Schlüssel, das ist der Schlüssel zur geheimen Schatztruhe, wir müssen ihn haben!"
Ich versuchte, Matthäus den Schlüssel zu entreißen, ihm den Arm zu verdrehen, der Kampf wurde heftiger, die Kleinen rissen den Älteren an den Haaren. Er wehrte sich verzweifelt und schlug mit der Faust zu, den Schlüssel fest in der Hand, so dass dieser zur Waffe wurde. Als die Kleinen ein paar kräftige Schläge eingesteckt hatten, ließen sie ab von Matthäus, weinten zornig, dass er so fest zugeschlagen hatte. Triumphierend sah mich Matthäus an, der lange Schlüssel blinkte gefährlich zwischen den Fingern seiner geballten

Faust, da und dort hatte er auch mich schmerzhaft getroffen.
„Mir haben die Eltern den Schlüssel gegeben, nicht dir!"
Da gab ich auf, er war stärker, einmal wenigstens behielt er die Oberhand.
Als wir uns beruhigt hatten und endlich in den Betten lagen, holte ich den Stock der Mutter: „Hast du heute deinen Brüdern weh getan?" fragte ich, so wie Mutter bei der Gewissenserforschung, und ohne auf eine Antwort zu warten schlug ich zu, bestrafte meinen Bruder für seine vom Schlüssel verstärkten Fausthiebe. Ich traf ihn am Unterarm, es krachte, ich erschrak, und Matthäus weinte bitterlich. Ich bekam es mit der Angst zu tun und flüsterte ihm ins Ohr, das hätte ich nicht wollen, es wäre doch nur ein Spiel gewesen, ich hätte nur gegen die Bettdecke schlagen wollen, nicht gegen seinen Arm. Ich schaffte es irgendwie, dass er mir zustimmte, er habe geweint, weil die Kleinen ihn so fest an den Haaren gezogen hätten. Dies verkündete ich laut, gab den Kleinen die Schuld und warnte sie davor, den Eltern etwas davon zu erzählen. So schliefen wir ein.
Offensichtlich hatte ich Matthäus nicht wirklich verletzt, und am nächsten Tag hatte ich alles vergessen, als wären wir ohne Streit friedlich schlafen gegangen. Niemand sprach mehr über den erbitterten Kampf.

Wenn wir vier uns einig waren, fühlte ich mich stark: ‚Eine halbe Fußballmannschaft', hieß es, oder, wenn wir als Ministranten nebeneinander am Altar standen: ‚wie Orgelpfeifen'. Oft versank ich dort in Tagträumen, vergaß wo ich war. Lukas zischte mir zu: „Psst!" – Ach

ja, alle hatten sich schon niedergekniet, ich stand noch, rasch fiel ich auf die Knie.
„Weißt du nicht mal, dass man sich bei der Wandlung niederknien muss?“ stichelte Markus. Wenn wir nicht in der Kirche gewesen wären, hätte ich Markus in die Seite geboxt, ich nahm mir vor, das nach der Messe zu erledigen, doch dann ergab sich eine Gelegenheit, ihm unbeabsichtigt auf die Zehen zu treten.

Trotz der Sticheleien unternahmen wir vieles gemeinsam. Im Garten vor der Baustelle bauten wir aus Waschtrögen und löchrigen Decken ein Piratenschiff und retteten uns zu viert vor den Haifischen, die uns von allen Seiten angriffen. Wir erfanden Hindernisläufe, rund um Büsche, Zementsäcke und gestapelte Ziegel, verstecken uns vor den Erwachsenen, und in mühsamer Kleinarbeit demolierten wir den Zaun zum Nachbargrundstück. Die Nachbarstochter half mit, denn sie spielte gerne mit uns. Auch ein Tauchgerät bauten wir aus einem alten Gartenschlauch, so versuchten wir uns am Boden des Schwimmbads fortzubewegen, bis uns der Bademeister verjagte, denn Schnorcheln war im Schwimmbad verboten.
Verbote zu übertreten, fand ich besonders lustvoll, und ich stiftete meine Brüder an, mit mir in ein abgesperrtes Grundstück einzudringen oder ausgerechnet dort Rad zu fahren, wo dies nicht erlaubt war. Wenn wir dafür geschimpft oder verfolgt wurden, fühlte ich mich wie ein Held. Meine Brüder hörten interessiert zu, wenn ich meine Heldentaten übertrieb, damit prahlte, wie frech ich mich gegen Erwachsene behaupten würde. Vielleicht wollte ich mir selbst Mut machen mit solchen Erzählungen, denn viel zu oft hatte ich

Angst, fühlte mich schuldig und beschämt. Meine Brüder gaben mir Sicherheit.

Ob ich oft grob war zu meinen Brüdern? Immerhin erinnere ich mich an Grausamkeiten, die manchmal wie von selbst in mir hochkamen. In der Nähe von unserem Haus am Stadtrand gab es Weingärten. Im Herbst gingen viele Jugendliche regelmäßig Weintrauben stehlen, natürlich war das verboten. Manchmal passierte es auch, dass wir einander mit Trauben bewarfen. Da war ein Nachbarsjunge voller Sommersprossen, den mochte ich nicht besonders, doch wir gingen gemeinsam Weintrauben klauen. Ganz unvermittelt, ohne jeden Anlass und Vorwarnung, warf ich ihm eine Ladung Weintrauben mitten ins Gesicht. Der Junge schrie auf, verteidigte sich jedoch nicht, und ich wunderte mich über mich selbst.

„Was machen deine Brüder jetzt?" fragte Carmen.
„Matthäus arbeitet als Elektroniker in Bozen, Lukas ist Theologieprofessor, derzeit in Guatemala, und Markus ist Regisseur in Berlin."
„Sieht so aus, als wärst du der Bescheidenste von euch vier?"
„Bescheiden nur in meiner Karriere, nicht in meinen Wünschen."
Carmen nahm meine Hand, und blitzartig war ich zurück in der Gegenwart, ich spürte prickelnde Wärme in den Händen, im Gesicht, im Nacken, ich hätte Carmen an mich ziehen wollen, sie umarmen, küssen. Doch das hatten wir hinter uns, wir hatten uns entschieden, Freunde zu sein, gute Freunde, wie Bruder und Schwester. Ich schloss die Augen, erwiderte den

Druck ihrer Hand. Sie küsste mich flüchtig auf den Mund. „Ciao", sagte sie schnippisch, „danke für die Geschichte. War fast besser als im Kino."

Wie in Trance sah ich ihr nach. Carmen wusste, wie sehr ich kämpfen musste, ihren Reizen zu widerstehen.

Wir verstanden uns gut, immer war es witzig mit ihr, immer hatten wir einander etwas zu erzählen. Manche in unserem Lehrkörper glaubten, wir hätten ein Verhältnis miteinander, auch ich genoss es, mir dies vorzustellen, und im Dorf gab es die wildesten Gerüchte über uns. Für die überanständigen Leute, die jeden Sonntag in der Kirche saßen, war so eine Geschichte gut, um sich das Maul zu zerreißen, mein Schwiegervater hasste mich dafür, Anna litt. Wer konnte schon glauben, dass Carmen und ich einfach nur redeten, wenn wir beisammen waren. Wer hatte nicht auch den geheimen Wunsch, sich in eine junge Schönheit zu verlieben?

Könnte das gut gehen, mit mir und Carmen, die fast zwanzig Jahre jünger war als ich?

Oder war es kleinkarierte Moral, die mich zurück hielt, meine Verliebtheit auszuleben?

Wie mächtig war noch immer die schwarz-katholische Erziehung, in der ich aufgewachsen war, das Vorbild meiner Eltern – treu im Leid bis dass der Tod euch scheidet und voneinander erlöst?

Waren meine Eltern nie in Versuchung gekommen, mit anderen ins Bett zu gehen, hatte ihre eiserne Moral sie vor diesem Dilemma beschützt?

Ich jedenfalls war in einem Dilemma: Es war fast unerträglich, mich von Carmens Bett fernzuhalten, andererseits tat es weh, dass ich meine Frau verletzte und meine Familie durcheinanderbrachte. Der Konflikt mit Anna tat weh, sehr weh.

Ich erinnere mich an keinen einzigen Menschen, mit dem ich als Kind zu tun hatte, der nicht streng katholisch gewesen wäre, auch die gutmütigen, großzügigen Menschen, die ich damals gekannt hatte, hätten Erotik außerhalb der Ehe als Verstoß gegen Gottes Gebote bezeichnet. Undenkbar schien es mir als Kind, Ehe nicht als ausschließlich und ewig anzusehen. Die sogenannten Gebote Gottes halfen mir wenig in meinem Konflikt, doch neben all dem Ärger rundherum war da auch noch dieses schlechte Gewissen in mir, verbunden mit einer vagen Angst, es könnte ja doch eine Hölle geben für meine Sünden und meinen Unglauben: ‚mea maxima culpa'.
Wie idiotisch! Schon als Jugendlicher hatte ich den Angst-Glauben meiner Kindheit abgelegt. Entschieden schob ich das brutale Bild der Verdammnis weg von mir. Was war das für eine Heilslehre, die mit Schreckensbildern Angst macht vor dem Sterben ...
Da fiel mir mein Taufpate ein, Onkel Hubert, der ein paar Jahre im Kloster gelebt hatte, vielleicht war er an der Härte seiner Moral zu Grunde gegangen.

Ein Fiebertraum

Onkel Hubert gab mir etwas, das Vater nicht geben konnte. Er war ein dünner Mann ohne eigene Familie, und als wir klein waren, kam er, um auf uns aufzupassen, wenn die Eltern ausgingen. Ich habe schöne Erinnerungen an diesen Patenonkel, und vielleicht wäre es gut gewesen, er hätte zu meinem Vater gesagt: ‚Schau mehr auf deine Söhne. Es sind deine Kinder, ich bin nur der Onkel.' Vermutlich sprachen die beiden Männer nie über solche Themen und so war mir der Onkel oft näher als der Vater, doch auch er hat mich verlassen.

Immer hatte er für jeden von uns ein winziges Bonbon dabei. Er nahm seine dicke Brille ab, und wir durften ihm die Nase zuhalten, dann lachten wir laut, wie er mit verwaschener Stimme sprach:

„Hilfe, Hilfe, ich bekomme keine Luft, gleich muss ich sterben," und noch einmal rief er:

„Hilfe, ich sterbe!"

Er richtete sich auf, ich musste seine Nase loslassen, er holte tief und laut Luft, verzog das Gesicht in den wunderlichsten Grimassen und sagte:

„Matthäus und Raphael, ihr geht ja jetzt beide in die

Schule, da hab ich Euch etwas mitgebracht."
„Was denn, was denn?" ich sprang erwartungsvoll auf und ab. Onkel Hubert überreichte uns je eine Füllfeder, Lukas bekam einen Buntstift. Wir bedankten uns artig. Mutter nickte, ihr Bruder beschenkte uns immer in ihrem Sinn.
„Zu Weihnachten wünsche ich mir eine Eisenbahn!" rief ich.
„Und eine goldene Uhr!" Mutter sah mich streng an und schüttelte den Kopf.
Das Verbot, Wünsche offen mitzuteilen, drang tief in mich ein.

Ein paar Jahre später wurde ich gefirmt und mein Patenonkel lud mich in ein Gasthaus zum Essen ein, bei der Nachspeise fragte er mich, ob ich ein zweites Stück Torte möchte. Gerne hätte ich ein zweites, auch ein drittes Tortenstück gegessen, doch das traute ich mich nicht zu sagen und begnügte mich mit einem Stück, scheinbar bescheiden. Dann überreichte mir der Onkel ein kleines Päckchen, freudig öffnete ich es, eine Armbanduhr war darin: „Danke, danke!" Ich hatte ganz vergessen, dass jeder Firmling eine Uhr bekam. Insgeheim hatte ich mir ein Fahrrad gewünscht, doch niemand wusste davon.
Nach dem Firm-Essen kam Onkel Hubert noch mit zur Baustelle. Ich hatte im Sperrmüll ein altes Fahrrad gefunden, er half mir, es notdürftig instand zu setzen und lose Teile mit Draht festzuklemmen. Das Fahrrad hatte nur das rechte Pedal, das linke fehlte, Onkel Hubert meinte, er kenne einen Fahrradmechaniker, der verkaufe auch gebrauchte Ersatzteile. Doch darauf wollte ich nicht warten, ich band mir das rechte Pedal

an den Fuß und fuhr fröhlich ein paar Runden vor der Baustelle unseres Hauses.
Zum nächsten Geburtstag, ich war zwölf, schenkte mir der Onkel eine Taucherbrille. Ich war stolz über den neuen Besitz und sagte: „Ich bin der einzige in der Familie, der sich so etwas Tolles leisten kann."
Vielleicht wollte ich sagen, dass ich mich freute, einen Wunsch klar genug angedeutet zu haben, doch der Onkel sah mich befremdet an, fragte mich, was das heißen sollte, ich hätte die Taucherbrille doch geschenkt bekommen. Ich wusste nichts darauf zu sagen, ich glaube, in diesen Jahren gefiel dem Onkel vieles nicht, was ich tat, und er schien von mir abzurücken, ohne dass ich wusste, warum.
Es muss in dieser Zeit gewesen sein, dass ich krank war und mit hohem Fieber im Bett lag, alleine in der Wohnung in Wien im sechsten Stock. Da sah ich inmitten einer roten Soße, die wie in einem riesigen Abfluss nach unten gezogen wurde, dass mein Onkel zum Fenster hinaussprang. Ich schrie, schrie, was ich nur konnte und lief aus der Wohnung, die Stiegen hinunter. Dort war die Hausmeisterin beim Putzen, sie hielt mich an und beruhigte mich, ich müsse geträumt haben.
„Ich habe geträumt ...", schluchzte ich, ging in die Wohnung zurück und schlief weiter.
Ein paar Jahre später beging mein Onkel Selbstmord, doch als Jugendlicher wollte ich nichts wissen vom Tod, und ich spürte keine Angst und keine Trauer, auch an den Traum erinnerte ich mich erst zwei Jahrzehnte später.

Am nächsten Tag wurde ich in das Kurzentrum verlegt. Die Sonne war dabei, sich gegen Wolken zu behaupten. Ich fühlte mich besser und wäre gerne mit dem Zug gefahren, doch der Arzt bestand darauf, dass ich im Krankenwagen nach Bad Vigaun transportiert werden sollte, so wurde ich liegend gefahren. Dann ließ ich mich von den Trägern des Roten Kreuzes – junge Männer im Zivildienst, wenig älter als mein Sohn – ins Zimmer tragen, bat sie, mich ins Bett zu legen, und nachdem sie mich zugedeckt hatten, sprang ich auf, öffnete das Fenster und rief: „Spitze, dieser Ausblick! So lass ich mir das Kranksein gefallen!" Einen Augenblick lang sahen sie mich entgeistert an, dann lachten sie, doch sie lehnten ab, mit mir noch ins Kurcafé zu gehen.

Ein Stechen im Kopf sagte mir, dass ich mich wieder hinlegen sollte. Vom Bett aus konnte ich den verschneiten Wald sehen, der einen Hügel bedeckte, oben ein Kirchlein, wie aus einer Werbepostkarte des Fremdenverkehrsverbandes, das Kreuz auf der Kirchturmspitze spiegelte die Sonne. Auf jedem Berg ein Gipfelkreuz, in jedem Dorf eine Kirche: So wie die

Symbole des Christentums die Landschaft prägen, so prägte der Glaube meine Kindheit. Vielleicht hatte mir der Glaube auch das Leben gerettet, damals.

Mutter schaute die Bäume hinauf, von den Wurzeln über den dicken Stamm hoch bis zum Himmel, und sie bedankte sich beim lieben Gott für den schönen Tag. Rundherum war dunkler Wald, da und dort ein paar helle Flecken, es sah aus, als würden die Lichtstrahlen die Erde mit dem leuchtenden Blätterdach verbinden. „Wie ein Heiligenschein", meinte Vater. Mutter nickte ihm zu.
„Dort vorne ist schon der See", sagte sie zu uns Kindern, wir sollten ein Dankgebet sprechen, für die Welt und für uns selber, denn der liebe Gott war es, der alles gemacht hatte, auch uns.
Am See planschte ich gemeinsam mit meinem älteren Bruder im seichten Wasser. Matthäus sah einen Fisch, stürzte sich ins Wasser, und auf einmal war er nicht mehr zu sehen. Vater sprang hinein, holte ihn heraus, mein Bruder hustete und spuckte Wasser, und Vater sagte, jetzt habe er einen hustenden Fisch gefangen. Die Eltern lachten und spritzten uns an, Vater konnte besonders weit spritzen, ich musste mich umdrehen, so viel Wasser traf mich, wenn er mit seiner großen Hand durchs Wasser fuhr. Dann schwamm er weit, weit hinaus auf den See. Alles war ruhig, kleine Wellen plätscherten leise und Fliegen summten.
Ich schaute die Bäume hinauf, von den Wurzeln über den dicken Stamm hoch bis zum Himmel. Da oben war der liebe Gott, dem ich ‚Danke für den schönen Tag' gesagt hatte, aber ich sah nur blaue Farbe, nicht einmal Wolken, auf denen der liebe Gott sitzen konnte.

Auf der Rückfahrt zum Bauernhof der Großeltern übte Mutter Gebete mit uns, dann sagte Vater, wir sollten die schöne Landschaft anschauen, da waren alle still im Auto und schauten aus dem Fenster bis zu den Bergen. Kaum waren wir wieder auf dem Bauernhof, stellte Großmutter die Suppenschüssel auf den Tisch aus Kirschholz. Immer wurde bei den Mahlzeiten gebetet, Teile vom Rosenkranz oder den „Engel des Herrn". In der Ecke der Stube hing ein Bild von Maria und Jesus, beide hatten eine offene Brust, in der ein rotes Herz mit einer Dornenkrone blutete. Die Bauern redeten so schnell beim Beten, dass ich es nicht verstand, es war wie ein Singen, lange auf einer Tonhöhe, dann ein bisschen tiefer und dann wieder zurück auf denselben Ton. Das Essen dampfte, eines der Bauernkinder nahm sich während des Betens ein kleines Stück und bekam einen Schlag auf die Finger, der Onkel betete weiter beim Schlagen, nur ein bisschen lauter wurde er dabei. Vor dem Schlafengehen las uns Mutter noch eine Geschichte aus dem „Struwwelpeter" vor, ich kroch tief unter die Decke, denn Kinder, die nicht das taten, was von ihnen verlangt wurde, erlitten schlimme Strafen, verhungerten oder verbrannten. Wie gebannt schaute ich auf die bunten Bilder unter den lieblichen Versen, die Schrecken, Rache und Mord beschrieben.
Ich denke, dass ich bald verstand, dass dies erfundene Geschichten waren. Wesentlich bedrückender fand ich die Geschichten und Bilder in unserer Kinderbibel. Gleich am Morgen, nach dem Frühstück, sagte Mutter, wir sollen uns brav hinsetzen und zuhören, dann las sie uns vor, von Märtyrern, die sich für ihren Glauben foltern ließen, von der Hinrichtung Jesu und von den ewigen Höllen-Qualen der Verdammten. Danach fragte

sie uns ab, was wir uns von der Geschichte gemerkt hatten. „Weil wir Menschen böse sind, ist Jesus am Kreuz gestorben ... wenn ich nicht brav bin, komme ich in die Hölle für immer.“
Ich wollte brav sein, für Mutti und Vati, für Jesus und um in den Himmel zu kommen. Ich wollte es so sehr, und ich verstand nicht, warum es mir nicht gelang. In der kleinen Wiener Wohnung war es besonders schwierig brav zu sein, vielleicht auch, weil Mutti fast immer da war und alle meine Sünden sah.

In der Fastenzeit ging Mutter mit uns zur Kreuzwegandacht. „Oh Haupt voll Blut und Wunden ...“, schleichend langsam sangen alte Frauen mit einem schwarz gekleideten Pater, das Gewicht der Schuld lastete auf den Gebeten, auf den Gesichtern, auf dem Lied. Der Pater schleppte sich von einem Gemälde des Kreuzweges zum nächsten, gefolgt von zwei Ministranten, auch sie trugen einen schwarzen Umhang über dem weißen Engelsgewand, vor jedem Bild fielen die drei auf die Knie. Die Leute sangen komisch, blickten bedrückt auf die Bilder von Jesu Leidensweg, mir wurde langweilig.
Ich beobachtete die Ministranten, sie schwangen das Weihrauchfass, gingen mit einem Klingelbeutel absammeln und gemeinsam mit dem Priester verschwanden sie durch eine Geheim-Türe neben dem Allerheiligsten. Die Türe war bemalt, es schien, sie wäre aus Marmorstein, hätte sie sich nicht öfters geöffnet, ich hätte sie für eine Mauer gehalten. „Ich will auch ministrieren“, bettelte ich am Heimweg von der Kirche. „Sobald du sieben bist“, antwortete Mutter, „auch dein Vater wurde Ministrant, als er sieben war.“

„Hoch sollst du leben ...“ Eltern und Brüder gratulierten mir, vor mir stand Tante Gretes Schokoladentorte, sieben Kerzen brannten darauf, mit einem einzigen Atemzug pustete ich sie aus, eine kleine Rauchwolke zog langsam nach oben. Erwartungsvoll packte ich meine Geschenke aus, da waren ein Paar Socken und ein Wecker, Vater erklärte mir das Läutwerk und Mutter ging mit mir in die Pfarre, meldete Matthäus und mich zum Ministrieren an. Drei Tage später war die erste Ministrantenstunde, aufgeregt betraten wir die geheimnisvollen Räume, die hinter dem Altar lagen. Es roch nach Weihrauch und Kerzen, ein Gang verband die Sakristei mit dem Ministranten-Heim, dort standen hohe Schränke voll von weißen Kleidern und farbigen Umhängen.

Pater Gregor, ein kleiner Mann mit rotem Gesicht, mitten auf dem Kopf eine kreisrunde Glatze, sagte freundlich, er sei für die Ministranten zuständig. Er erklärte uns, was wir bei der Sonntagsmesse zu tun hätten, wir übten lateinische Gebete und die Kniebeugen vor dem Altar. Immer wieder musste ich seine eigenartige Frisur anschauen, er bemerkte es, schmunzelnd sagte er, er würde sich jeden Monat rasieren da oben, einen Landplatz für den heiligen Geist. Beim Abschied ermahnte er uns, in den Klostergängen nicht zu laufen. Mit ein paar anderen Buben gingen Matthäus und ich den langen Kreuzgang entlang, dem Ausgang zu. Gleich hinter der ersten Biegung begannen die anderen Buben zu laufen, „wer ist der erste bei der Türe!“ rief einer, da war ich sofort dabei, Paters Ermahnung war vergessen. An der Tür zum Kirchenplatz kam uns ein anderer Pater entgegen, weißhaarig und gebückt. „Langsam, langsam“, sagte er lächelnd, „ihr Wettläufer Gottes.“

Bald war ich mit allen Abläufen der Messe vertraut, ich genoss es, weiß gekleidet vorne am Altar zu stehen, das Glöckchen zu läuten, dem Priester das goldene Buch mit dem Evangelium zu bringen, ich ministrierte gleich zwei Sonntagsmessen hintereinander.
Pater Gregor ermahnte uns, regelmäßig das Sakrament der Beichte zu empfangen, da würden uns die Sünden vergeben. Ich lernte, die größte Sünde sei, nicht zu glauben, Nicht-Katholiken seien allesamt auf dem falschen Weg, und die Heilige Messe sei die ständige Vergegenwärtigung von Jesu Kreuzestod.
Ich lernte kniend und mit gesenktem Kopf auf meine Brust zu klopfen und betete wohl tausende Male, anfangs noch lateinisch: „... durch meine Schuld, durch meine Schuld, durch meine übergroße Schuld, mea maxima culpa". Es hätte nicht all dieser Wiederholungen bedurft, mühelos drang die Vorstellung, schuldig und unwürdig zu sein, in mein Denken ein. Der liebe Gott half zu den Erwachsenen, die mich zurechtwiesen, bestraften, züchtigten, und ich wurde gewarnt: „Gott sieht alles", also vor allem das, was Mutti nicht sieht. „Er weiß um alle deine Sünden, auch um die, die du nur in Gedanken begangen hast!"
Einmal hatte ich vergessen, dass ich vor der Messe gefrühstückt hatte und war zur Kommunion gegangen, damals durfte man zwölf Stunden vorher nichts essen. Ich kniete vor dem Altar, bemühte mich, andächtig zu sein, da ich Jesus empfangen hatte, da fiel mir das Frühstück ein. Ich erschrak und begann zu schwitzen, so schwer traf mich meine Schuld. Zum Glück konnte ich gleich nach der Messe beichten, immer hatte einer der Patres Zeit, mir meine Sünden zu vergeben, einmal wurde mir sogar schon vor der Beichte vergeben.

Die Patres wohnten in Klausur hinter einer großen Tür am Ende der Treppe, dort war eine Glocke und jeder Pater hatte ein eigenes Glockenzeichen: kurz – kurz – lang oder lang – lang – kurz, und alle Patres wussten, wem das Läuten galt. Es war aufregend, dort anzuläuten, es gab auch Buben, die läuteten und davon liefen. Neben der Klausur war noch ein Raum, da traf sich der Kirchenchor, im Advent durften auch wir Kinder dort hinein, wir übten Lieder über die Heiligen Drei Könige, Sternsinger-Lieder. Pater Gregor hatte den Proberaum neu ausmalen lassen, mit bunten Verzierungen, so heilig wie in der Kirche. Pater Bernhard war für das Singen zuständig, er sang vor und alle sangen nach: „Es wird scho' glei' dumpa ..." Dann sagte er, er müsse zum Abendgebet, wir sollten noch ein bisschen lernen, das vierte Lied im Büchlein wäre nächstes Mal dran und der Letzte von uns solle das Licht abdrehen. Ich las den Liedertext zwei Mal, dann lief ich hinunter, warf einen Schneeball hinauf, gegen ein Fenster des Proberaums. Ein Bub öffnete das Fenster: „Du triffst eh nicht", neckte er mich.
Ich warf noch einen Schneeball und traf durch das offene Fenster mitten in den Raum.
„Du hast die Wand kaputt gemacht!", riefen die Kinder von oben.
Ich lief hinauf und sah, mein Schneeball hatte einen schmutzig nassen Fleck auf der neuen Wandfarbe hinterlassen. Mit hängendem Kopf läutete ich Pater Bernhard und führte ihn zu meiner Untat, die anderen Buben liefen schnell davon. Kurz darauf kam Pater Gregor, streng fragte er Pater Bernhard, wer das gewesen sei. Ich hatte mich in einer Ecke des Raumes klein gemacht. Pater Bernhard sagte, einer der Buben,

es wäre doch gleich, welcher. Nein, Pater Gregor wollte wissen wer, er war zornig. Vorsichtig deutete Pater Bernhard in meine Richtung.
„Ich war's", sagte ich kleinlaut.
Pater Gregor schwieg, und mir war, als würde er mir verzeihen, einfach so, ohne ein einziges böses Wort.

Für das Ministrieren hatte ich mir die lateinischen Texte rasch gemerkt, und als ich zwölf war, bekam ich Latein als Schulfach dazu, und obwohl ich lateinische Gebete hersagen konnte, war mir Latein in der Schule schwierig und fremd. Mutter tat, was sie konnte, um mir zu helfen.
Wir saßen in der kleinen, kahlen Küche, vielleicht um Vater nicht zu stören, der im Wohnzimmer saß. Meine Brüder waren schon im Bett, ich musste mich auf einen Vokabeltest vorbereiten, doch es ging nichts hinein in meinen Kopf. Mutter wurde immer ungeduldiger, und ihre Gestalt schien mir groß und weit weg. Wie durch Nebel hörte ich sie schimpfen: „So konzentrier dich doch!" In mir war es dunkel und kalt, wie in der ungeheizten Küche, mein Gehirn funktionierte nicht mehr.
Als ich ins Bett geschickt wurde, fasste ich den Entschluss, mir in die Arme zu schneiden, ich hatte gelesen, dass man dann einfach einschlief und nicht mehr aufwachte. In unserem Schlafzimmer stand ein Tisch, und in der Lade war ein Papiermesser mit einer Rasierklinge, ich wusste genau, wie ich es tun würde. Mutter sagte seufzend gute Nacht und drehte das Licht ab. Alles im Raum wurde zu schwarzen Schatten, die Bettdecke, meine Arme, der Schreibtisch. Ich bewegte mich leise, griff zur Lade, zog sie langsam auf ...

Da fiel mir ein, dass ich vor dem Sterben noch einmal beichten gehen müsse, und ich entschied mich, in der Früh beichten zu gehen und dann zu sterben. So schlief ich ein. Am nächsten Morgen hatte ich meinen Entschluss vergessen, und ich erinnerte mich erst wieder daran, als ich schon erwachsen war.

Lernfreuden und Schulversagen

Das Licht einer chromfarbenen Stehlampe erhellte das Bett ein wenig, der restliche Raum lag im Dunkel. Der Wintertag war früh zu Ende gegangen, die dämmrige Stille passte gut zu meinen Erinnerungen.
Ich blätterte in der Broschüre des Kurzentrums: Massagen, Moorpackungen, Heilgymnastik, da wurde eine Menge angeboten. Bei den Erklärungen zur Rückenschule hielt ich inne, hier würde mein Rücken Schüler sein. Fünfzehn Jahre lang war ich Schüler gewesen, was für eine Zeit! Ich legte das Heftchen auf die Seite, dachte daran, wie sehr ich mich als Kind auf die Schule gefreut hatte und wie anders dann alles wurde.

Gebadet, frisiert, mit geputzten Zähnen, lagen wir im Bett, Matthäus und ich. Das Licht einer kleinen Lampe erhellte das Bett ein wenig, der restliche Raum war dunkel und riesig. Vor dem Bett der Eltern standen zwei schwarze Schränke, so konnten wir Kinder das Bett der Eltern nicht sehen. Manchmal knackte das alte Holz, ich erschrak, jemand musste sich im Schrank versteckt haben oder unter dem Bett der Eltern dort hinten. Ich zog die Bettdecke hoch bis zum Hals, wartete

auf die Gute-Nacht-Geschichte.
„Bitte vom Kater Maunz, der schon in die Schule geht!“, bettelte ich.
Wieder hörte ich die vertraute Geschichte. Als Mutter fertig war, sagte ich, jetzt wolle ich lesen. Seite für Seite ‚las‘ ich vor, ohne einen Buchstaben zu kennen, ich hatte mir jedes Wort eingeprägt. Mutter lachte, sagte:
„Du hältst das Buch verkehrt herum! Jetzt schlaf schön, morgen kannst du weiterlesen.“
Am nächsten Morgen kam Tante Grete, gleich lief ich hin zu ihr, sagte, ich könne schon lesen.
„Warte, gleich setze ich mich zu dir“, sagte die Tante.
Ich sprang um sie herum, bis sie sich mit mir auf die Wohnzimmerbank setzte.
„Wie muss ich das Buch halten?“ fragte ich.
Die Tante rückte mir das Buch zurecht und ich begann ‚vorzulesen‘.
„Bist ein gescheiter Bub, wirst deinen Eltern viel Freude machen“, Tante Grete streichelte mich.
Zu Mittag kam Mutter heim, sie brachte zwei neue Bücher mit, und mein Lieblingsbuch vom Kater Maunz blieb ein paar Wochen im Regal.
Eines Tages war Tante Walpurga auf Besuch. Als sie Platz genommen hatte, sagte ich zu ihr, ich könne schon lesen, holte mein Buch hervor, nun brauchte ich nicht mehr zu fragen, wie ich es halten musste, doch ich stockte, wusste nicht mehr so genau, was da stand, ich hatte „das Lesen“ wieder verlernt. Ich wurde rot, verkroch mich unter den Tisch, die Tante sagte: „Wirst schon noch lesen lernen, in der Schule dann.“
„Ich will jetzt in die Schule gehen!“, rief ich unter dem Tisch hervor.

Am Vorabend meines ersten Schultages bekam ich eine Ledertasche, sofort probierte ich, diese mit den Riemen auf dem Rücken zu tragen, jeder konnte sehen, dass ich schon in die Schule ging, ich wollte die Tasche gar nicht wieder abnehmen. Ich stellte die Schultasche neben das Bett, ich konnte das Leder riechen und gleich nach dem Abendgebet schlief ich ein. In der Früh, als Mutter mich weckte, saß ich sofort kerzengerade im Bett: „Schule!" sagte ich begeistert und sprang aus den Federn.

Meine Lehrerin war eine freundliche Frau mit vielen Falten im Gesicht. Sie erklärte uns, dass wir aufzeigen mussten, wenn wir etwas sagen wollten. Ich zeigte auf.

„Ja, Raphael?"

„Bitte wann lernen wir das große A?"

Die Lehrerin lachte: „Bald", sagte sie, „vorher üben wir noch Zierleisten."

Als wir lesen gelernt hatten, sagte die Frau Lehrerin, dass wir ein Kasperltheaterstück einstudieren würden. Den Kasperl zu spielen sei eine besondere Aufgabe, denn wir würden vor allen Lehrern und allen Kindern der Schule spielen, auch die Frau Direktor werde dabei sein. Der Bub, der den Kasperl spiele, der müsse besonders viel lernen.

„Wer möchte denn der Kasperl sein?"

Viele Buben meldeten sich. Ich hatte die Luft angehalten, um meine Hand höher als alle anderen zu heben. Die Lehrerin sah von einem zum anderen. Sie werde zwei Buben auswählen, falls einer krank würde, meinte sie, wenn beide gesund blieben, würde sie vor der Aufführung entscheiden, wer die Hauptrolle spielen dürfe. Kein Laut war in der Klasse zu hören. Dann zeigte sie auf mich und einen zweiten Buben.

„Danke, danke!“ sagte ich, als sie mir das Heftchen des Theaterstücks gab. Daheim machte ich mich sofort ans Lernen. Täglich probten wir unser Stück und nach ein paar Tagen sagte die Lehrerin, alle Kinder unserer Klasse sollten darüber abstimmen, wer bei der Aufführung den Kasperl spielen würde. Sie teilte kleine Zettel aus, jedes Kind schrieb einen Namen darauf. Die Frau Lehrerin zählte die Stimmen aus, alle warteten auf das Ergebnis, die Lehrerin schmunzelte: „Die meisten Stimmen hat ... Raphael bekommen!“ Sie kam auf mich zu, sagte: „Raphael, du bist ja ganz rot vor lauter Aufregung! Komm, hol’ uns die Pausenmilch vom Schulwart.“
An das Spielen selbst erinnere ich mich nicht, nur an die Auszeichnung, die wichtigste Rolle bekommen zu haben. Ich beherrschte auch den Text aller anderen Rollen, und daheim führte ich mit Kasperlpuppen das ganze Stück auf. Meine Brüder waren die Zuschauer.

Die ersten zwei, drei Jahre merkte ich mir im Unterricht genug, um ein gutes Zeugnis zu bekommen, nur in Rechtschreiben war ich nicht gut. Dann in der vierten Klasse beklagte meine Lehrerin, dass ich oft in Gedanken woanders sei, doch meist konnte ich etwas erfinden, wenn ich gefragt wurde. So war ich eines der fünf Kinder aus der Klasse, die die Aufnahmeprüfung zum Gymnasium machen durften. Dort wurde uns erklärt, was wir zu schreiben hatten. Ein Mädchen aus meiner Klasse meldete sich, um etwas zu fragen, doch der Professor schrie sie an: „Pfoten runter, wenn ich rede.“
Ich zuckte zusammen: So also war das im Gymnasium, das ich die nächsten Jahre besuchen würde!

Mutter kaufte mir ein Eis, als ich die Aufnahmeprüfung bestanden hatte, und Vater erklärte mir, jetzt beginne der Ernst des Lebens. Schon in den ersten Tagen nach Schulbeginn zeigte sich dieser Ernst in Form einer Strafpredigt. Neben unserem Klassenzimmer gab es eine Herren-Toilette, ausschließlich für „kleine Geschäfte". Als ich dringend „auf die große Seite" musste, lief ich rasch ins Mädchenklo, ich hatte nicht mitbekommen, dass es am anderen Ende des Ganges ein Herrenklo mit entsprechender „Sitzgelegenheit" gab. Ich wollte unbemerkt wieder aus der Toilette schlüpfen, da hörte ich Mädchen aus meiner Klasse sagen: „Da drinnen ist er!" „Ja, ich sehe seine Lederhose." Sie sahen unter der Tür durch, meldeten dem Klassenvorstand, was passiert war. Der fragte mich verärgert, ob ich denn glaube, für Herren sei Stuhlgang in Schulgebäuden verboten, einige Mädchen kicherten.

In der Pause riefen sie: „Lederhose, Lederhose, musst du nicht aufs Klo?"

Täglich trug ich dieselbe kurze Lederhose, ich hatte nie Geld, andere Kinder, die denselben Schulweg hatten, konnten sich jeden Tag etwas kaufen. Ein Klassenkamerad schenkte mir einen Schilling für ein Eis, da sah ich Mutter auf mich zukommen. Zufällig war sie in derselben Straße unterwegs, streng sagte sie, ich müsse das Geld zurückgeben, wir seien keine Bettler. Da schämte ich mich, auch um den Schilling tat es mir leid, wieder musste ich ohne Eis den anderen beim Schlecken zusehen.

In der Volksschule hatte ich die Hauptrolle im Kasperltheater spielen dürfen, im Gymnasium fühlte ich mich

manchmal wie ein Klassen-Kaspar. Der Klassenvorstand fragte, wer beim Schülertheater mitmachen wollte, es gäbe eine Theatergruppe, Schüler aus allen Schulstufen würden jedes Jahr ein Stück einstudierten, auch ein paar ‚Erst-Klassler' könnten mitspielen. Als einziger aus meiner Klasse meldete ich mich. Ich wurde zum Konferenzzimmer geschickt, und ein Professor, den ich nicht kannte, erklärte mir, was ich vorspielen musste: Ich sollte lachend in den Raum kommen, das Telefon abnehmen und über eine Schreckensnachricht entsetzt sein. Mir war nicht zum Lachen, so schmunzelte ich vor mich hin, und auf die gedachte Schreckensnachricht reagierte ich so, wie es mir damals entsprach, stumm und ratlos.
„Du kannst wieder in deine Klasse zurückgehen", sagte der Professor.
Ein paar Wochen später sah ich im Eingangsbereich der Schule eine große Notiz: „Heute fünfzehn Uhr: Theaterprobe!"
„Ah, jetzt also geht's los", dachte ich aufgeregt.
Um fünf vor drei wartete ich bei der Anschlagtafel, doch niemand kam. Nach einer halben Stunde Warten kam ein älterer Schüler, der im selben Miethaus wohnte wie ich, vorbei und sagte, die Theatergruppe probe seit Wochen, ich sei doch gar nicht dabei. So ging ich langsam nach Hause und erzählte niemandem davon, dass ich nicht genommen worden war.
An diesem Tag kam ich spät zu meinen vielen Hausaufgaben. Mutter hatte mir einen eigenen Arbeitsplatz hergerichtet, ein kleiner Schreibtisch am Fenster des Schlafzimmers, dort sollte ich ungestört sein und selbstständig lernen. Dort saß ich allein, es war ein bisschen kalt, denn der Ofen im Schlafzimmer wurde

fast nie beheizt, bald wanderten meine Gedanken ihre eigenen Wege, ich beobachtete die Schatten, die das Fensterkreuz im Zimmer warf, malte eine Sonnenuhr auf dem Fenstersims, mit einer Markierung alle fünf Minuten. Ich sah den Tauben auf dem gegenüberliegenden Dach zu, und ein Bibelspruch fiel mir ein: Kein Spatz fällt vom Dach, wenn Gott es nicht will. Mutter schimpfte, dass ich so viel Zeit vertrödelte.

Einer ihrer Brüder kam mit seinen Kindern auf Besuch, Mutter bestimmte, dass ich zuerst alle Hausaufgaben machen musste, dann erst durfte ich aus dem Schlafzimmer kommen und mit den anderen Kindern spielen. Doch ich stand an der Tür, hörte meine Brüder mit den Cousinen spielen, versuchte durch das Schlüsselloch zu schauen und mehrmals öffnete ich die Tür einen Spalt und rief etwas hinaus, über das die Kinder lachten. Ich stand an der Türe, bis die Besucher gegangen waren, die offenen Schulbücher warteten auf mich.

Zum Abendessen gab es Milchreis, ich wollte meine Brüder mit Reisklumpen bewerfen, doch Mutter beobachtete mich mit strengem Blick. Dann setzte sie sich zu mir und unter ihrer Anleitung schaffte ich es endlich, die Hausaufgaben abzuschließen. Mutter sah mich betrübt an:

„Ich verstehe nicht, wieso du das nicht alleine schaffst!“ Ich konnte nichts antworten, in mir war nur dunkle Leere.

Am nächsten Tag nahmen wir im Geschichtsunterricht die Zeitalter der Menschheitsgeschichte durch, es ging um Martin Luther und die Entdeckung Amerikas, ich verlor mich in Tagträumen, bekam nichts mit vom Vortrag des Lehrers.

Plötzlich fragte er mich: „Raphael! Wann hat die Neuzeit begonnen?"
Ich schreckte hoch, doch ich antwortete mit fester Stimme:
„Als sie die Raketen auf den Mond geschossen haben!"
Der Herr Professor fauchte mich böse an: „Um 1492 haben sie keine Raketen geschossen!"
Die Kinder lachten. Ein paar Tage vorher war die erste Rakete auf dem Mond gelandet, da hatte Mutter gesagt: „Jetzt beginnt ein neues Zeitalter."

Montags hatten wir Turnen, unser Turnlehrer, ein kleiner drahtiger Mann, immer ein bisschen rot im Gesicht, ließ uns der Größe nach antreten, wir mussten stramm stehen, alle bloßfüßig, in schwarzen Hosen und weißen Leibchen. Der Lehrer ging die Reihe entlang, als er zu mir kam, deutete er auf meine schmutzigen Knie, fragte, ob ich Kartoffel ernten gewesen sei. Am Wochenende gab es nur den Gartenschlauch bei Vaters Baustelle zum Waschen, ich dachte, dass ich viel lieber Kartoffeln ernten als zur Schule gehen würde. Der Turnlehrer schrie mich an:
„Hörst du schlecht? Du sollst dich waschen gehen!"
Nein, ich hatte nicht gehört, rasch lief ich hinaus, kam zurück mit sauberen Knien und Tränen in den Augen. Die anderen Buben sahen mich spöttisch an. In der Pause wollte ich zeigen, wie stark ich war, und forderte einen Kameraden auf, mit mir zu raufen, doch der verdrehte nur die Augen, sagte: „Ja, du bist der Stärkste", und wandte sich ab. Ich stand belämmert da. Eine Gruppe Kinder saß beisammen, ich wollte mich zu ihnen setzen, da sagten sie, ich solle gehen. Mit etwas Abstand hörte ich ihnen zu. Ein Mädchen hatte sich

verletzt, sie trug den Arm in einer Schlinge, einer sagte zu ihr: „Ich weiß, du hast einen Verkehrsunfall gehabt, wolltest einem Kind ausweichen und bist aus dem Bett gefallen!" Ich war der Einzige, der nicht lachte.
Ich konnte auch nicht mitreden über Kinofilme, über die Beatles, und auch nicht über das, was im Fernsehen lief. Einige in meiner Schulklasse ließen sich die Haare wachsen, sie sagten, das wäre modern, ich jedoch hatte noch immer diese militärisch kurz geschnittene Frisur.

In allen wichtigen Fächern war ich am Versagen. Meine Zeugnisse sahen schrecklich aus, das Schlimmste daran war, dass ich diese meinem Vater vorlegen musste. Er wäre schwer enttäuscht von mir, sagte er, wenn ich so weitermachte, würde ich als Straßenkehrer oder gar als Verbrecher enden. Mit hängendem Kopf schlich ich ins Schlafzimmer, setzte mich an meinen Arbeitsplatz, schlug ein Vokabelheft auf und sah aus dem Fenster. Ich wünschte mir, nochmals geboren zu werden, als Baby, das schon alles kann und alles weiß und von allen bewundert wird und sich nicht so anzustrengen braucht. Und ich stellte mir vor, ich würde sterben, und sie würden mein Gehirn sezieren und würden sehen, dass ich nur ganz wenige Windungen hätte, dass ich einfach nicht mehr hatte lernen können, und sie würden einsehen, wie sehr ich mich mit meinem kleinen, dummen Gehirn bemüht hatte und wie mein Gehirn dabei verkrampft und verdreht worden sei.
In der Schule fiel ich immer öfter durch schlechtes Verhalten auf. Einmal wartete ich vor einer Klasse, bewaffnet mit Gummiring und U-Haken aus Papier. Als

die Tür aufging, schoss ich in die Klasse hinein und traf dummerweise meinen Mathematik-Lehrer mitten ins Gesicht. Zornig kam er heraus, ich stand wie erstarrt vor der Türe, er hielt mir das Geschoß vor das Gesicht: „Hast du das geschossen?" Ich nickte, bekam eine Ohrfeige. Grinsend verordnete mir der Herr Professor ein paar Seiten Rechenaufgabe als Strafe.
In der darauffolgenden Mathematikstunde rief er mich nach vorne. Ich legte die Strafarbeit vor ihm auf den Tisch, doch er beachtete sie nicht. Unser Klassenvorstand, sagte er, hätte einen schweren Autounfall gehabt, mein Vater hätte ihn operiert. Der Mathematiklehrer sah mich schräg von der Seite an: „Dein Vater soll ein guter Arzt sein, und du bist so eine mathematische Null? – Setz dich! – Ich bin jedenfalls bis zu den Ferien euer Klassenvorstand in Vertretung."
Es war, als hätte mein Feind das Kommando übernommen, und am Schulschluss bekam ich eine Drei in Betragen, zusätzlich zu all den anderen schlechten Noten. Das Zeugnis mit der bedrohlichen Betragensnote war besonders unangenehm, denn mit dieser Beurteilung würde ich in der neue Schule beginnen, meine Eltern hatten entschieden, das neue Haus am Stadtrand zu beziehen, die ewige Baustelle.

Am Ende der Sommerferien sagte Mutter, der Schulwechsel könne ein guter Neuanfang für mich sein, ich jedoch dachte vor allem daran, dass ich in der Klassengemeinschaft ein Neuer sein würde. Mit mulmigem Gefühl ging ich die Stufen zur Schule hinauf, mein Anzug für besondere Anlässe war mir schon etwas zu klein geworden, doch meine Haare waren ein wenig länger, als ich sie je vorher getragen hatte. Als ich

meine Klasse gefunden hatte, hörte ich jemanden sagen: „Was will denn der hier?“
Ich überlegte kurz und rief: „... den Unterricht stören!“
„Dann bist du hier richtig“, sagte ein schmaler, dunkelhäutiger Junge.
„Der Platz neben mir ist frei. Ich bin Willi.“
„Raphael“, ich gab Willi die Hand. „Sag, habt ihr keine Mädchen in der Klasse?“
„Nein, die wissen, wir würden sofort herfallen über sie.“
„Da wär ich auch mit dabei.“
„Aber bitte nicht in dem Anzug!“
Ich zog die Jacke aus, stopfte sie ins Bankfach, öffnete die obersten zwei Hemdknöpfe.
„Sieht schon besser aus“, lobte mich Willi.
Meine neue Klassenlehrerin betrat die Klasse, sie sprach uns ihr Beileid aus, weil die Ferien vorbei seien. Alle lachten. Gemeinsam würden wir aus dem Schuljahr das Beste machen, sagte sie. Sie malte den Stundenplan für die erste Woche an die Tafel, dann wurde der Klassensprecher gewählt. Willi bekam den Großteil der Stimmen, ich gratulierte ihm und nach wenigen Tagen war ich mit ihm befreundet.
„He, Kleiner, hast du die Lateinarbeit?“ Willi breitete sein leeres Heft auf der Bank aus.
„Ja, kannst gerne von mir abschreiben.“
„Schau aber auch, dass mich keiner erwischt!“
Ich ging zur Türe um ihn zu warnen, sobald ein Lehrer im Anmarsch war, froh, Willi helfen zu können, auch wenn er mich dumm anredete. Meine Hausaufgaben hatte ich gemacht, Mutter fragte täglich, ob ich alles erledigt hätte, doch sie sagte, sie könne nicht mehr mit mir lernen. Ihre eigene Schulzeit liege fünfundzwanzig

Jahre zurück und damals war Krieg und oft mussten die Schulklassen in den Luftschutzkeller oder wurden zu Aufräumarbeiten eingeteilt. Mutter lief in die Schule, um meine neuen Lehrpersonen nach meinen Leistungen zu fragen, erzählte vom strengen Vater, vom Hausbau, sagte, dass ich Priester werden wolle. Das war mir nicht gerade angenehm, doch es bewahrte mich vor mancher Strenge.

Manche Lehrpersonen waren so nachsichtig mit mir, dass sich meine Kameraden wunderten, auch die Klassengemeinschaft half mir, die Schuljahre durchzustehen, und ich wurde zur sogenannten Reifeprüfung zugelassen. Ich hatte gelernt, von anderen abzuschreiben, Lehrkräfte anzulügen, dann und wann eine Schulstunde zu schwänzen, von dem, was auf dem Lehrplan stand, hatte ich nur wenig gelernt.

Meine schriftlichen Abschluss-Arbeiten in Deutsch und Griechisch wurden negativ beurteilt, und so musste ich auch in diesen beiden Fächern zur mündlichen Reifeprüfung antreten. Bis zu diesem entscheidenden Tag waren noch fünf Wochen Zeit, doch niemand schien mir zuzutrauen, all diese Prüfungen zu schaffen. Klassenkameraden wollten mich trösten, es gäbe ja Wiederholungsprüfungen in einem halben Jahr, und wenn es auch dann nicht klappen würde, könnte ich ja in einem Jahr wieder antreten. Das fand ich wenig ermutigend. Ich bat meine Lehrkräfte mir Tipps zu geben, welche Lerninhalte denn vorrangig wichtig wären, und alle Professoren gaben mir mehr oder weniger deutliche Hinweise, so konnte ich das Lernpensum einschränken. Mein Lehrer in Altgriechisch bot mir sogar unentgeltliche Nachhilfestunden an.

Ich setzte mich an meinen Schreibtisch, verbot mir, aus dem Fenster zu schauen, und erstellte eine Liste der wahrscheinlichen Prüfungsfragen – ich beschränkte mich auf das Minimum, übertrug diese in einen Wand-Kalender, so hatte ich mein tägliches Lernpensum vor Augen. Ich begann mit drei Stunden Lernen pro Tag und steigerte mich auf sechs Stunden in der letzten Woche vor dem Prüfungstermin. Da merkte ich, dass ich keineswegs so dumm war, wie ich vorher geglaubt hatte, vielleicht wurde mir zum ersten Mal bewusst, dass auch für die Schule zu lernen Spaß machen kann. Am Morgen des bedeutsamen Tages wurde mir noch einmal bewusst, dass ich trotz meines Lernerfolgs nur Bruchteile der Stoffgebiete beherrschte, mit weichen Knien trat ich vor die Prüfungskommission. In Englisch, Deutsch und Biologie wurden mir Fragen gestellt, die auf meiner Liste standen, ich ratterte die Antworten herunter wie ein Schnellzug. In Geschichte musste ich über die griechischen Philosophen sprechen – auch das hatte ich erwartet, denn ich war der einzige Prüfungskandidat in Geschichte, der zugleich Altgriechisch als Schulfach gehabt hatte. Dann wurde ich noch zum zweiten Weltkrieg befragt, ich hatte keine Ahnung, da war nicht viel, was ich darüber erzählen konnte. Der Geschichtelehrer sah mich finster an, ich wusste, er war im Krieg gewesen, genau wie mein Vater. Macht nichts, dachte ich, über die Philosophen hatte ich so viel zu sagen gewusst, das wird für Geschichte reichen. Zuletzt musste ich noch einen griechischen Text übersetzen. Ich stotterte herum, Vokabeln, die ich gelernt hatte, schienen in meinem Gehirn verschwunden. Der Griechischlehrer sagte, die Kommission würde sich beraten, ich könne gehen.

Eine halbe Stunde lang stieg ich von einem Fuß auf den anderen, mir war heiß wie nach einem Gewaltmarsch in der Sonne. Endlich wurden wir hineingerufen, das Urteil über unsere Reife sollte verkündet werden, ich hielt die Luft an, ängstlich blickte ich hinüber zum Griechischlehrer. Der nickte mir zu, nickte noch einmal, nickte wieder, ich wusste, ich hatte es geschafft.

Wie in Trance ging ich durch das große, alte Tor, stieg zum letzten Mal die Stufen des Gymnasiums hinunter. Vor der Schule umarmten mich ein paar Klassenkameraden, reichten mir eine Flasche Rotwein, sie wollten anstoßen auf mich, sie hätten nicht geglaubt, dass ich bestehen würde. Ich setzte die Flasche an meine Lippen, ließ den Wein in mein aufgewühltes Inneres rinnen, froh mit der Flasche beschäftigt zu sein, ich hätte sonst losgeheult vor Erleichterung.

Niemand beachtete mein Abschluss-Zeugnis, ein bemerkenswertes Zeugnis mit etwa zehn Mal „Ausreichend“ und nur einem „Sehr gut“ in Turnen, nicht einmal in Religion hatte ich ein „Sehr gut“. Die Spitzennote in Turnen war geschenkt, denn in Leichtathletik und Geräteturnen war ich weit von einem Sehr gut entfernt. Dem Turnlehrer hatte es imponiert, wie selbstverständlich und einsatzfreudig ich über den Zaun geklettert war, wenn versehentlich einer aus der Klasse den Fußball aus dem Schulgelände hinausgeschossen hatte. Manchmal fiel der Ball auch in den nahen Bach, und da hinunter zu springen oder durchs Gebüsch zu steigen, das war meine Welt. Die Welt der Abenteuer, in der ich viele Jahre als Indianerhäuptling verbracht hatte, schenkte mir das einzige „Sehr gut“ im Zeugnis.

Ich hatte bestanden und Vater gab mir eine Flasche Wein, für das Feiern. Die Freunde traf ich auf einer Wiese, dann fand ich mich in meinem Bett wieder, ohne dass ich wusste, wie ich dorthin gekommen war. Ich hatte Vaters Flasche geöffnet, mir den Wein in die Kehle rinnen lassen, Vaters Wein ... alles danach war ausgelöscht in meinem Kopf. Benommen stand ich auf.

Mutter lachte mich an: „Es ist schon Mittag!"

„Machst mir bitte einen Kamillentee?" mein Bauch wollte nichts wissen vom Essen.

Mutter stellte den Tee auf den Tisch, setzte sich zu mir: „Du möchtest doch jetzt mit Matthäus eine Radtour machen. Da hab ich mir gedacht, ich gebe dir jetzt das Sparbuch, das Vater für dich eröffnet hat, als du noch ein Kind warst."

Ich schloss die Augen: „Das war an meinem ersten Schultag in der Volksschule! – Das ist zwölf Jahre her."

Vater hatte gesagt, ich solle mitkommen, ich kleiner Knirps war neben ihm hergelaufen, meine Sandalen klapperten auf dem Straßenpflaster, als ich mich bemühte, Schritt zu halten. Vater sagte, er werde für mich Geld auf die Bank legen, für die Zeit, wenn ich groß sei, dabei hatte ich mich damals schon so groß gefühlt.

„Wieso auf die Bank?" fragte ich, denn ich stellte mir Geld auf der Gartenbank vor.

„Weil es da Zinsen bringt, da wird es von selbst mehr."

Ich musste mich auf Zehenspitzen stellen, um den Schalterbeamten zu sehen, dieser lächelte und schenkte mir eine Sparefrohfigur aus Gummi. Vater beugte sich zu mir herunter und zeigte mir das Sparbuch mit

meinem Namen drauf, den ich noch nicht lesen konnte. Ich hatte keine Ahnung, worum es ging, doch ich war glücklich und begann sofort mit dem Sparefroh zu spielen.
Zwölf Jahre später waren auf dem Sparbuch nur ein paar hundert Schilling, vermutlich hatte Vater nichts mehr eingezahlt, nachdem er zu bauen begonnen hatte. Mutter kannte das Losungswort für das Sparbuch nicht, ich fragte Vater, auch er konnte sich nicht daran erinnern. Auf der Bank musste ich zwei Formulare unterschreiben, mein Personalausweis wurde kopiert, dann wurde mir das Losungswort mitgeteilt. Das Wort, das Vater an meinem ersten Schultag gewählt hatte, war das Wort „Reifeprüfung".

Einige Wochen danach besuchte uns der Klassenlehrer, der nach einem Autounfall in Vaters Spital eingeliefert worden war. Er hatte die ärztliche Versorgung durch meinen Vater sehr geschätzt und erzählte, es hätte nicht viel gefehlt und ich hätte als Vierzehnjähriger das Gymnasium verlassen müssen. Damals, als er nach vielen Monaten Krankenstand in die Schule zurückkehrte, habe sein Vertreter, der Mathematiklehrer zu ihm gesagt: „Den Raphael, den hätte ich von der Schule gewiesen, aber dann hab ich doch noch ein Auge zugedrückt, sein Vater war ja schließlich dein rettender Arzt!"
So hat mich Vaters Heilkunst auf Umwegen vor einer Katastrophe bewahrt.

Frauen

Rasch wanderten die langen Schatten der Bäume durch den Wald. Ich drehte mich um, nach der Sonne zu sehen, die sich so eilig über den Himmel bewegte. Ihr Licht erhellte einen großen Tisch, auf dem standen Speisen, Salziges und Süßes. Es war meine Aufgabe, diese Tafel zu bewachen, Hunde, Füchse und Wölfe kamen von allen Seiten, ich versuchte, sie schreiend zu vertreiben, sie ließen sich nicht einschüchtern, immer näher kamen sie heran. Ich nahm einen Stock, schwang ihn kräftig durch die Luft, schlug um mich, da kehrte Ruhe ein, die Tiere verschwanden. Ich sagte: „Mit dem Stock um mich zu schlagen, das kenne ich aus meiner Kindheit!“ Ich zuckte zusammen und wachte auf.
Ich trat hinaus auf den Balkon, sog die klare Luft tief in mich hinein. Der Mond stand noch am Himmel, so als wollte er nichts wissen vom Ende der Nacht. Er war kleiner geworden in den letzten Tagen, zeigte nur die Hälfte von dem, was er wirklich war.
Um neun war mein Termin beim Kurarzt, ein bisschen Zeit hatte ich noch. Ich legte mich wieder ins Bett, nahm die lästige Halskrause ab und schlief sofort ein.

Mit Verspätung kam ich zu meinem Termin.
Der Kurarzt untersuchte mich, wieder dachte ich an meinen Vater, doch nun ging es um Moorpackungen, Gymnastik und Rückenschulung für meine angeknackste Wirbelsäule.
Der Unfall hatte mir eine Auszeit verschafft, als hätte ich geplant, mich ein paar Wochen auszuklinken und darüber nachzudenken, wer ich geworden war. Anna kam in der zweiten Woche meines Kuraufenthaltes, brachte eine liebevolle „Werde bald wieder gesund" – Karte unserer Tochter. Als ich zu ihr sagte, wie gut der Unfall in meine Lebenssituation passte, meinte sie, der Gedanke mache ihr Angst. Sie war wortkarg. Wir gingen spazieren, dann saßen wir noch eine Stunde zusammen im Café, ich zeigte ihr die Kurgäste, die ich bereits kennengelernt hatte, erzählte, was ich über sie wusste. Fast wäre wieder die Vertrautheit zwischen uns entstanden, Anna hatte ein wunderbares Einfühlungsvermögen, sie sah Menschen und erspürte etwas aus deren Leben. Als eine auffallend hübsche Frau vorbeiging, fragte sie mich, wer sie sei, und wollte nicht glauben, dass ich sie noch nicht kennengelernt hatte, meinte, die wäre doch wohl die erste, die ich anreden und zu einem Kaffee einladen würde. „Ich weiß, worum es dir geht", antwortete ich, „bitte lass mir noch ein bisschen Zeit."
„Okay, dann schau mal, dass du wieder ganz gesund wirst in deinem Köpfchen", sie nahm ihre graue Winterjacke und ging. Durch die Glasfront des Cafés sah ich ihr nach, jeder ihrer Schritte war mir vertraut, die Natürlichkeit, mit der sie sich bewegte, nicht ein Hauch von Aufdringlichkeit war dabei. Sie hielt zu mir, doch sie verschloss sich vor mir. Wir hatten die

Idee der freien Liebe sympathisch gefunden, doch ich kannte kein Paar, das diese verlockende Theorie erfolgreich umgesetzt hatte. Offensichtlich musste man sich entscheiden: entweder freie Liebe oder eine Beziehung, beides zusammen scheint nicht zu funktioniert, zumindest nicht auf lange Sicht. ‚Du liebst Carmen', hatte Anna mir vorgeworfen, ich hatte ihr nicht widersprochen.

Erstaunlich, wie sehr mich so völlig unterschiedliche Frauen berührten, jede auf ihre Weise, und ich bedauerte, dass ich nicht zusammenfügen konnte, was mir Anna und was mir Carmen bedeuteten. Anna war die wichtigste Frau in meinem Leben, Carmen die Attraktivste. Doch mir war klar, von einer der beiden musste ich Abschied nehmen.

Ich zog mich wieder zurück in mein Zimmer, blätterte in einem Fotoalbum, das ich mir zu meinem fünfunddreißigsten Geburtstag zusammengestellt hatte. Da sah ich, dass ich, ohne es bewusst wahrzunehmen, auf mehreren Seiten hintereinander Fotos von Abschiedsszenen aus dem Elternhaus eingeklebt hatte. Fröhlich lachte ich in die Kamera, beim Aufbruch zu einer Radtour quer durch Österreich, mit einem Strohhut am Bahnsteig vor dem Zug nach Italien, mit gepacktem Rucksack für die dreijährige Reise in die Südsee. Jedes der Bilder zeigte meine Abenteuerlust, nicht ein Hauch von Wehmut war darin zu erkennen. Aufzubrechen war etwas Wunderbares für mich.

Das Wort „auf-brechen", sich auf den Weg machen, hat noch eine zweite Bedeutung: etwas gewaltsam öffnen. Als Kind hatte ich kaum Möglichkeiten gehabt, wegzukommen von daheim, fast alles war bestimmt von Mutter, entsprach den Vorstellungen meiner Eltern.

Körperlich gelang es mir bald, von daheim zu entkommen, ich hatte jedoch keine Ahnung, wie sehr ich dabei verstrickt war, gerade im Aufbruch meiner Sexualität, so als bliebe ich auch in der Verneinung der elterlichen Moral noch in dem von ihnen vorgegebenen Bett.

Draußen war es dunkel. Der Wind pfiff durch die Ritzen des Fensters. Mutter hatte den Wohnzimmerofen geheizt, sie bereitete das Abendessen vor. Alle vier saßen wir in der Spielecke. Matthäus spielte mit einem Lastauto, die beiden Kleinen malten um die Wette. Ich hatte den Kasperl in die Hand genommen, doch meine Brüder schenkten mir keine Aufmerksamkeit, sie hatten mein Stück schon mehrmals gesehen. Ich saß auf dem Kinderschemel, die Kasperlfiguren noch in der Hand, „Tri – Tra – Trallala", sagte ich vor mich hin. Wie von selbst hatten meine Hände begonnen, die Figuren zu streicheln, da stellte ich mir vor, die Gretl vom Kasperl sei meine Tochter, ich war die Mutti und hatte sie zur Welt gebracht. Ich bettete sie in ein Kistchen, das die Ladefläche eines Lastautos gewesen war, und deckte sie mit einem Taschentuch zu.
Matthäus sah von seinem Auto auf und fragte: „Was machst denn du da?"
Ich sagte nichts, da fuhr er weiter, brrrm, brrrm. Wir hatten weder Puppen noch Teddybären, eine Kasperlfigur zu streicheln, das passte nicht in unser übliches Spiel.
Ich brachte mein Baby ins Bett und sprach mit ihm: „Sei brav, mein Kind, Mutti kommt gleich wieder."
Als ich eine Stunde später dann auch im Bett lag und mein Baby an mich drückte, kam Mutter, mir gute

Nacht zu sagen. Sie sah mich mit der Puppe, zog die Brauen hoch, legte die Stirn in Falten, doch sie sagte nichts. Am nächsten Tag fand ich die Kasperlfiguren alle wieder in ihrer Lade, und mit meinem Spiel, eine zärtliche Mutter zu sein, war es vorbei.

Mutter meldete Matthäus und mich zu den Pfadfindern an, sie sagte, da gäbe es Ausflüge und Kameradschaft. So gingen wir zu den Heimstunden der Pfadfinder. Diese Treffen begannen damit, dass alle Hab-Acht-Stehen und mit der rechten Hand an der Schläfe grüßen mussten, so wie beim Militär. Dann lernten wir Knoten knüpfen, Tierspuren erkennen und übten das Morse-Alphabet. Die Vorstellung, mich allein im Wald zurecht zu finden und mit einfachsten Mitteln in der Natur zu überleben, gefiel mir, ich freute mich auf Ausflüge und Ferienlager und lernte im Gleichschritt marschieren.
Im Sommer zelteten wir im Freien, wuschen uns im Fluss, kochten auf offenem Feuer, und unsere Führer organisierten Geländespiele. Stundenlang rannte ich durch den Wald, schlich durch Büsche, versteckte mich hinter Bäumen. Ich stellte mir vor, endlos weit entfernt von jeder Zivilisation zu sein.
Am letzten Tag meines ersten Sommerlagers wurde ich eingeteilt, einen Kochkessel zu schrubben. Ich nahm einen Kessel und wanderte zur Quelle, spülte ihn aus, ein paar Nudeln schwammen herum, ich sah ihnen zu, wie sie im kreisenden Wasser zu tanzen begannen, Bäume und Sonnenstrahlen spiegelten sich in der Quelle, alles stand still. Nach eineinhalb Stunden fand mich einer aus der Truppe, meldete dem Führer, ich sei vor der Arbeit davongelaufen, spielte bei der Quelle

herum. Der Führer schimpfte mich, ich musste weinen, hatte nicht gewusst, was ich hätte tun sollen, ältere Buben lachten. Die anderen Kessel waren blank poliert, meiner immer noch mit dickem Ruß überzogen. Einer drückte mir Scheuermittel und einen Putzschwamm in die Hand, am Fluss müsse ich den Kessel schrubben, mit tränenden Augen sah ich nicht gut, doch der Ruß ging langsam ab. Der Führer tobte nochmals, weil ich so langsam vorankam, ließ mich antreten, mit dem halb geputzten Topf in der Hand musste ich melden, das sei alles, was ich geschafft hätte. „Heulsuse", spotteten die Buben, „du weinst wie ein Mädchen!"

Bei den Pfadfindern waren nur Buben, die Führer waren Männer, und immer wieder gab es Gespräche über Frauen, Witze über Männer und Frauen, die ich nicht verstand. Zunächst machte ich mir nichts aus diesen Gesprächen, doch als ich dreizehn wurde, begannen sie mich zu interessieren. Da sagte ein Kamerad zu mir, ich wäre noch nicht aufgeklärt.
Zu Hause fragte ich Mutter, was denn 'aufgeklärt' bedeute. Mutter seufzte und sagte, das werde sie mir ein andermal erklären. Ein paar Tage darauf geschah etwas Seltsames. Mutter war allein im Bett und sagte, ich solle zu ihr kommen, dann erzählte sie mir, wie Kinder im Bauch der Mutter entstehen. Ich verstand nicht, und sie benutzte Worte, die ich nicht kannte, doch weil ich merkte, dass irgendetwas anders war als sonst, fragte ich nicht nach, Mutters Stimme wirkte so aufgeregt. Wie das mit dem Kindermachen tatsächlich funktioniert, das habe ich mir dann auf Grund entsprechender Witze zusammen gereimt.

Bis ich dreizehn war, machte es für mich keinen Unterschied, ob ich mit einem Buben oder mit einem Mädchen spielte. Renate, die Nachbarstochter kroch mit mir in Büschen herum, übte, sich anzuschleichen oder ein Wigwam zu bauen, doch eines Tages, als ich wie gewohnt in ihren Garten kletterte, meinte sie, sie wolle nicht mehr mit herumtoben wie ein kleiner Junge. Ich sah sie erstaunt an, da entdeckte ich, dass ihr ein Busen gewachsen war, von dem ich bisher nichts bemerkt hatte und plötzlich spürte ich, dass mich etwas daran magisch anzog.
„Schau nicht so dumm!" sagte sie, drehte sich um und ging ins Haus.
Mehr als ein Jahr sah ich Renate nur von ferne. Einmal traf ich sie auf der Straße, da sagte sie, dass es in der Pfarre eine Tanzparty gäbe. Mutter erlaubte mir, hinzugehen. Natürlich konnte ich nicht tanzen, zu Beatles-Musik stiegen die meisten Jugendlichen einfach nur von einem Fuß auf den anderen und schwangen die Arme dazu, wenn sie mutig waren. Ich war mutig, forderte immer wieder ein Mädchen zum Tanzen auf, obwohl es mich große Überwindung kostete. Ich legte mir zurecht, was ich sagen würde, mit Herzklopfen gab ich mir einen Ruck, auf eine von denen zuzugehen, die einfach nur dasaßen und warteten.
Zuerst tanzte ich immer nur mit einem Mädchen, das mir gar nicht gefiel, sicherheitshalber – so war es nicht so schlimm, wenn sie mich abblitzen ließ. Doch dann kam ein auffallend schönes Mädchen, immer wieder musste ich hinschauen zu ihr, sie schien niemanden im Raum zu sehen außer ihrer Freundin, mit der sie sich angeregt unterhielt. Mehrere Burschen schon hatten sie zum Tanzen aufgefordert, sie hatte jedes Mal abgelehnt.

Probier's einfach, dachte ich und ging hin zu ihr. „Magst du mit mir tanzen?", fast tonlos war meine Stimme. Die Schöne sah ihre Freundin gelangweilt an, stand auf, als müsse sie zum Zahnarzt, und ohne mich zu beachten, ging sie auf die Tanzfläche. Verlegen folgte ich ihr, nach ein paar Takten jedoch ging sie wieder zurück zu ihrem Platz, ich blieb stehen, unschlüssig, was ich tun sollte, dann lief ich hinaus, als müsse ich zur Toilette. Mit meiner Nachbarin tanzte ich nicht.

Auf einem Schulskikurs, ich war noch nicht ganz siebzehn, hatten auch Mädchenklassen in unserem Landschulheim Quartier bezogen. Jeden Tag redeten wir Burschen davon, dass wir die Mädchen besuchen würden, doch es blieb bei den Ankündigungen. Am letzten Tag der Skiwoche gab es einen gemeinsamen Singabend für alle Schulklassen im Quartier. Nach den langweiligen Liedern, die der Musiklehrer dirigierte, traten vier Burschen der Nachbarklasse als Beatles auf. Einer spielte Gitarre, ein anderer benutzte umgedrehte Töpfe als Schlagzeug, und zwei Jungs sangen. Bald fielen alle im Saal in den Refrain ein:
„All you need is love!"
Zum Abschluss kniete sich der Gitarrist auf den Boden und schlug auf seine Gitarre ein, als wollte er die Reißfestigkeit der Saiten testen, auch die Lehrer lachten.
„Das werde ich auch lernen!" versprach ich mir.
Wir kamen spät in die Zimmer, unsere Lehrer blieben noch bei ihren Kolleginnen sitzen, wir hörten, dass sie Wein bestellten und fühlten uns unbeaufsichtigt. Das war unsere Chance, das Mädchenstockwerk zu besuchen. Acht Burschen schlichen die Gänge entlang, als

wir es hinter einer Tür kichern hörten, klopften wir an. Sofort verstummte das Kichern.
„Nachtruhe“, rief ich durch den Türspalt.
Die Tür wurde aufgerissen: „Selber Nachtruhe“, rief eine Schwarzhaarige im Pyjama, hinter ihr ging das Kichern wieder los. Fünf Mädchen saßen in ihren Betten, zogen die Decken hoch bis zum Hals.
„Unser Zimmer ist abgebrannt, wir sind auf Herbergssuche“, Willi tat, als würde er weinen.
„Na dann kommt rein, aber macht uns keinen Ärger …“
„… und keine Kinder!“ rief eine Brünette aus ihrem Bett.
„Die Lehrer kommen“, Willi sauste als erster hinein, drehte dabei das Licht ab, wir stürmten auf die Mädchen zu, sprangen zu ihnen auf die Betten. Dort saßen wir dann, machten Witze und lachten laut. Gemeinsam mit Willi war ich in das Bett des Mädchens geraten, das keine Kinder machen wollte. Zu dritt steckten wir unter einer Decke, ich wusste nicht viel zu sagen, dachte auch nicht daran, das Mädchen zu berühren. Nach einer Weile meinte die Schwarzhaarige, wir müssten gehen, ihre Lehrerinnen würden sicher bald einen Kontrollgang machen und an allen Türen horchen. Unbemerkt gelangten wir zurück in unser Schlaflager.
Beim Frühstück begegneten wir den Mädchen im Speisesaal, doch sie blickten an uns vorbei, taten, als würden sie uns nicht kennen. Auch meine Kameraden schienen verlegen, vielleicht war es ihnen peinlich, den Mädchen so nah gewesen zu sein. Ich ging zu der einen, in deren Bett ich gewesen war, und entschuldigte mich, doch eigentlich wusste ich nicht wofür.

Wieder zu Hause erzählte ich von unserem Liederabend mit dem Gitarre-Konzert. Bald darauf bekam ich von einer Tante eine alte Gitarre geschenkt, Reinhard, ein Nachbarssohn, zeigte mir ein paar Akkorde, und ich lernte Popsongs selbst zu singen. Gitarre zu spielen war lange mein Wunsch gewesen, als Kind hatte ich mir eine Gitarre aus Karton gebaut, mit Saiten aus Gummiringerln, ich konnte darauf Kirchenlieder zupfen. Doch meine Eltern hatten entschieden, dass ich Klavier lernen sollte.
Die Musiklehrerin sprach nicht viel, in jeder Klavierstunde sagte sie, ich übe zu wenig und ihr Gesicht wurde starr bei meinen Fehlern. Einmal war sie ganz böse, denn ich blieb alle paar Takte stecken. Sie rief die Direktorin der Musikschule, ich musste vorspielen, und als ich schwitzend und mit rotem Kopf von vorne begann, sagte die Lehrerin, dieses Stück brauche ich nicht vorzuspielen, das sei ja noch halbwegs gegangen, das, was ich gar nicht konnte, musste ich spielen und so wurde ich aus der Musikschule ausgeschlossen. Als Vater davon erfuhr, sah er mich finster an, er hätte sich als Kind glücklich geschätzt, wenn er ein Musikinstrument hätte lernen können, ich hätte die Möglichkeit gehabt und würde es einfach hinschmeißen.
Ein paar Jahre, nachdem ich am Klavier versagt hatte, bekam ich die Gitarre, nun hatte ich mein Instrument, das Richtige für Beatles-Musik. Meine Haare wurden länger, und langsam entfernte ich mich von der Welt meiner Eltern. Ich begann an Samstagabenden fortzugehen, ohne zu sagen, wohin. Ein paar Mal ermahnte mich Mutter, sie müsse doch wissen, wo ich sei, doch ich antwortete nicht, da ließ sie es sein. Vater sagte nichts, vermutlich wusste er meist nicht, wann ich

ging und kam. An diesen Abenden traf ich mich mit Freunden, wir nannten uns „das Kollektiv". Einer aus der Runde war Sohn eines Weinbauern in Gumpoldskirchen, dort bekamen wir den Doppelliter Wein um wenige Schilling und kippten diesen mit Trinkliedern hinunter, bis wir um halb zwölf zum letzten Zug gehen mussten. Als der Zug einfuhr, schrie Willi, wir sollten aufhören zu grölen, er wankte ein wenig, als er beide Hände in die Luft reckte wie ein Dirigent beim Schlussakkord des Konzerts.
„Zu Befehl, Herr Eisenbahndirektor!" antwortete einer, „der Willi will Stilli ... - äh, Stille!"
„Willis Wille will die Stille", verbesserte ich ihn, an diesem Abend war ich nüchtern geblieben.
Der Kollege boxte mich gegen den Arm: „Raphael Maria Rilke, habe die eine Ehre!"
„Jetzt macht weiter", rief der Schaffner hinter uns, „Wem schlecht ist, der schaut, dass er rechtzeitig aufs Klo kommt!"
„Wird gemacht, Herr Zuginspektor", grölte Willi.
Der Schaffner winkte dem Lokomotivführer und schloss die Türe hinter uns.

Ein andermal trafen wir uns am Bahnhof. Beschwingt ging Willi auf mich zu, die Hosenbeine umspielten seine Knöchel, er hatte sich eine besonders weite Glockenhose gekauft. Willi grinste: „Da schaust, was?"
„Sieht toll aus! – Wo treffen wir die anderen?"
„Direkt beim Griechen am Naschmarkt, Herbert hat ein paar Miezen eingeladen aus seinem Dorf, zu jung für mich, aber vielleicht ist für dich was dabei."
„Red' keinen Scheiß, ich bin nicht immer am Mädchen-Aufreißen."

„He, weißt du was, wir versprechen einander, heute mit keiner was anzufangen. Schlag ein: eisern abstinent, ein Meter Mindestabstand zu allem, was weiblich ist."

Ich lachte: „Gut, eisern, heute komm ich keinem Mädchen nahe."

Wir stiegen in den Zug. Als wir in das Lokal kamen, bestellte Willi süßen Wein aus Samos, im Übrigen würde er abstinent bleiben. Der Grieche lachte, diese Abstinenz gefiele ihm. Herbert kam mit drei Mädchen und fast jeder in der Runde versuchte sich mit Witzen, spontan erfundenen Reimen oder klugen Worten in Szene zu setzen, wir schrien durcheinander, den Mädchen schien dieser Tumult zu gefallen.

Nach den ersten zwei Gläsern Wein kam ich auf die Idee, zu spielen, Willi und ich wären ein homosexuelles Paar, wir umarmten und streichelten einander, nannten einander Schatzi und genossen es, dass uns die Mädchen verstohlen beobachteten. Ich erklärte ihnen, wie glücklich ich in meiner Beziehung sei und wie kompliziert ich heterosexuelle Liebe fände.

Letzteres stimmte, denn mit Mädchen lief es nicht gut, den wenigsten im Freundeskreis ging es gut mit Mädchen. Doch wir ließen gerne Andeutungen fallen über kleine Abenteuer, die sich – zumindest in meinem Fall – auch nur andeutungsweise ereignet hatten. Besonders Willi gegenüber machte ich zweideutige Aussagen, die er so verstehen musste, als hätte ich etwas mit meiner Nachbarin gehabt, hätte jedoch wieder Schluss gemacht, sie sei mir doch zu wenig aufregend. In Wahrheit wechselte ich mit Renate nur wenige Worte, wenn ich sie zufällig auf der Straße traf.

Wir sprachen viel über Mädchen, und wenn ich allein war, malte ich mir aus, eine attraktive Freundin zu haben, doch in Wahrheit war ich mit siebzehn noch keinem Mädchen nahe gekommen.
„Schon gesehen, oder bist daran vorbeigelaufen, du Träumer“, sagte Willi, „am Samstag steigt wieder eine Party!“
Natürlich hatte ich die Plakate gesehen, der Abschlussjahrgang lud ein zu einer Tanzparty. Nicht weit entfernt von unserer Schule, in der Mitte zwischen dem Knaben- und dem Mädchengymnasium war ein Gemeindesaal, den konnte günstig mieten, wer immer wollte. Jugendliche aus beiden Schulen trafen dort aufeinander, tanzten miteinander, umkreisten einander, ein paar wenige verliebten sich dort auch.
„Wird auch Zeit, dass wieder was los ist.“
Gemeinsam mit Willi kam ich zum Gemeindesaal, an der Kassa nahm Willi eine Münze in die Hand:
„Kopf oder Zahl? Wenn du verlierst, darfst du heute nur mit mir tanzen ...“
Ich runzelte die Stirn: „da ist sicher ein Trick dabei.“
„Komm schon, Zauberlehrling, sei nicht so misstrauisch, wenn du gewinnst, zahl ich dir einen Drink.“
„Na gut, ich nehm' Kopf.“
Willi warf die Münze, doch bevor er sie fangen konnte, schnappte ich danach:
„Die, die du mir vorhin gezeigt hast, war in der anderen Hand, du hast in jeder Hand eine Münze.“
Ich hielt Willi die Trickmünze vor die Nase: „auf jeder Seite eine Zahl, ich wusste es, du Gauner!“
Willi grinste: „Ich hätte dich dann schon aufgeklärt!“
„Du schuldest mir einen Drink!“
„In Ordnung, Raphael, du hast gewonnen“, Willi

klopfte mir auf die Schulter, wir kauften unsere Eintrittskarten.
Der Saal war überfüllt, die Tanzfläche voll von Jugendlichen, überall wurde gelacht, herum geschrien, getrunken, geflirtet. Ich sah mich um nach einem Mädchen, das ich zum Tanzen auffordern wollte. Da war ein Mädchen, das ich schon ein paar Mal am Bahnhof gesehen hatte, ich verneigte mich vor ihr: „Gnädig Fräulein, darf ich's wagen, um ein Tänzchen dich zu fragen?"
„Klar doch!", antwortete sie fröhlich. Wir tanzten, sie schien die Musik zu genießen, schloss die Augen, da konnte ich sie gut beobachten. Ihre dunklen Haare schwangen im Rhythmus, die Lippen bewegte sie, als würde sie singen. Der Tanz war vorbei, sie blieb stehen, sah mich erwartungsvoll an.
„Tolle Musik" sagte ich, „was hörst denn gerne?"
„Leonhard Cohen, der hat eine Wahnsinnsstimme."
„Den mag ich auch, obwohl manche sagen, der singt wie am Friedhof."
„Beleidige mir den Cohen nicht!"
„Nie würd' ich eine Schönheit wie dich beleidigen."
Sie lächelte, der nächste Song wurde gespielt, tanzend begann sie mich zu umkreisen, ich folgte ihrer Bewegung, als würde ich ihr nachschleichen, mir wurde heiß, ein bisschen flau im Bauch. Wieder überlegte ich, was Willi jetzt zu ihr sagen würde, da es mir nicht einfiel, dachte ich, jetzt wird sie sich bedanken und gehen.
Rasch sagte ich: „Magst was trinken?"
„Nein, danke, ich find es gerade echt klasse, zu tanzen."
Der nächste Song war langsam, ich streckte ihr die Arme entgegen, sie schmiegte sich an mich, ich war

selig. So tanzten wir bis Mitternacht, da wurde der Saal geschlossen. „Was tun wir jetzt mit dem angebrochenen Nachmittag?“ Das war einer von Willis Sprüchen.
Sie lachte, nickte mir zu. Ich nahm ihre Hand, war so aufgeregt, dass ich kein Wort herausbrachte. So schlenderten wir die Straße entlang, ich wusste, zwei Häuser weiter war eine dunkle Ecke, ich steuerte direkt darauf zu, bereitwillig ging sie mit mir. Wir blieben stehen, unsere Gesichter nah beisammen, sie kam mir noch näher, wir küssten uns. Widersprüchliche Gedanken jagten durch mein Gehirn: ‚So also ist das ... endlich hab ich es geschafft ... ist ja ganz schön feucht, so ein Zungenkuss ... eine tolle Frau ... geht die jetzt mit mir ... Mutter wär das sicher nicht recht ... sollte ich jetzt was sagen zu ihr ... steil ist das ... ich will ewig so weiterschmusen ... ’
Doch sie sagte bald: „Mir ist langweilig.“
Das war wohl in etwa das Schlimmste, das mir passieren konnte, aber ich schaffte es, diese Bemerkung so sehr zu ignorieren, dass ich am nächsten Tag nichts mehr davon wusste und als ich sie dann am Bahnhof wiedersah, fragte ich sie, ob sie sich mit mir verabreden wolle. Sie jedoch hatte kein Interesse mehr. Ein paar Wochen später kam sie mit Willi zusammen, ich wäre am liebsten im Erdboden versunken, als er sie zu einem Saufabend des Kollektivs mitbrachte. Die beiden blieben lange ein Paar, bald waren wir freundschaftlich vertraut. Da redeten wir dann darüber, wie wir uns kennengelernt hatten, und sie erinnerte mich an meinen ersten Kuss.

Mit Reinhard und Hans, den Söhnen eines Nachbarn, zwei Häuser von unserem Haus, hörte ich Musik, ich

selbst hatte noch keinen Plattenspieler, wieder sprachen wir über Mädchen. Die beiden kannten mein „Kollektiv“ nicht, so konnte ich ein wenig übertreiben, ich hätte eine Freundin gehabt, mich aber wieder getrennt hatte, es hätte nicht gepasst. Hans, zwei Jahre älter als ich, erklärte:
„Wenn du eine Frau verführen willst, musst du mit ihrem Ohr schmusen.“ Das wollte ich mir merken.
Es war sieben Uhr abends, wenn ich Ärger vermeiden wollte, musste ich nach Hause zum Abendessen.
„Tschüss dann, ' ist zwar saulangweilig daheim, aber was soll's, wenn ich die Schule fertig hab', bin ich sowieso weg.“
Ich kickte einen Stein über die Straße, das Gartentor fiel hinter mir ins Schloss, es schepperte laut. Ich wusste, das konnte Vater nicht leiden, es war mir egal, langsam ging ich aufs Haus zu. Vater saß an seinem Schreibtisch vor dem Fenster, von dort überblickte er den Garten, er sah mich böse an.
Mutter kam mir zur Eingangstür entgegen, begrüßte mich freundlich, fragte mich, was wir gemacht hätten, achtete darauf, dass ich nicht ins Wohnzimmer ging, in dem Vater saß.
Er rief durch die geschlossene Tür: „Hast keine Hände, die Tür zuzumachen?“
Mutter bedeutete mir mit Blicken, nicht zu antworten. Sie hatte Kaiserschmarrn gemacht, für mich und meine Brüder in der Küche aufgedeckt, für Vater gab es ein Stück Braten, er aß allein im Wohnzimmer. Der Kaiserschmarrn war süß und klebrig und ich dachte daran, wie ich mit dem Ohr eines Mädchens schmusen würde.

Die Sehnsucht nach einer Freundin brachte mich auch auf Tanzpartys in weiter entfernte Ortschaften. Dorthin zu kommen war nicht immer einfach, einmal auch lebensgefährlich. Ich hatte das Gymnasium abgeschlossen und die Führerscheinprüfung bestanden, Vater kaufte sich ein neues Auto, und Mutter meinte, sie wolle das alte für sich behalten, doch sie überließ mir den Wagen. Es war ein robustes Auto mit Zweitaktmotor, Vater hatte damit zehn Jahre lang unzählige Säcke Zement und Baustahl transportiert.
Mit diesem Gefährt war ich auf einer Landstraße unterwegs, vor mir fuhr ein Freund den Mercedes seines Vaters, es juckte mich, ihn zu überholen. Als ich auf gleicher Höhe war, stieg er aufs Gas, ich hielt mit, so fuhren wir ein Stück nebeneinander, rasend schnell, dann kam eine Kurve und ein Tunnel, und obwohl ich nicht sehen konnte, ob es da Gegenverkehr gab, blieb ich auf der Gegenfahrbahn. Mit quietschenden Reifen schafften wir die Kurve eng nebeneinander, da erst wurde mir bewusst, wie wahnwitzig ich unterwegs war. Zitternd bremste ich. Mein Vater hätte gesagt, ich sei von allen guten Geistern verlassen, doch die guten Geister schienen zu mir zu halten und ich war dankbar, dass mir kein Fahrzeug entgegen gekommen war.
Bald nach meinem verrückten Überholversuch las ich über die ökologischen Folgen des Autofahrens, ich nahm Autoschlüssel und Fahrzeugpapiere, legte diese vor Vater auf den Schreibtisch und sagte, ich wolle nicht mehr Auto fahren, der Umwelt zuliebe. Mein Vater tippte sich an die Stirn, so etwas konnte er nicht verstehen.
Ich versuchte deutlicher werden: „Es ist, als würden wir russisches Roulette spielen mit der Erde.“

Ich hätte gerne darüber diskutiert, aber Vater schüttelte den Kopf ohne mich anzusehen.
„Was weißt du Klugscheißer schon von Russland".
Ich ging, ließ Vater alleine sitzen. Das Auto schenkte er einem meiner Cousins, der freute sich, doch als er das Auto abholte und damit heimfahren wollte, kam er nicht weit, fünfhundert Meter von unserem Haus fuhr er es zu Schrott.

Die Tanzpartys waren stets Samstagabend, am Sonntagmorgen saß ich verschlafen in der Kirche und dachte an all meine erfolglosen Versuche, eine Freundin zu finden. Der Kaplan lud zu einem Besinnungstag für Jugendliche, mehr als dreißig kamen, um über die Bibel zu diskutieren und zu meditieren. Er begrüßte uns, sprach ein Gebet und meinte, wir sollten in uns hineinzuhorchen, ein paar Minuten lang war es still, verstohlen sah ich mich um. Auf der anderen Seite des Raumes saß ein blondes Mädchen, auch sie schaute nach draußen, anstatt nach innen zu horchen, als ich zu ihr hin sah, lächelte sie verlegen. Der Kaplan sprach weiter, ich bemühte mich, ihm zuzuhören, doch immer wieder wanderten mein Blick und meine Gedanken hin zum blonden Mädchen. „Gehet hin und erholet euch", der Kaplan verkündete eine Pause, ich lief zum Getränketisch und mitten im Tumult der jungen Leute stand ich plötzlich neben der Blonden.
„Hallo. Ich bin Raphael. Wie gefällt dir der Besinnungstag?"
„Manuela", sie errötete ein bisschen, „ich kann mich nicht gut konzentrieren."
„Mir geht's auch so. Ist ein bisschen wie Schule."
„Wo gehst' denn zur Schule?" Wir erzählten vonei-

nander und ohne die Eroberungssprüche, die ich von meinen Freunden hatte, fühlte ich mich wohl neben ihr. Am Ende des Tages sagte ich zu Manuela, ich würde jeden Mittwochabend im Pfarrheim sein, beim Gesprächskreis für Jugendliche.

Drei Tage später war es soweit, ich war einer der ersten im Raum, jedes Mal, wenn die Tür aufging, sah ich gespannt hin, ob sie es sein würde. Und tatsächlich, Manuela kam, setzte sich in die Runde ohne mich anzusehen. Doch im Laufe des Abends trafen sich unsere Blicke immer wieder, und das machte die Pfarrveranstaltung deutlich attraktiver, offensichtlich auch für sie, denn eine Woche später war sie wieder da. Der Abend ging zu Ende, gleichzeitig gingen wir zum Ausgang, dort standen wir noch ein paar Minuten, plauderten ein bisschen über die Schule, es war wunderbar, ihr in die Augen zu schauen. Sie sagte, es sei spät, sie müsse heim. Ich gab mir einen Ruck, ich wolle sie gerne bis vor ihre Haustür begleiteten, sie nickte. Langsam gingen wir die Straße entlang, große Kastanienbäume fingen das Licht der Straßenlaternen auf, im Schatten der Bäume griff ich nach Manuelas Hand, sie entzog sie mir nicht, so gingen wir Hand in Hand. Vor dem Haustor umarmte ich sie. „Du, ich hab mich in dich verliebt."

„Ich auch!" So standen wir eine Weile eng umschlungen, bis sie meinte, es wäre Zeit hinein zu gehen, ihre Eltern würden sonst Alarm schlagen.

„Morgen um sechs vor der Kirche?"

„Ja, passt!"

Ich war stolz, eine Freundin zu haben, wir trafen einander mehrmals die Woche. Immer musste sie fragen, ob sie spazieren gehen dürfe, sie war ein Einzelkind, sorgsam bewacht von ihren Eltern. Ich hätte sie gerne zu den Saufabenden des ‚Kollektivs' mitgebracht, doch sie sagte, sie dürfe da nicht hin. Ich warf ihr vor, sie wolle ja gar nicht mit mir kommen und sie gab zu, sie habe Angst, sich in einer Clique von jungen Männern begutachten zu lassen. Manuela ging in die Oper, modisch gekleidet, ich traf meine Freunde im griechischen Beisel in einer verrufenen Ecke Wiens. Meine Jeans hatte ich mit buntem Stoff verlängert, ich fuhr ein klappriges Fahrrad, in allen Farben lackiert, so traf ich sie nach ihrem Opernbesuch und begleitete sie nach Hause. Ich erklärte ihr, sie müsse gegen ihre Eltern aufbegehren, in der Schule für ihre Rechte kämpfen, bei Ungerechtigkeit einen Streik organisieren. Sie sagte nichts.

Als ich sie vor dem Haustor an mich zog, bemerkte ich, dass eine Gestalt zwischen den Vorhängen eines Fensters hervorspähte. Manuela meinte, die Nachbarn würden sie beobachten, würden darüber reden, dass sie mit einem Hippie ginge. Stolz schüttelte ich meine schulterlangen Haare, von Hippies wusste ich nicht viel, doch ich formte das ‚Peace'-Zeichen mit beiden Händen, schwenkte die Arme über den Kopf und winkte der Gestalt im Fenster zu, diese verschwand augenblicklich.

„Meine Eltern machen sich Sorgen um mich – wegen dir“, sagte Manuela.

„Deine Eltern können dir doch vollkommen egal sein“, gab ich zurück.

Da lief sie ins Haus, ohne sich zu verabschieden.

Am darauffolgenden Sonntag sah ich Manuela in der Kirche, sie hielt den Kopf gesenkt, die langen blonden Haare verdeckten ihr Gesicht, immer wieder sah ich

hin zu ihr, sie schenkte mir nicht einen Blick. Nach der Messfeier ging ich auf sie zu, steif gab sie mir die Hand, ich zog sie mit mir hinter die Kirche.
„Bist du sauer?“, fragte ich, sie zuckte mit den Schultern.
Da meinte ich, wir sollten unsere Beziehung beenden, wir würden nicht zusammenpassen. Sie nickte stumm, drehte sich um und ging. Weiterhin sahen wir einander bei Pfarrveranstaltungen und nach ein paar Monaten saßen wir dort beisammen, genau wie zuvor, fanden uns Hand in Hand auf dem vertrauten Weg unter den Kastanienbäumen wieder.
„Sollten wir es nicht noch einmal versuchen mitsammen?“ fragte sie leise.
„Ja, ich glaub’, wir haben einander wirklich lieb“, flüsterte ich ihr ins Ohr.
Stundenlang waren wir zärtlich mitsammen, versuchten Händchen haltend nebeneinander Fahrrad zu fahren, doch in fast jedem ernsten Gespräch waren wir gegensätzlicher Meinung. Ich wollte unbedingt, dass sie mit mir und meinen Freunden ausging, und sie tat vieles nur mir zuliebe, auch wenn sie sich nicht wohlfühlte dabei. Es wäre mir nicht eingefallen, mit ihr in die Tanzschule oder gar in die Oper zu gehen.
„Ich bin doch kein Spießer“, warf ich ihr an den Kopf.
„Nein, du bist ein Egoist“, antwortete sie mit Tränen in den Augen.
„Kannst dir ja ein Muttersöhnchen suchen, das brav hinter dir her tanzt!“
„So einer wäre wenigstens lieb zu mir!“
„Dann machen wir eben Schluss, wenn du ein Mami-Buberl als Freund brauchst!“
Ein halbes Jahr später versuchten wir es noch einmal,

wir waren selten glücklich miteinander, doch irgendetwas führte uns immer wieder zusammen. Es war, als würden wir über einen Abgrund hinweg aufeinander schauen, als könnten wir die Augen nicht lösen voneinander.

Meine Eltern hatten mitbekommen, dass ich eine Freundin hatte, Mutter meinte, ich wäre noch nicht reif für eine Beziehung, ich war neunzehn. Sie forderte mich auf, Manuela mitzubringen, in unser Haus, das an vielen Ecken noch immer Baustelle war. Ich ging mit ihr in mein Zimmer, und regelmäßig kam Mutter herein, uns etwas anzubieten oder zu fragen. Manuela störte das, sie meinte, meine Mutter würde uns nicht alleine lassen. Ich stritt mit ihr, behauptete Mutter wäre einfach nur gastfreundlich, es läge ihr fern, uns zu kontrollieren. Sie sah das anders, sie fühlte sich nicht wohl bei uns. Mutter fragte Manuela, ob sie Kinder wolle, sie wurde rot, Mutter lachte und ließ uns wieder allein. Manuela wollte gehen, ich sagte, ich käme mit, wir könnten gemeinsam in die Weinberge spazieren.
Als ich zwei Stunden später heimkam, ermahnte mich Mutter, das Gebot der vorehelichen Enthaltsamkeit zu befolgen, und sie meinte, auch das Herumschmusen wäre nicht passend, wenn man nicht für immer beisammen bleiben wolle: Ob ich denn ein Mädchen heiraten wolle, das vor mir schon ein paar andere abgeschleckt hätten. Ich fand Mutters Worte unangenehm, doch das Gebot der Enthaltsamkeit nahm ich ernst.
Der Sommer kam, ich wollte für zwei Monate nach England, an einem Abend kurz vor der Abreise hatte

ich mich mit Manuela am Waldrand verabredet. Wir spazierten zu einer abgelegenen Wiese, setzten uns eng umschlungen ins Gras. Ich küsste Manuela, ließ mich nach hinten fallen, zog sie liegend her zu mir.
„Vorsicht, ich hab eine weiße Blus an!"
„Kein Problem", ich zog mein Hemd aus, breitete es auf die Wiese, „bitte sehr, Prinzessin."
Sie lächelte: „Bist du sicher, dass uns hier niemand sieht?"
„Hier kommt doch nie jemand vorbei, außerdem wird es jede Minute dunkler.
Und wenn es jemand aufs Spannen abgesehen hätte, dann müssen wir dem schon etwas bieten!"
„Was willst ihm denn bieten?"
„Weiß nicht ... ein bisschen Busen vielleicht", ich öffnete ihre Bluse, sie ließ es zu.
Wir küssten und streichelten einander, bis die Dunkelheit uns einhüllte.
Manuela flüsterte: „Ich würde gerne mit dir schlafen!"
Ich beugte mich über sie, umarmte sie so heftig, dass sie sagte, ich tue ihr weh.
Mein Kopf dröhnte, die Gedanken rasten hin und her. Mit einem Ruck löste ich mich, ließ Manuela los, setzt mich auf.
„Du machst mich fertig", sagte ich heftig, „du weißt, ich will nicht mit dir schlafen."
„Zuerst ziehst du mich aus, dann ist es dir wieder zu viel ...
Immer denkst du nur an dich, was ich möchte ist dir egal."
„So ein Unsinn, ich tue das für uns beide, glaubst du es fällt mir leicht, mich zurückzuhalten?
Wer weiß, ob wir beisammen bleiben!"

„Warum gehst du überhaupt mit mir?“ Ohne mich anzusehen, knöpfte sie ihre Bluse zu, sprang auf und ging zu ihrem Fahrrad. Ich lief ihr nach, doch mir fiel nichts ein, was ich hätte sagen können. Als sie aufs Fahrrad stieg, streckte ich ihr meine Hand entgegen. Sie drehte den Kopf weg, aber sie nahm meine Hand.
„Ich ruf dich an, wenn ich von England zurück bin“, sagte ich.
Wortlos fuhr sie davon, ich sah ihr nach, überlegte, ob sie genickt hatte.
Als ich nach dem Sommer zurückkam, ließ ich mir Zeit, Manuela anzurufen. Ich meinte die Welt zu kennen, glaubte akzentfrei Englisch zu sprechen und hatte in London eine zwölfsaitige Gitarre gekauft. Ich war zu einer Party eingeladen, wollte als Single 'aufkreuzen'. Dort sprang ich allein auf der Tanzfläche herum, stolz darauf, wie ungezwungen ich mich bewegte und sah Susi, die Ex-Freundin eines Kumpels auf mich zukommen, seit Monaten hatten wir einander nicht gesehen: „Hi, Raphael, was machst denn du hier?“
„I am running the show.“
„Okay, I run with you.“
Wir tanzten wie zwei Verrückte, unsere Arme und Beine flogen durch die Luft, die Paare rundherum wichen zurück, und immer wieder prallten Susi und ich lachend aufeinander. Der Disc-Jockey legte langsame Musik auf, Susi und ich spielten, wir hätten das Gleichgewicht verloren, müssten einander stützen, umarmten einander umso inniger.
„Give me a kiss“, flüsterte ich ihr ins Ohr.
„You kiss me first“, antwortete sie.
„Just as you like, madam, most welcome!” Ich küsste sie stürmisch.

„Very british, very much a gentleman!“
„Next year I'm going to the U.S.A., just wait what I will do to you then!“
So begannen wir spielerisch, uns aufeinander einzulassen, „Techtelmechtel“ wurde das im Freundeskreis genannt, eine unverbindliche Liebelei. Als sie mich in einer dunklen Ecke küsste, knöpfte sie ihre Bluse auf, ich war fasziniert. Vor kurzem erst, in England, erzählte ich, hätte ich begonnen, die Moral meiner Eltern in Frage zu stellen, ich hätte noch mit keiner Frau geschlafen. Susi sagte, sie würde gern mit mir ins Bett gehen, ich müsse ein Verhütungsmittel besorgen. Ich ging in eine Apotheke, wollte so tun, als wäre mein Einkauf eine alltägliche Sache, und fühlte mich von allen Verkäuferinnen beobachtet.
Meine Eltern fuhren für zwei Tage in Vaters Heimat, ich konnte daheim zu einer Party einladen.
„Heute Nacht!“ sagte ich zu meiner Freundin.
„Super, passt gut.“
Vier Paare tanzten und küssten sich in meinem verdunkelten Zimmer. Eng umschlungen bewegte ich mich mit Susi, mein Herz klopfte bis zum Hals, sie nickte mir zu. „Gehen wir?“
„Okay“, flüsterte ich, die Stimmbänder gehorchten mir nicht mehr so ganz. Wir schlichen uns in einen anderen Raum, es war völlig dunkel, wortlos zogen wir uns aus und schliefen miteinander.
Es war schnell vorbei, ich wollte gleich nochmal, doch es ging nicht. Sie meinte, vermutlich wäre das normal, dass es nicht gleich zwei Mal hintereinander geht. Das klang sehr rücksichtvoll.
Wir kehrten zurück in mein Zimmer, tanzten weiter, küssten einander, doch am liebsten wäre ich irgendwo

allein gewesen mit meinen Gedanken. Die gingen im Kreis zwischen Erfolgsgefühl, Scham und Lust, der Zauber zwischen mir und Susi war verflogen, ich küsste sie, weil ich nicht wusste, was tun.
Ein paar Tage später rief Susi an, sie sei wieder mit ihrem Ex-Freund zusammen, sie könne mich nicht mehr treffen. Ein wenig war ich gekränkt, doch dann dachte ich: Ist vielleicht besser so, sie konnte Sexualität ungezwungen genießen, ich fühlte mich wie ein Anfänger, der Angst hat, zu stolpern.
Erst ein paar Jahre später wurde mir bewusst, wo ich da hineingestolpert war: Ich hatte eines der strengsten Verbote meiner Eltern übertreten, und es war nicht irgendwie geschehen, ich hatte es geplant und vorbereitet und diese lang ersehnte „Sünde" vollzogen – ausgerechnet im Ehebett meiner Eltern.

Berufung

Mein Bett war weich, mein Zimmer behaglich. Die helle Holzverkleidung der Wände, die chromfarbene Stehlampe, eine bunte Tagesdecke auf dem Bett, alles lud ein, sich wohlzufühlen. Ich hatte mir ein Kurzentrum ganz anders vorgestellt.

Ich rief Carmen an. „Ja, hallo?" Ihre Stimme klang erotisch, ich spürte, wie es mich hinzog zu ihr. Magische Kräfte hatten dafür gesorgt, dass wir einander fortwährend begegneten, und wenn die Magie nicht ausreichte, verabredeten wir uns. Manchmal hatte sie mich auch in ihrem kleinen gelben Auto mitgenommen, dann war ich in die Volkshochschule gegangen, sie ins Fitnessstudio, sicher war auch unser gemeinsames Wegfahren schon beobachtet worden, hatte für weiteren Klatsch gesorgt.

„Hallo, Seeräuber, was treibst?"

„Ich treibe in Erinnerungen."

„Kannst gerne bei mir vorbeitreiben!"

„Verlockend, aber die drei Wochen halt ich durch, hier zu bleiben."

„Ach ja, du bist ja in Einzelhaft. Was würden die machen, wenn du eine Nacht wegbleibst?"

„Ich glaub, das würde gar nicht auffallen, die haben mich noch nicht so lieb gewonnen wie du."
„Süß. Was macht der Sigmund Freud in dir, ist er dir schon auf die Schliche gekommen?"
„Er hat mich gefragt, was hinter unserer Freundschaft steht."
„Und was hast ihm erzählt?"
„Von wilden Trieben, ich glaub, das wollte er hören."
„Spannendes Thema!"
„Was hättest du geantwortet?"
„Weiß noch nicht, warte, ich leg mich auf die Couch ... Ich hab's: junge Schönheit rettet ausgebrannten Lehrer vor der Midlifecrisis!"
„Na, heute schenkst mir aber ordentlich ein!"
„Nimm's nicht persönlich, war nur eine Fehlleistung meines Unbewussten."
„Du hättest selbst Sigmund Freud fertig gemacht!"
„Um den hätt ich einen weiten Bogen gemacht, wenn der meine geheimsten Wünsche analysiert ..."
„Wünschen darfst du dir alles, das Wünschen ist frei."
„Oh ja, ich werd dir eine Wunschliste schicken, du kannst sie ja notfalls ans Christkind weiterleiten."
„Mach' ich, ich freu mich drauf. Ich hab' auch eine Bitte an dich."
„Gerne, alles was du willst – fast alles!"
„Fein. Erkundigst ' dich bitte, wie das funktioniert mit der Bildungskarenz?"
„Okay, aber nur, wenn du nicht zu gescheit wirst dabei."
„Keine Sorge, ein paar meiner Dummheiten behalt ich mir. Weißt du, ich möcht einfach nicht so weitermachen bis zur Pension, da überleg ich mir jetzt alle Möglichkeiten durch. Lehrer sein ist ja eine tolle

Sache, aber die Schule, wie wir sie haben, die bringt's einfach nicht, ich hab jahrelang versucht, dass wir im Kollegium gemeinsam was bewegen, du weißt, wie oft ich eine drauf bekommen hab dafür."
„Ja, es ist ein mittelalterliches System, und viele Kollegen wollen sich gar nicht auseinandersetzen damit. Hast dich schon entschieden, aufzuhören?"
„Nein, ich geh noch ein bissl im Kreis in meinen Gedanken, aber dafür hab ich ja jetzt Zeit."
„Viel Spaß im Kreisverkehr!"
„Du bist die erste, die's erfährt, wenn ich das alles klar hab."
„Danke, mach's gut!"
„Ich – ich mag dich."
„Ich dich auch – sehr, ruf mich wieder mal an!"
Carmen war eine Schönheit, sie war jung und unbeschwert. Und sie teilte meine Zweifel am Schulsystem, ignorierte die veralteten Lehrpläne, ging auf die Interessen der Kinder ein. Wir waren uns einig, dass das Wiederkäuen von abfragbaren Inhalten unbefriedigend war und den Erkenntnissen der Lernpsychologie widersprach. Doch sie war erst seit einem halben Jahr Lehrerin, wie lange würde sie durchhalten gegen den Strom zu schwimmen, oder würde sie die Schule enttäuscht hinter sich lassen, wie viele der Engagiertesten?
Und was waren meine eigenen Wertvorstellungen, ein Geschenk meiner Eltern oder ein unerfüllbarer Anspruch, mich zu verausgaben bis ich ausgebrannt war?

Als Kind hatte ich Priester werden wollen, ein Missionar, der in andere Erdteile reist. Mit etwa fünfzehn hörte ich von der Möglichkeit, als Entwicklungshelfer zu arbeiten, das mit dem Priesterberufs-Wunsch war nicht mehr ganz so eindeutig damals. Mädchen wurden so anziehend für mich, dass ich mir dachte, der Zölibat ist nichts für mich, doch das, was Missionar und Entwicklungshelfer gemeinsam hatten, war das Wegfahren, das blieb mir. Ich wollte fort, irgendwohin in die Südsee, weit, weit fort. Doch für die Arbeit als Entwicklungshelfer brauchte ich einen Beruf, so überlegte ich, Arzt zu werden, und Vater nahm mich mit ins Spital.

In seinem Spital schien Vater ein anderer Mensch zu sein. Er war freundlich zu Kollegen, zu Hilfskräften, zum Portier. Ärzte, Krankenschwestern, Patienten, alle grüßten respektvoll, wenn Vater ihnen im weißen Mantel begegnete. Mit einem Blick erfasste er ein Röntgenbild und erklärte jüngeren Kollegen, worauf es ankam, mit ein paar Griffen spürte er, ob ein Bruch gut verheilt war, wo ein schmerzender Bauch entzündet war.

Er stellte mich vor: „Mein zweitgeborener Sohn“, und er sagte es mit einem Klang in der Stimme, den ich daheim kaum jemals von ihm hörte. Er erlaubte mir, einer Operation zuzusehen, im weißen Mantel, eine Maske vor dem Mund folgte ich Vater in seine Welt, Scheinwerfer strahlten von der Decke, es roch scharf nach Desinfektionsmittel, zwei Assistenten standen bereit, dahinter eine Platte mit Skalpellen, Zangen, Pinzetten. Der Patient lag auf dem Operationstisch, Schläuche in der Nase. Alle im Raum waren konzentriert, die Gesichter bis auf die Augen hinter den Masken, blickten auf Vater.

„Ein schlimmer Verkehrsunfall“, sagte er zu mir, „stell dich dort hinüber, da siehst du besser.“

Der Verletzte hatte eine eingedrückte Brust, die Wunde war offen, er röchelte laut. Eine Zeit lang sah ich Vater zu, wie er entschieden arbeitete, Anweisungen gab, das Skalpell benutzte. Dann wurde mir schlecht, und ich ging aus dem Operationssaal. Die Operation dauerte fast zwei Stunden, ich versuchte inzwischen, mich draußen im Freien zu erholen. Als ich zurückkam, meinte Vater fröhlich, er habe den Brustkorb wieder zusammengeflickt, der Patient würde überleben. Er grinste, sagte, eine Krankenschwester hatte mich bleich und grün an die Wand gelehnt gesehen. Auch daheim erzählte er, dass ich umgekippt wäre und eine Krankenschwester gebraucht hätte. Heftig widersprach ich, ich sei hinausgegangen, ja, aber keineswegs umgekippt.
Ich entschied mich, doch nicht Medizin zu studieren, zumindest nicht gleich nach der Matura *(dem Abitur)*. Vater spottete, ich würde es nicht verkraften, Blut zu sehen. Doch ich hatte andere Gründe, als schlechter Schüler traute ich mir das Studium nicht zu, das sagte ich Vater nicht. Ich wählte eine möglichst kurze Ausbildung und wurde Englischlehrer. Meine Berufswünsche spiegelten wider, was Vater mir vorgebetet hatte: Priester, Arzt, Lehrer. Zuletzt war ich Mutter nachgefolgt, die Lehrerin gewesen war.

Ein paar Jahre später war ich noch einmal mit Vater im Spital, begleitete ihn auf seiner Visite durch die Krankenzimmer. Da sagte er zu mir, wir kämen jetzt zu einem Mann, der würde bald sterben, er habe Darmkrebs, der Bauch sei voller Metastasen. Zögernd folgte ich Vater. Der Mann lag im Bett, schwach und gelb im Gesicht, daneben seine Frau, mit großen

Augen sah sie meinen Vater an, und er sagte leichthin: „Das wird schon, bald wird die Entzündung abklingen, Sie brauchen nur etwas Geduld."
Ich schluckte. Hatte Vater keine Worte für Abschied und Tod? Er war Arzt, um Leid zu mindern, Krankes wegzuschneiden, das Sterben zu bekämpfen, vielleicht machte es Vater hilflos, nicht helfen zu können.
Eine Woche später war der krebskranke Mann tot, ich hatte nicht den Mut, Vater zu fragen, ob er noch einmal mit dem Sterbenden gesprochen habe.
Im Spital besuchte ich Vater erst wieder, als er selbst todkrank in seinem Königreich lag.

Frei

Drei Kartons standen in meinem Zimmer: einer zum Mitnehmen, einer für den Flohmarkt, einer für die Dunkelkammer Ausrüstung und für Kleinigkeiten, die ich am Dachboden hinterlegen wollte. Ich sortierte meine Habseligkeiten, räumte das Zimmer leer. Mutter sah mir zu, wie ich meinen Rucksack packte, immer wieder fragte sie, ob sie mir helfen könne.

„Passt schon", sagte ich zum fünften Mal, diesmal schon etwas heftig, „ich komme gut zurecht."

„Ich kann es noch gar nicht glauben, dass einer meiner Söhne auszieht!" Mutter schrieb mir noch ein paar Kochrezepte auf, übertrieben sorgsam legte ich diese zu meinem Diplom als Englischlehrer. „Danke Mutter! Jetzt habe ich alles, was ich zum Überleben brauche."

Ich hatte mich in Tirol beworben, wurde Westenkirch zugeteilt, fünf Zugstunden entfernt von daheim, doch nahe an Vaters Heimat. Zugleich war ich entschlossen, nach ein oder zwei Jahren Berufserfahrung Entwicklungshelfer zu werden. Ich war wieder mit Manuela zusammen, sie überlegte, in die Entwicklungshilfe mitzukommen.

Vater war gut gelaunt, mein Lehramtszeugnis zeigte

gute Noten wie in der ersten Klasse Volksschule, er brachte mich sogar zum Zug, sagte etwas von einem neuen Lebensabschnitt und gab mir am Bahnsteig noch tausend Schilling als Startkapital ‚für mein eigenes Leben'.
Ich übersiedelte mit Rucksack, Gitarre, einem Karton Bücher und dem alten Fahrrad, verstaute das Gepäck und beugte mich aus dem Fenster. Meine Eltern standen unter mir, plötzlich kamen sie mir klein vor. Der Zug setzte sich in Bewegung, ich winkte, Mutter sah mir wehmütig nach, Vater schmunzelte. Ich lehnte mich zurück und lachte.
Zwei Monate später kam ich als berufstätiger Erwachsender für ein Wochenende auf Besuch ins Elternhaus und auch Vater zeigte Interesse an meinem Leben in ‚seinen' Bergen. Unter den vielen Gipfeln dort hatte ich auch den Wilden Kaiser bestiegen, dort hatte mein Vater klettern geübt, im Rahmen der militärischen Ausbildung zum Hochgebirgsjäger. Die militärische Ausbildung sei hart gewesen, immer wieder habe sich ein Kamerad schwer verletzt, doch all das sei Genuss gewesen, verglichen mit den Gräueln, die er danach im Krieg erlebt habe.
„Ihr wisst ja gar nicht, wie gut es euch geht."
„Doch, mir geht es ausgezeichnet, mein Leben ist wunderbar!"
Ich überreichte Vater einen Scheck über einen Schilling. Jahre zuvor hatte mir Vater einen Schilling gegeben und gesagt, den wolle er zurückbekommen, von meinem ersten Gehalt. Nun hatte ich ein eigenes Konto mit Scheckheft. Vater sah mich erstaunt an, er hatte meine Schuld längst vergessen, dann lachte er und verschloss den Scheck in seiner Dokumenten-

mappe. Dort blieb der Scheck, wurde nie eingelöst, siebzehn Jahr später fand ich ihn, als Vater gestorben war.

Auf der Rückfahrt in mein neues Zuhause sang ich vor mich hin: „I am a lucky man, I am!“ Zweimal bereits hatte ich mein Gehalt bekommen, sechstausendvierhundert Schilling, ich hatte noch nie über so viel Geld verfügt, ich fühlte mich reich, freute mich auf das Dorf in den Bergen, auf die Kollegen, auf meine Arbeit als Lehrer. Der Zug passierte Salzburg, die Glocken der Augustinerkirche klangen durch das offene Fenster meines Zugabteils. In die Kirche kam ich nur mehr bei den Schulmessen, um im Gospelchor eines Kollegen Gitarre zu spielen, den Glauben meiner Kindheit hatte ich verloren, ohne es zu bemerken. Ich las nihilistische Bücher, doch am meisten beeindruckte mich Erich Fromm: „Die Kunst des Liebens“, das wurde Leitbild für mein Leben. Und ich begann, meinen Beruf zu lieben, den ich vor allem wegen der Kürze des Studiums gewählt hatte.
Die Landschaft wurde gebirgig, wir fuhren durch die Täler Tirols, ich betrachtete jeden Berggipfel, an dem wir vorbeifuhren, blickte die Almen und bunten Bäume entlang, Bäche, Wasserfälle und Flüsse. Als ich in Westenkirch ankam, dämmerte es bereits im Tal, die Gipfel leuchteten orange.
„Bald komm ich Euch wieder besuchen!“ flüsterte ich ihnen zu, ich hatte das Empfinden, den Weg zu meiner Wohnung entlang zu tanzen. Im Appartement legte ich laute Popmusik auf und zeichnete Strichmännchen-Figuren, um Englisch-Vokabel bildlich darzustellen, stundenlang bereitete ich mich auf den Unterricht

vor. Zeit spielte keine Rolle für mich, ich war gewohnt, lange aufzubleiben.

Die meisten Kinder sahen mich erwartungsvoll an, wenn ich in den Unterricht kam. Meine Lehrer-Kollegen trugen Anzüge, ich jedoch Jeans, die Hemdärmel aufgekrempelt, auf der Brust baumelte meine Uhr, die ich mit einem Lederriemen um den Hals trug. ‚Der neue Lehrer ist voll lässig', hörte ich Schüler sagen.
Im Unterricht sprach ich ausschließlich Englisch, spielte Theater und malte die Tafel voll, um darzustellen, worum es in den englischen Texten ging. Ich weigerte mich, etwas ins Deutsche zu übersetzen, und am Ende der Stunde war die Schultafel voller Bilder, chaotisch, so wie es aus mir herausgesprudelt war. Da nicht alle mithalten konnten, bot ich unbezahlte Nachhilfestunden an, ein paar Kinder verpflichtete ich auch dazu. Manche betrachteten dies als Nachsitzen, doch sobald sie die Vokabeln gelernt hatten, ließ ich sie gehen.
Ein älterer Kollege ermahnte mich, mehr auf mein Äußeres zu achten: „Wenn die Schüler dich nicht als Autorität sehen, wirst du dich bald schwer tun, am besten, du verschaffst dir gleich am Anfang Respekt."
Ich widersprach ihm: „Wenn ich die Kinder begeistern kann, muss ich doch nicht um meine Autorität fürchten."
„Das schaffst du vielleicht eine Zeitlang, aber du musst auch mit ihnen arbeiten können, wenn sie nicht begeistert sind. Und es wird immer Schüler geben, die nicht begeistert sind."
Gleich in der nächsten Stunde dachte ich, dass mein erfahrener Kollege nicht ganz Unrecht hat. Da war ein

etwas älterer Schüler, wenn er etwas nicht verstand, rief er vorwurfsvoll: „Und was heißt des jetzt wieder?" Am nächsten Tag, als ich ins Klassenzimmer kam, hatte er die Füße auf dem Tisch, betont langsam nahm er sie herunter und erzählte dabei, er habe mich mit dem Fahrrad stürzen sehen. Ich tat, als höre ich es nicht, stimmte „Blowing in the wind" an, da sang der Bursche „Blow ihn z'rück nach Wien". Ich stellte mich drohend vor ihn hin, fauchte ihn an, er solle das lassen, er fragte grinsend, ob sich denn in Wien die Schüler von einem Hippie herumkommandieren lassen. Da schlug ich zu, völlig unerwartet, auch ich selbst war überrascht über meinen plötzlichen Ausbruch. Ich ging zurück an die Tafel, es war peinlich still in der Klasse, ich legte die Gitarre weg, sagte, jeder solle für sich lesen. Ich versuchte zur Ruhe zu kommen. Am Ende der Stunde ging der geschlagene Schüler an mir vorbei: „Das wird Folgen haben", zischte er mir zu. Doch ich bekam keinerlei Folgen zu spüren, vielleicht gestanden die Eltern damals einem Lehrer zu, Kinder zu ohrfeigen, vielleicht erzählten die Kinder auch nichts davon ihren Eltern, niemand redete mich darauf an, niemand zeigte mich an dafür.

Kurz darauf regelte der Direktor die Pausenaufsicht neu, er teilte uns mit, dass wir die Kinder intensiver beaufsichtigen müssten als bisher, jeweils zwei Lehrkräfte in jedem der Stockwerke. Kaum hatte der Direktor das Konferenzzimmer verlassen, ging ein Geschimpfe los, der Direktor wäre autoritär, so etwas könne er doch nicht im Alleingang entscheiden. Ich fand, die Kollegen hatten Recht und meinte, wenn wir hinter dem Rücken des Direktors jammerten, nütze das gar nichts. Ich schrieb ein Plakat, in unserer Schule herrsche Diktatur und hängte es im Konferenzzimmer auf. Gleich in der nächsten Pause wurde ich in die Direktion gerufen, zornig fragte mich der Direktor, wie ich denn das gemeint hätte. Ich erklärte, im Kollegium hätten wir über die Pausenaufsicht diskutieren wollen, vielleicht wären ja auch neue Ideen aufgetaucht. Der Direktor sagte lächelnd, ich sei guter Wein, nur noch nicht ausgereift.

„Auf den guten Wein stoßen wir an", sagte ein Kollege, als ich von der Aussprache mit dem Direktor erzählte, „komm heute Abend zu mir, ich koche für uns beide."

Gerne nahm ich an, Mutters Rezepte hatten mir wenig geholfen, ich hatte keine Ahnung vom Kochen und noch weniger von anderen Hausarbeiten. Oft wurde ich eingeladen, Kolleginnen boten mir an, meine Wäsche zu waschen, ich nahm alle Einladungen an wie ein Kind, ohne mir Gedanken zu machen über Geben und Nehmen. Ich kam nicht auf die Idee, eine Flasche gut ausgereiften Wein oder Blumen mitzubringen.

Der Direktor hatte mir ein Apartment in einem Einfamilienhaus vermittelt, in Lärchenholz möbliert, mit Tellern und Kochgeschirr und Putzmittel. Die Vermieterin erinnerte mich an meine Mutter. Ob ich in den Weihnachtsferien heimfahre zu meinen Eltern, hatte sie mich gefragt. „Höchstens für zwei Tage", war meine Antwort.

Da müsse ich dann leider ausziehen, da würde die Wohnung an Fremde vermietet werden, ich könne zur Überbrückung ein Dachbodenkammerl im Haus benutzen.

„Kein Problem", sagte ich. In den Weihnachtsferien wollten meine Brüder und ein paar Wiener Freunde zum Skifahren kommen, sieben Jugendliche würden mit Schlafsäcken in meinem Kämmerchen übernachten. Die Besitzerin war entsetzt, organisierte mir jedoch günstige Fremdenzimmer im benachbarten Bauernhof.

Wie vereinbart räumte ich meine Wohnung, trug meine Sachen in letzter Minute auf den Dachboden und rannte zum Zug, um Weihnachten mit Eltern und Brüdern in Wien zu feiern.

Nach den Weihnachtstagen war es vorbei mit der möblierten Wohnung, zornig sagte die Vermieterin, sie habe gemeinsam mit ihrem Mann acht Stunden putzen müssen, und das am Christtag, ich hätte offensichtlich nichts dergleichen getan in all den Monaten. Sie hatte recht, Schmutz und Staub kannte ich nicht, darum hatte sich in meinem bisherigen Leben immer nur Mutter gekümmert, nicht einmal verkrustete Reste meiner gescheiterten Kochversuche am Herd waren mir aufgefallen, solche Nebensächlichkeiten beachtete ich nicht.

Ein Freund wusste von einem Zimmer im Pfarrhof, Klo und Dusche waren außerhalb der Wohnung, dort hauste ich dann mit ein paar Kisten und einer geschenkten Bettbank. Ich hatte keine Zeit, die Wohnung einzurichten, denn sofern ich nicht unterrichtete, war ich auf der Schipiste unterwegs. Kolleginnen, die zu Gast waren, wiesen mich freundlich darauf hin, in welchem malerischen Chaos ich lebte.

Jeden Montagabend wurde zum Lehrerturnen eingeladen, danach gingen wir ins Wirtshaus und saßen lange beisammen. Es wurde gelacht und getrunken, diskutiert und geflirtet. Ich versäumte keines dieser kollegialen Treffen, immer war ich der letzte, der heimging.

Beim Turnen lernte ich Christl kennen, eine junge Volksschullehrerin. Wenn wir in der Runde beisammen saßen, kam ich regelmäßig neben ihr zu sitzen, inmitten der fröhlich plaudernden Kollegen erzählten wir einander, wie es uns im Unterricht ging, redeten über unsere Ideale und darüber, was uns gelang und was nicht. Wir sprachen über die Liebe zwischen Mann und Frau, sie sagte, sie fühle sich von ihrem Verlobten oft nicht verstanden.

Manuela kam mich für ein paar Tage besuchen, ich überredete sie, zum Lehrerturnen mitzukommen. Sie machte nur halbherzig mit, beim Volleyballspiel beschränkte sie sich aufs Zuschauen. Als wir heimgingen, entzog sie mir ihre Hand, ging stumm neben mir her.

„Bist du sauer?", fragte ich.

„Wozu komme ich dich besuchen, fahre vierhundert Kilometer, wenn du eine andere liebst!"

„Wie meinst du das, ich hab doch nichts mit einer anderen."

„Wie du und Christl einander angesehen habt, du hast mich nur mitgenommen, damit ich das sehen soll."

„Um Himmels willen, nein! Wir führen nur gute Gespräche, ich hab überhaupt nichts mit ihr, sie heiratet im Sommer!"

Es gelang mir, Manuela zu beruhigen, zärtlich verabschiedeten wir uns am nächsten Morgen, sie fuhr zurück nach Wien. Zwei Tage später kam ein Brief von ihr, ich setzte mich auf eine Bank am Waldesrand, erwartete einen Liebesbrief. Doch sie schrieb, sie wolle

unsere Beziehung beenden, es ginge ihr nicht gut mit mir in der Ferne. Ich legte den Brief beiseite, schaute hinauf in die Bäume, es war Frühling, alles leuchtete grün.
Plötzlich sprang ich auf, rannte den Waldweg nach oben: Ich war frei! Ein letzter Faden hatte sich gelöst, nichts mehr würde mich von meinem Traum zurückhalten, so bald wie möglich Österreich zu verlassen, als Entwicklungshelfer auf die andere Seite der Erde zu reisen. Beim Heimweg kam ich am Haus vorbei, in dem Christl wohnte, meine Füße hatten mich dorthin getragen, ohne mir Bescheid zu sagen. Okay, dachte ich, dann läute ich. Sie war daheim.
„Na, so was, komm rein, aber stör' dich bitte nicht, es sieht g'rad' fürchterlich aus bei mir."
„Eigentlich bin ich gekommen, um bei dir aufzuräumen, aber bitte, wenn du das nicht willst ..." Ich erzählte ihr, dass Manuela mit mir Schluss gemacht hatte, und von meiner Entscheidung, mich beim Entwicklungshilfedienst zu bewerben. Christl bestärkte mich, meinen Weg zu gehen.
„Am liebsten würde ich auch Entwicklungshelferin werden."
„Tu's doch, was hindert dich?"
„Das weißt du genau, ich heirate bald", sie sah mir in die Augen, ich senkte den Blick.
„Manuela hat Recht."
„Wie meinst du das?"
„Ich hab mich in dich verliebt."
„Weiß ich", sagte sie, und mir schien, sie war traurig, als sie hinzufügte: „Ich mag dich auch, sehr!"
Sie umarmte mich, ich drückte sie fest an mich.
Da sagte sie leise: „Du musst jetzt gehen."

Ein paar Tage später wollte Manuela unsere Beziehung wiederbeleben, sie würde in wenigen Monaten als Volksschullehrerin beginnen und zu mir nach Tirol übersiedeln, sie hätte bereits ihre Bewerbung abgeschickt. Wir könnten gerne beisammen bleiben, schrieb ich zurück, doch ich würde meinen Traum jedenfalls umsetzen.

Erwartungsvoll fuhr ich zu einem Auswahlseminar des Österreichischen Entwicklungsdienstes nach Salzburg. Der Geschäftsführer, ein Psychologe und eine zurückgekehrte Entwicklungshelferin begrüßten die Interessierten. Die drei bemühten sich um eine entspannte Atmosphäre, boten uns das Du-Wort an, informierten uns über Entwicklungspolitik und Anforderungen im Einsatz. Ich hörte gespannt zu, keine Sekunde zweifelte ich daran, dass ich für den Einsatz bestens geeignet war. Zum Entscheidungsgespräch wurden wir einzeln gebeten, neugierig blickte ich meine Gesprächspartner an.
„Was sind denn deine Motive, dich für einen Entwicklungshilfe-Einsatz zu bewerben?“ wurde ich nach ein paar einleitenden Sätzen gefragt.
„Ich möchte mich engagieren, möchte etwas Positives bewirken.“
„Das kannst du auch in Österreich tun, warum irgendwo in Übersee?“
„Klar, das tu ich auch in meiner Arbeit als Lehrer, nur hier haben wir so ein festgefahrenes System, gerade in der Schule, so vieles ist veraltet, ich stell‘ mir vor, dass ich in einem Entwicklungsland mehr für die Menschen tun kann als hier.“ Meine Gesprächspartner nickten.

„Wir sind eine christliche Organisation und arbeiten in vielen Projekten mit der Mission zusammen, magst du uns etwas über deinen Glauben erzählen?"
„Gerne. Ich bin streng katholisch aufgewachsen, aber jetzt bin ich abgerückt von dieser Tradition. So wie die kirchliche Hierarchie funktioniert, das find ich, passt überhaupt nicht zu den Grundideen des Christentums. Die christlichen Ideale, die gefallen mir, aber nicht das, was die Kirche daraus gemacht hat. Deswegen geh' ich auch nicht mehr in die Kirche."
„Was sind denn deine christlichen Ideale?"
„Kennt ihr Erich Fromms Buch ‚Die Kunst der Liebe'? – so möchte ich leben!"
„Hast du auch sein Buch ‚Haben und Sein' gelesen?"
„Da bin ich grad mittendrin, Erich Fromm bringt es echt auf den Punkt!
Noch was ist mir wichtig zur Frage der Religion: Ich unterscheide zwischen Religion und Spiritualität. Eine Religion betont Glaubensinhalte, macht Aussagen darüber, wie Gott sein soll, was er angeblich von uns will, und fast jede Religion versucht zu beweisen, dass sie die einzig richtige Vorstellung von Gott vermittelt. Spiritualität ist Respekt vor der Welt, vor den Wundern der Natur, vor dem Überirdischen, das wir nicht verstehen und beschreiben können, aber manchmal können wir es spüren, uns verbunden fühlen oder beschenkt. Ich fühle mich durch mein Leben beschenkt."
„Gefällt mir, deine Einstellung. Kannst du uns sagen, was das für dein Leben bedeutet?"
„Klar. Ich übernehme die Verantwortung für das, was ich tue, bemühe mich, fair zu sein, niemandem zu schaden, auch nicht indirekt."
„Ein Beispiel aus dem Alltag?"

„Beim Einkaufen schaue ich, woher die Dinge kommen, die ich konsumiere, Billigkleidung zum Beispiel wird meist mit Kinderarbeit hergestellt. Überhaupt ist ein schlichter Lebensstil besser, fairer, ökologischer. Urlaubsreisen und Autos sind da ein wunder Punkt. Soviel ich weiß, kann jeder Mensch etwa 10.000 km im Jahr Autofahren und Flugzeug fliegen, beides zusammen. Daran orientiere ich mich, ich hab' auch kein Auto, und wenn Öffis und Fahrrad nicht ausreichen, dann nehm' ich ein Mietauto oder fahr mit dem Taxi."
„Ja, das hört sich nach verantwortungsbewusstem Lebensstil an. – Okay, nun stell dir vor, du arbeitest in einem Projekt an einer Missionsstation. Du müsstest dort unbedingt jeden Sonntag zur Messe gehen, natürlich steht das nicht wortwörtlich so in der Projektbeschreibung, aber es wäre einfach notwendig, anders können wir nicht mit Missionaren zusammen arbeiten. Wie ging es dir damit?"
„Kein Problem, ich gehe ja auch jetzt zu den Schulmessen, da komm ich nicht d'rum herum im ‚Heiligen Land' Tirol! Ich würde auch nicht einfach scheinheilig die Stunde in der Kirche absitzen, ich nehm' meine Gitarre, such' mir ein paar junge Leute, die mit mir Gospel singen. Oder ich rede mit dem Pfarrer, ob er statt der Predigt ein Theaterstück in der Kirche haben möchte, dann spiel ich mit den Jugendlichen eine Szene aus der Bibel, übertragen auf unser Leben jetzt."
„Hast du da Erfahrung damit?"
„Ja, bei der Schulmesse zu Ostern hatte ich das mit unserem Kaplan abgesprochen, zum Thema ‚Hunger in der Welt'. Zuerst haben zwei Jugendliche ein Ehepaar gespielt, das in den Nachrichten etwas über hungernde Kinder in Afrika hört, und die beiden

haben über den Sinn von Spenden diskutiert. Dann sagte der Sprecher ins Mikrophon, dass jede Sekunde auf dieser Welt ein Mensch verhungert oder an den Folgen von Unterernährung stirbt, viele davon sind Kinder. Die beiden, die das Ehepaar spielten, sind erstarrt, zwanzig Kinder sind vor den Alter getreten, einer hat das Tick-Tack einer Uhr imitiert und jede Sekunde hat sich ein Kind auf den Boden gelegt, eines nach dem anderen, bis alle zwanzig vor dem Altar gelegen sind. In der Zeit hat kein einziger Kirchenbesucher gehustet, die waren wie hypnotisiert. Als alle zwanzig am Boden lagen, sagte der Nachrichtensprecher, dass unser hoher Konsum mit Schuld ist an der Armut in den Entwicklungsländern, da haben die beiden Hauptdarsteller weiter geredet, dass sie ihren Lebensstil ändern. Sie entscheiden sich, weniger Fleisch zu essen und keine Lebensmittel verkommen zu lassen, weniger Dinge zu kaufen, die Rohstoffe verbrauchen. Statt für Flugreisen und für billig produzierte Luxusgüter wollen sie ihr Geld für Dienstleistungen ausgeben und vor allem fair-trade-Waren kaufen.
Das ist unter die Haut gegangen, aber es gab ein paar Leute, die haben die Kirche demonstrativ verlassen nach dieser ungewöhnlichen Predigt. Macht nichts, sagte der Kaplan, wer das nicht versteht, kann gerne gehen."

Ein paar Sekunden war es still im Raum, dann sagte der Geschäftsführer:
„Ich glaube, du bist der richtige Mann für uns."
Er meinte, ein Projekt auf den melanesischen Inseln wäre passend für mich, im Oktober müsse ich für drei

Monate zu einem Vorbereitungskurs in Wien, zu Jahresende könnte ich ausreisen. Der Dienstvertrag wurde mir übergeben, den solle ich sorgfältig lesen. Sofort unterschrieb ich, die Details interessierten mich nicht. Los geht's, dachte ich, mein ganzer Körper vibrierte vor freudiger Aufregung.

Im Sommer war ich zu Christls Hochzeit eingeladen, gleich nach der Zeremonie in der Kirche gratulierte ich ihr, zur Festtafel wolle ich nicht kommen, sagte ich, sie nickte.
Am Rande des Kirchplatzes wartete Manuela auf mich. „Gut, dass du auf mich aufpasst, fast hätte ich die Braut entführt", sagte ich.
Manuela sah mich bitter an, meinte, das brauche ich ihr nicht zu sagen, das wisse sie ohnedies.
„Das war doch nur Spaß", gab ich zurück. Manuela sagte nichts mehr, auch ich blieb stumm, so machten wir uns auf den Weg zu einer kleinen Bergwanderung, wie geplant. Wir gingen nebeneinander her, doch ich fühlte mich einsam, viel einsamer, als wenn ich allein unterwegs gewesen wäre.
Nach zwei Stunden Wandern kamen wir an einen kleinen See, die Sonne spiegelte sich im Wasser, eine Gruppe Föhren stand nahe dem Ufer.
„Traumhaft!" sagte Manuela, „komm, setzen wir uns dort in den Schatten."
Ich folgte ihr, doch in Gedanken war ich am Pazifischen Ozean, den ich bald kennen lernen würde.
Manuela nahm meine Hand:
„Wenn ich in einem Jahr mitkommen würde in die Entwicklungshilfe, bleibst du dann bei mir?"
Ich atmete durch, da war etwas, das mir weh tat, ich

blickte auf das Glitzern des Wassers.
„Nein", antwortete ich schließlich, „es ist Zeit für mich zu gehen."
Manuela begann zu weinen, nun war es an mir, sie zu streicheln.
„Du kannst ja in einem Jahr nachkommen", sagte ich leise, doch ich wusste, das würde sie nicht tun.
Auch ich war traurig, so wanderten wir zurück, Hand in Hand. Doch mir war, als wären wir weit entfernt voneinander, nur unsere Hände berührten einander noch, über alle Entfernungen hinweg.
Ein paar Wochen danach übernahm Manuela meine Wohnung, und ich machte mich auf den Weg in die Südsee.

Teil 3

Das Drehbuch des Lebens

Es war Zeit für mich zu gehen. Ich machte mich auf den Weg zu den Behandlungen, die mir der Kurarzt verschrieben hatte. Eine resolute Physiotherapeutin prüfte meine Wirbelsäule und steckte mich für eine halbe Stunde ins Moorbad. Schwitzend dachte ich an die tropische Sonne, an die Gelassenheit der Einheimischen, an die Regengüsse, die Straßen in Schlammlöcher verwandeln. Vor wenigen Jahrzehnten noch hatte es in den Bergen von Melanesien keine Zeitrechnung gegeben, keine Bezeichnung für die Tage der Woche, keine Jahreszahlen. Keiner meiner schwarzen Freunde im ewigen Sommer hatte das eigene Lebensalter gekannt. Jeden Tag im Jahr konnten sie anbauen und ernten, Tiere und Menschen wurden geboren und starben, kamen und gingen im immerwährenden Kreislauf des Gleichen.
Ein unangenehmer Signalton sagte mir, dass die halbe Stunde meines Moorbades vorbei war. Als ich auf mein Zimmer kam, lag ein Brief auf meinem Bett, Anna hatte mir geschrieben. Ich zögerte, den Brief zu öffnen. Auch dieser Brief zeigte ein Stück von der Schwere, die zwischen uns entstanden war.

Sie schrieb, ihr Papa hatte aufgeschnappt, dass ich wieder einmal einen Konflikt mit meinem Direktor gehabt hätte, dass Eltern sich über mich beschwert hätten, dass ich mir nicht einzubilden brauche, die würden so einen wie mich noch länger auf ihre Kinder loslassen, ein Terrorist wäre ich, ein Partisan, so habe er sie angeschrien. Ich konnte mir gut vorstellen, wie das alles geklungen hatte, zu oft hatte ich dergleichen gehört, immer versucht, solche Ausfälle zu ignorieren, meinem Schwiegervater aus dem Weg zu gehen. Anna schrieb, lange mache sie das nicht mehr mit. Ich zerriss den Brief.

In den ersten Jahren mit Anna war jeder ihrer Briefe ein Geschenk gewesen, wie sehr hatte ich auf ihre Zeilen voll Zärtlichkeit gewartet, damals. Mir war kalt geworden. Ich zog mir die Decke höher über die Schultern und ließ mich fallen in die Vorstellung, jung und verliebt zu sein.

Das Geschenk

Der Raum lag noch im Dunkeln, nur in den kleinen Fenstern konnte ich schon das erste Morgengrauen erahnen. Dies war die kälteste Stunde der Nacht, ich zog die Decke höher über ihre bloßen Schultern. Einen Augenblick noch wollte ich auskosten in ihren Armen, ohne sie aufzuwecken. Ihr Körper wärmte mich, ihre Nähe hieß mich willkommen, jede Berührung war wie ein sanftes Streicheln, das meine Seele erreichte. Ihr dunkles Gesicht konnte ich an meiner Schulter erahnen, die langen schwarzen Haare, denen sie immer erlaubte, sich in jede Richtung frei zu bewegen, umhüllten meinen Oberarm.

Ich legte meine Hand auf ihre Wange, sie drehte den Kopf ein wenig, küsste meine Hand.

„Bleib noch eine Minute", sagte sie verschlafen, zog mich noch näher an sich heran.

Ich schloss die Augen, atmete tief, atmete ihre Wärme, atmete ihre Liebe.

Langsam kroch ich aus dem Bett, schlüpfte in Hose, Jacke, Turnschuhe, sie wickelte sich in die Decke, folgte mir bis vor die Tür der kleinen Hütte. Die Sonne war noch hinter den Bergen, doch sie spielte bereits

mit dem Himmel, Farbtöne in orange und rot umkreisten einander, weiteten sich aus, vereinigten sich zum Leuchten des neuen Tages.
Ich stieg auf mein Motorrad, sie beugte sich zu mir, schlang ihre Decke noch einmal um mich, mit bloßen Füßen stand sie auf den nassen Steinen, die braunen Beine nackt, zum Greifen nahe. Mein linke Hand hatte die Kupplung schon durchgedrückt, die rechte lag am Gasdrehgriff, doch unsere Lippen wollten sich nicht voneinander lösen, auch als ich den Starthebel nach unten trat und der Motor knatternd aufheulte, blieben unsere Münder beisammen. Wir lachten. „I love you!"
Ich befahl mir, mich zu lösen, mein Motorrad schlitterte über den schmalen Weg durch den Urwald, die Morgenluft tat gut. Auf einer Anhöhe hielt ich an, sprang ein bisschen herum, um mich aufzuwärmen. Die ersten Strahlen der Sonnen streiften bereits die Spitzen der Bäume, beleuchteten den Dunst, der aus dem Busch aufstieg, rasch würde es wärmer werden.
Ich fuhr wieiter, mein Zweitakter übertönte das Gekreisch der Paradiesvögel. Ich steuerte die Gräben entlang, die das herabschießende Wasser in die Straße gegraben hatte, schob mein Gefährt über einen Erdrutsch und über eine Brücke, die nur mehr aus ein paar Balken bestand, bald tropfte mir der Schweiß von der Stirn. Bis auf ein paar Schweine war die Straße leer, erst eine Stunde später sah ich Kinder auf der Straße, sie versuchten neben mir herzulaufen, ein alter Mann mit prächtigem Haarschmuck stand vor seiner Hütte, er winkte mir zu. Ich fuhr ein in die Missionsstation: ein paar Hütten, eine Kirche aus Wellblech, eine Schule und ein winziger Einkaufsladen. Umzäunt mit geflochtenen Lianen lag mein Zuhause in einer Waldlichtung am Berghang.

„Meine Alm“, sagte ich vor mich hin. „Die Kirche könnte der Kuhstall sein.“
Rasch zog ich mich in meiner Hütte um, wusch mir die Schlammspritzer aus dem Gesicht, dann betrat ich das Haupthaus. Pater Imre saß schon beim Frühstück.
„Guten Morgen, Pater!“„
”Grüß dich. Wie bist' durchgekommen?“ Er sprach deutsch mit ungarischem Akzent.
„Kein Problem. Aber mit dem Auto hätt' ich's nicht geschafft, und da oben hätt' ich lang warten müssen, bis ein paar Leute vorbeikommen, die mir ausschaufeln helfen.“
„Ja, wer fährt schon in aller Früh über den Pass, außer ein närrisch Verliebter wie du.“
Ich ließ das Wort „närrisch“ an mir vorbeigleiten, wie der Busch, durch den ich gerade gefahren war.
„Wie lange hast gebraucht?“
„Etwa eineinhalb Stunden.“
„Du musst gefahren sein wie ein Verrückter, mit dem Auto geht das nicht unter drei Stunden.“
„Ich weiß. Die Jungs sagen, mit dem Motorrad fliege ich wie ein Geist des Urwaldes.“
„Pass nur auf, dass du nicht mal in einen Geist hineinkrachst.“
„Keine Sorge, mein Schutzengel fliegt mit.“
„Da brauchst aber einen mit Düsenantrieb!“
„Siebzig Kilometer in eineinhalb Stunden, das schafft ein geübter Schutzengel locker. Und der meine hat Übung, sonst wär mir schon oft was passiert.“
Der Pater schmunzelte: ”Du musst früher wegfahren, tust dir sonst noch was. Und ich mag auch nicht, dass die Leute hier herumreden, dass du zu einer Frau fährst, wenn du nicht verheiratet bist.“

„Klar, das brauchen die Leute auch nicht zu wissen. Wenn die Jungs fragen, was würdest du ihnen sagen?"
„Sag einfach, du bist gerne bei deinen bei Landsleuten. Das verstehen sie, dass du bei denen auch manchmal schlafen willst."
„Mach ich."
Auf der Wiese vor der Kirche tauchten die ersten Jugendlichen auf. Jeden Tag in der Früh, nachdem sie ein paar Süßkartoffeln gegessen hatten, kamen sie zu mir. Ich stand auf.
Pater Imre fragte: „Kommst du am Nachmittag mit nach Muritaka, ich könnte deine Hilfe gebrauchen, das Schuppendach muss repariert werden. Und da sind auch ein paar Leute, die sich für Gemüseanbau interessieren."
„Gerne." Ich ging hinaus in die tropische Sonne: „Hi Boys!"
Sofort fragten sie mich, wo ich in der Früh herumgefahren war mit dem Motorrad. Ein wohliges Kribbeln in meinem Körper antwortete, doch ich beschränkte mich auf Paters verschleiernden Hinweis.
Gabu, einer der Jungs, hatte einen Sack Karotten verkauft, an einen, der in die Stadt gefahren war, am Markt dort war das eine beliebte Ware, solches Gemüse wuchs nur in den Bergen. Er gab mir das Geld, ich funktionierte auch als Sparkasse für meine Freunde, sie hatten nichts, wo sie Geld hinterlegen konnten. Sofern sie es nicht am Körper trugen, konnte es jeder der Stammesgenossen nehmen, Privateigentum widersprach der Tradition.
Gabu fragte mich, wie viele Kilo Karotten er noch verkaufen müsse, um sich eine eigene Gitarre leisten zu können, ich half ihm, es auszurechnen.

Takank, ein anderer Junge, hatte eine Idee für unser Theaterstück, aber vorher wollte er mir seinen Gemüsegarten zeigen, wir zogen los. Die Hütten der Einheimischen waren verstreut im unwegsamen Urwald, da und dort gerodete Hänge, auf denen die Männer riesige Erdhügel aufhäuften, die Frauen pflanzten darauf Süßkartoffeln, ein ebenes Feld würde im Regen stundenlang unter Wasser stehen. Sie steckten Ableger in den Boden, das Aussäen von Samen hatten sie nicht gekannt.

Ein paar Frauen begegneten uns, sie gingen nach vorne gebeugt, trugen Kartoffeln in geflochtenen Tüchern am Rücken. In einem der Tragetücher strampelte ein Baby, die Mutter nahm es heraus, zeigte es mir. Die älteren Frauen trugen Grasröcke aus Bast, die jüngeren selbstgenähte Kleider in prächtigen Farben, sie hatten die neue Mode übernommen, Kleidung zu tragen, obwohl diese in der dampfenden Hitze feucht und in den Regengüssen triefend nass wird. Für die Menschen hier war ich unvorstellbar reich, denn ich hatte Schuhe, Gitarre, Fotoapparat und Motorrad, und gemeinsam mit dem Pater aß ich gekaufte Nahrungsmittel. Den ersten Weißen, die in die Berge gekommen waren, hatten die Einheimischen magische Kräfte zugeschrieben, es war für sie unerklärlich, woher sie all diese wunderbaren Güter hatten, vielleicht waren die Weißen auch Geister, ähnlich den Toten, die ihre schwarze Hautfarbe verlieren und grau werden.

Eine der Frauen redete im Stammesdialekt auf mich ein, ich beherrschte nur ein paar Brocken dieser Sprache, ihr Sohn übersetzte für mich ins Pidginenglisch. Sie bat mich, nach ihrem Mann zu sehen, der hatte sich am Bein verletzt, er liege in der Hütte, jeder

Schritt tue ihm weh. Ich antwortete, natürlich würde ich mir das Bein ansehen, aber wenn er Hilfe brauche, müsse sie den Pater bitten, ihn zur Krankenstation mitzunehmen, jede Woche zweimal fahre er dorthin. Die Frau bedankte sich, mit einem breiten Lächeln streichelte sie meine Hand, führte mich zu der Hütte, in der ihr Mann lag, die Burschen folgten uns.
„Kone mend epesamoo!" „Der weiße Mann kommt!", riefen die Frauen, soviel konnte ich schon verstehen.
Das hohe Schilfdach der runden Hütte dampfte in der Sonne, grobe, gehackte Pfähle rundum trugen das Dach, auch die Außenwand war fensterlos, doppelt ausgeführt und mit Gras gefüllt, so blieb der Raum tagsüber kühl, und in den kalten Nächten reichte die Glut eines kleinen Feuers, die Hütte warm zu halten. Rauchfang gab es keinen, der Rauch stand im Haus, entwich langsam durch das Schilfdach und teerte es im Lauf der Jahre.
Ich musste mich tief bücken, um durch die kleine Tür hineinzuschlüpfen, der Bastvorhang schloss sich hinter mir, ich hockte mich auf den Boden, um meine Augen an die Dunkelheit zu gewöhnen.

Meine Hand stieß gegen den Lichtschalter am Nachtkästchen, die Deckenbeleuchtung ging an und blendete mich, brachte mich zurück in mein Zimmer im Kurzentrum. Ich musste lachen, wie sehr ich eingetaucht war in die Erlebnisse, die mich vor zwanzig Jahren verändert hatten. Ich öffnete das Fenster, Schneeflocken tanzten mir um die Nase. Ich sah nach oben, bezaubert vom lautlosen Schweben der Kristalle, wie damals, als ich heimgekehrt war, wie ein Kind rodeln gegangen war, nach den drei Jahren, die ich nahe dem

Äquator verbrachte hatte. Dort hatte ich erlebt, dass die Zeit still stehen kann, hatte mich von Sonne und Regen berühren lassen, beschenkt, ohne dass ich mich dafür angestrengt hätte.
Ich kramte meinen Projektbericht hervor, der war in der Kirchenzeitung abgedruckt worden.

Es waren meist junge Männer, die meine Angebote nutzten, die meisten von ihnen hatten die sechsklassige Grundschule besucht, dann hätten sie gerne Arbeit gefunden und teilgenommen an der neuen Welt, die da hereingebrochen war in ihre Steinzeitkultur. Die scheinbar grenzenlose Macht der Weltwirtschaft hatte auch die Inseln Melanesiens erfasst, schuf Kaffee- und Bananen-Plantagen, Bodenschätze wurden exportiert, Straßen und Flughäfen gebaut. Viele Jugendliche aus den Bergen hatten ihr Glück bereits in der nächsten Stadt versucht, ein Dorf nach unseren Maßstäben, fünf Autostunden entfernt von ihrem Zuhause, doch da kamen Hunderte Bewerber auf einen Arbeitsplatz. Das traditionelle Stammesleben befriedigte die Jungen nicht mehr, sie waren fasziniert von Gütern, von Kleidern, Autos, Sofortbildkameras, Radios, von Imbissbuden, Werbeplakaten und den Wildwestfilmen im Kino der Stadt.
Unzählige junge Menschen saßen in der Stadt herum, schliefen unter Lastautos, oder bauten sich eine Buschhütte am Rand der Stadt. Manche versuchten irgendwo etwas zu stehlen, ohne dass sie es selbst als Diebstahl betrachteten, im Dorf war es selbstverständlich, dass jeder, der etwas hat, es mit anderen teilt. Wenn einer aus dem Stamm in der Stadt Arbeit und Wohnung fand, lebten gleich zwanzig Verwandte mit

von seinem Gehalt, schliefen in seinem Haus, zogen die Hosen an, die er gerade nicht selbst anhatte.
Der Sprung vom Urwald in das zwanzigste Jahrhundert brachte viel Unruhe, Konflikte, Landflucht und Armut, die das Land zuvor nicht gekannt hatte. Zwei Jahrzehnte vor meinem Entwicklungshilfeeinsatz hatten die Menschen in den unwegsamen Bergen Melanesiens noch keinen Kontakt zur Außenwelt, kannten auch das Meer nicht, das fünfzehn Tagesmärsche durch die Wildnis und etwa dreitausend Höhenmeter tiefer liegt, solch eine Reise wäre undenkbar gewesen, aus Angst vor Feinden und Geistern.
Als Entwicklungshelfer versuchte ich, die Menschen in diesem Umbruch zu begleiten, ich half mit, das Leben in den Dörfern der Berge für Jugendliche attraktiver zu machen, Gemüseanbau für eine reichhaltigere Ernährung und für den Verkauf in die Städte zu fördern. Täglich wanderte ich durch den Urwald, besuchte Familien in ihren Hütten, sprach mit ihnen über den Anbau dieser neuen Feldfrüchte, Karotten, Zwiebel, Erdäpfel, manchmal übernachtete ich auch in einem der traditionellen Männerhäuser. Die Menschen schätzten, dass ich zu ihnen kam, dass ich bereit war, auch durch Schlamm zu waten um sie zu erreichen, und ich bestaunte ihre Kunst, mit dem auszukommen, was die Natur ihnen schenkt. Ich unterrichtete Gitarre, organisierte Ausflüge, unterstützte Jugendliche auf den Missionsstationen Gesprächskreise oder Theatergruppen zu leiten.
Nach unseren Maßstäben war der Erfolg minimal, zumindest das, was die Projektziele betraf, vielleicht hat es den Dorfbewohnern einfach gut getan, einem Weißen zu begegnen, dem es nicht um Profit geht.

Ich selbst habe viel gelernt in diesen Jahren, ich habe erfahren, wie Menschen als Teil der Natur leben und wie Ausbeutung erst Armut schafft. Bedrückt fuhr ich an riesigen Plantagen entlang, die weißen Unternehmern gehörten, das Land hatten sie den Einheimischen für ein Jausen-Geld ‚abgekauft', ich sah, dass auf den besten Böden Exportgüter für unsere Supermärkte angebaut werden, dass dort das Futter produziert wird, das in unseren Tierfabriken verfüttert wird und entschied mich, nur mehr selten Fleisch zu essen.
In den Jahren als Entwicklungshelfer lernte ich, besser mit Menschen zurechtzukommen, die die Welt anders sehen als ich, ich übte, mich einzufügen in die Missionsstation, die mir zunächst so unpassend erschienen war in der Wildnis. Erst nach einem Jahr hatte ich verstanden, dass der Missionar auf seine Weise ein Mitglied des Stammes geworden war, er ermahnte die Jungen, ihre Alten weiterhin zu ehren, auch wenn diese nicht wussten, was in einer Schule gelehrt wird und er half, Streitigkeiten friedlich zu lösen.
Dort in der Südsee gelang es mir, hie und da zur Ruhe zu kommen, einfach dazusitzen wie die Einheimischen, die in der Gewissheit leben, dass alles in der Natur von selbst wächst. Jeder Zweig, den man in die Erde steckt, schlägt Wurzeln und wird zu einem neuen Baum.

Und auf dem Weg in den Urwald begegnete ich der Liebe.
Die Liebe begegnete mir, ohne dass ich etwas dafür hätte tun können, und ich hätte wohl auch nichts dagegen tun können, selbst wenn ich das gewollt hätte. Sie begegnete mir in Wien, im dreimonatigen Vorbereitungskurs für den Einsatz in Übersee. Ein paar Tage

vorher hatte ich mich einer Nasenoperation unterzogen, so trug ich einen Gipsverband im Gesicht. Es schien, als käme ich mit venezianischer Maske zum Eröffnungsabend, etwas verspätet, ich setzte mich, blickte in die Runde und sah sie.

Es waren mehrere attraktive Frauen im Raum, und ich kann nicht sagen, was mich zu der einen hinzog, vielleicht war auch sie es, die mich innerlich rief, ohne dass ich das bemerkte. Der Reihe nach stellten sich alle vor, das Programm für den nächsten Tag wurde besprochen, und als der offizielle Teil des Abends vorbei war, nahm ich meinen Stuhl und setzte mich zu ihr.

„Dort drüben sitzen die Männer, auf dieser Seite die Frauen, wie früher in den Kirchen, diese Ordnung muss ich sofort durchbrechen."

„Gute Idee, ich hab schon darauf gewartet, dass du dich zu mir setzt."

„Siehst du, so einfach ist das, schon bin ich hier. Wieso hast du gewartet?"

„Ich hab mir gedacht, einer, der so frech zu spät kommt, einen Gips auf der Nase, der muss interessant sein, mit dem würd ich gern reden."

„Jetzt bin ich sprachlos, ich glaube, das Reden musst du übernehmen, mir fällt nichts mehr ein."

„Macht nichts, es ist nicht notwendig, dass wir reden."

„Hmm. Wer weiß, ob ich dir gefalle, wenn ich den Gips abnehme."

„Aber ja, du gefällst mir, mit oder ohne Gips."

Das klang nicht nach Flirt. Ich betrachtete ihre zierliche Gestalt, ihr feines Gesicht, die langen schwarzen Haare. Mir gefielen viele Frauen, da war mehr als das, was ich sah. Damals hätte ich es nicht benennen können, mein vermeintlich sicheres Auftreten gegenüber

Frauen kam aus dem Gleichgewicht. Viel später erst wurde mir klar, was mich in diesem Augenblick berührt hatte: Sie hieß mich willkommen, sie bejahte mich.
„Da ist er, der Mann, um den ich gebetet habe, der Mann, den ich lieben werde!", dachte sie.
Anna war in einem kleinen Bergdorf aufgewachsen, so wie mein Vater, ärmlich, bescheiden und sehr religiös. Schon als junges Mädchen hatte sie darum gebetet, dem richtigen Mann zu begegnen und ihn lieben zu dürfen. Hätte sie mir das damals schon erzählt, es hätte mich noch mehr verunsichert.

Ein paar Tage nach dieser ersten Begegnung hatte ich einen Kontrolltermin beim Arzt, er nahm mir den Gipsverband ab, und am Abend kehrte ich mit unverhülltem Gesicht in die Ausbildungsgruppe zurück. Die Kollegen im Kurs kannten mich nur mit Gips vor der Nase, vor dem Eingang standen ein paar beisammen, ich stellte mich zu ihnen, ohne etwas zu sagen. Einer fragte mich: „Suchen Sie etwas?"
„Ich suche Raphael, der macht hier den Vorbereitungskurs, er möchte in den Slums von Wien als Entwicklungshelfer arbeiten."
Alle lachten, an der Stimme erkannten sie mich wieder: „Ja, natürlich, du bist es, ohne Maske bist du ganz neu ... so also siehst du aus!"
Ich suchte Anna. Sie saß im Haus-Café, hatte ihr portugiesisches Vokabelheft vor sich. Ohne etwas zu sagen, setzte ich mich an den Nachbartisch.
„Ich hab genau gewusst, dass du so aussiehst."
Wieder war ich sprachlos. Sie betrachtete mein Gesicht, ich wurde verlegen.

„Gehst' mit mir spazieren?"
„Hab' schon darauf gewartet."
Wir gingen hinaus, ich nahm ihre Hand, überlegte, was ich sagen könnte, mir fiel nichts ein.
„Du brauchst nichts zu sagen, es ist gut, wie es ist."
„He, Anna, kannst du meine Gedanken lesen?"
Sie schüttelte sanft ihren Kopf.
„Wär aber praktisch, wenn du weißt, was ich denke, dann brauch ich nicht zu überlegen, wie ich mich ausdrücken soll!"
Wir betrachteten den Mond, der über die Bäume hinaufstieg, schweigend wie wir, als lächelnde Sichel, die täglich zunehmen würde.
Am nächsten Abend, nach einem intensiven Kurstag, saßen wir wieder im Café, ich legte meinen Arm um Anna, unsere Münder fanden einander, versanken ineinander, unsere Lippen wollten sich nicht voneinander lösen, auch als die Kellnerin hüstelnd vorbeiging, sich laut räusperte. Da forderte sie uns auf, das Lokal zu verlassen.
Es machte mich fröhlich, in Annas Nähe zu sein, und immer wieder war ich erstaunt über die Selbstverständlichkeit, mit der sie mir begegnete. Sie berührte mich tiefer, als ich mir eingestehen wollte, denn ich war mir sicher, in drei Monaten würden wir uns voneinander verabschieden: Anna bereitete sich auf ihren Einsatz in Brasilien vor, und ich war noch weit entfernt davon, etwas zu unternehmen, um mit ihr zusammen zu bleiben, hätte auch nicht über die Lippen gebracht zu sagen: Ich liebe dich.
Ich nahm mir wenig Zeit, mit ihr allein zu sein, ich stürzte mich in die Ausbildung, las, lernte, diskutierte, stellte den Vortragenden überkritische Fragen. Anna

wartete auf mich, auch meine Unsicherheit schien für sie bedeutungslos. Wir sprachen nicht davon, was aus unserer Beziehung werden würde, und da ich nichts dergleichen tat, blieb auch sie bei ihrem Plan, nach Brasilien auszureisen.

Die drei Monate vergingen wie im Flug, der Tag meiner Abreise kam. Es war ein stürmischer Tag Ende Dezember, Anna begleitete mich zum Flughafen.
„Werden wir einander wiedersehen?", fragte ich sie und wusste schon, was sie antworten würde: „Bestimmt!"
„Ich schreibe dir, werfe den Brief in den ersten Briefkasten, sobald ich wieder festen Boden unter den Füßen hab", meine Stimme war belegt.
„Ich freu' mich darauf."
Ich legte meine Hand auf ihre zarte Wange, sie drehte den Kopf ein wenig, küsste meine Hand.
„Bleib noch eine Minute", sagte sie, zog mich noch näher an sich heran.
Ich schloss die Augen, atmete tief, atmete ihre Wärme, atmete ihre Liebe.
Die Minute dauerte eine halbe Stunde, wir wollten nicht aufhören, einander zu halten, zu küssen, einander noch einmal in die Augen zu schauen.
„Du musst gehen", sagte sie.
Ich befahl mir, mich zu lösen, rannte zur Passkontrolle, es war höchste Zeit. Fast hätte ich den Flieger versäumt, die Passagiere für den Flug nach Sidney waren schon dreimal aufgerufen worden, sich zum Gate 23 zu begeben. Als letzter ging ich durch die Sperre. Schneeflocken trieben rund um das Flugzeug, wie in Trance stieg ich ein.

Es dröhnte und pfiff, die Fensterläden schlugen aufeinander, ich schreckte hoch. Der Wind trieb Schneeflocken rund um das Kurhaus. Ich schloss die Fensterläden, legte mich wieder auf das Bett, dachte an den Abschied von Anna, an das Geschenk der Liebe, an den Zufall, der uns wieder zusammenführte. Zufälle bezeichnen das, was uns zufällt, manche sagen, es sei Fügung und habe Bedeutung, oder dass es die Seele sei, die das wählt, was uns im Leben begegnet. Wenn es unsere Seelen waren, die mich und meine Frau zusammengeführt hatten, dann haben sie ganze Arbeit geleistet.

Anna hätte nach Brasilien reisen sollen, und ich hatte mich von ihr verabschiedet. Wir schrieben einander, jeder Brief war etwa zwei Wochen lang unterwegs. Sie schrieb, dass das Visum für die Ausreise nach Brasilien auf sich warten ließ, die brasilianische Bürokratie wollte es Europäern möglichst schwer machen, ins Land zu kommen. Die Koordinatoren des Entwicklungsdienstes baten Anna, noch ein paar Monate zu warten, um die Zeit zu überbrücken, finanzierten sie ihr eine medizinische Zusatzausbildung.
Ich arbeitete schon fünf Monate in meinem Projekt, Pater Imre kam aus der Stadt und brachte einen Luftpostbrief für mich, jede Zeile aus der Heimat war dort ein süßes Geschenk. Ich setzte mich auf die Wiese hinter meiner Hütte, riss den Umschlag auf, mein Puls ging schneller, als ich Annas Schrift erkannte: Das Visum für Brasilien wäre nicht bewilligt worden, mit dem nächsten Flugzeug würde Anna in die Südsee kommen, vielleicht in zwei Wochen schon.
Der Abendhimmel leuchtete violett, alles stand still im

Augenblick, ich hörte nichts mehr, spürte nichts mehr, nur meine Hände, die sich am Brief festhielten.
Das Visum für Brasilien traf in Wien ein, als Anna bereits ein paar Wochen auf „meiner" Südseeinsel war, da war es zu spät für Südamerika. Und auch in Melanesien trugen gescheiterte Projekte dazu bei, dass wir noch näher zueinander kamen. Ich hatte auf einer anderen Insel begonnen, dann war ich versetzt worden, Anna war für ein Projekt gekommen, das dreihundert Kilometer weiter weg gewesen wäre, auch das klappte nicht, und so lagen nur mehr siebzig Kilometer zwischen uns. Die Entfernungen zwischen uns schmolzen dahin.
Ich hatte mir ein geländegängiges Motorrad gekauft, und jedes zweite Wochenende fuhr ich die abenteuerlichen Straßen über einen Bergpass zu ihr, zu meiner Geliebten. In Österreich hätte ich es nicht geschafft, mich für einen gemeinsamen Lebensweg zu entscheiden, noch weniger, Kinder zu wollen, doch in der Wildnis öffnete sich etwas in mir.
Die Entwicklungshilfe war gut für meine Entwicklung. Dort, auf der anderen Seite der Welt lernte ich einer Frau vertrauen. Mehr noch, ich lernte mir selbst zu vertrauen.

Wie jeden Tag in diesen drei Jahren war die Sonne um sechs untergegangen, wir hatten uns an einen mächtigen Baum gelehnt, konnten weit über die Berge sehen, während das magische Spiel der Farben alles Sichtbare in sanftes Licht tauchte. Ich drückte Annas Hand:
„Du, ich will, dass wir zusammen bleiben, du bist die Frau, mit der ich leben will, du bist meine Liebe."

Anna legte ihre Arme um meinen Hals, sie küsste mich auf die Augen, auf die Stirne, auf den Mund.
Sie sagte nichts, ich wusste, sie hatte schon darauf gewartet, dass ich es schaffen würde, mich für sie zu entscheiden.
„Schau, unser Freund, der Mond!"
Rund und voll machte er sich auf seinen Weg.

Psychotherapie

Noch immer stürmte es draußen, die Bäume bogen sich, peitschten wieder zurück, als ob sie sich nicht entscheiden könnten, den Kräften des Windes nachzugeben oder ihnen aufrecht zu trotzen. Ich zog mich warm an, stapfte durch die Kälte. Es war lustvoll, das Knarren der Äste zu hören, den Schnee im Gesicht prickeln zu spüren, mich gegen den Wind zu lehnen. „Anna!" rief ich gegen das Rauschen, „Carmen!"

Das mit Carmen war so völlig anders als das, was ich mit einundzwanzig erlebt hatte. Anna war einfach da gewesen, ohne zu erwarten, dass ich mich bemühte, sie zu erobern. Wenn ich sie am Abend unserer ersten Begegnung gefragt hätte, ob sie mich heiraten wolle, wahrscheinlich hätte sie Ja gesagt. Ich hatte mehr als zwei Jahre gebraucht, um ihr diese Frage zu stellen.

Mein Gesicht brannte, meine Augenbrauen waren vereist, mein Rücken beschwerte sich über die Dauer-Kühlung. Ich rannte zurück in die Wärme des Kurzentrums, in dem ich versorgt wurde, zumindest, was meinen Körper betraf und setzte mich ins Café.

Ein hagerer Mann betrat das Lokal, klopfte sich den Schnee aus dem Mantel, strich sich durch das volle

Haar. Ich sprang auf: „Reinhard, sag bloß, du kommst mich besuchen!"
„Nein, ich besuche die Kellnerin, aber wenn ich schon mal da bin, können wir ja ein bisschen plaudern." Er umarmte mich.
„Bist du extra aus Wien gekommen?"
„Ich hab einen Termin in Innsbruck, da dachte ich mir, du bist ja im wilden Westen verschollen, und hab' mit Anna telefoniert. Sie hat mir erzählt, wie es kriselt bei euch."
„Ich bin dabei meine ganze Geschichte durch zu denken, vielleicht komm ich dadurch ja auch auf einen grünen Zweig."
„Selbst-Therapie im Alleingang?"
„Ich frag' mich, ob das Vorbild meiner Eltern noch immer Macht über mich hat."
„Wie meinst' denn das?"
„Wie mein Vater bin ich nicht fertig geworden mit meinem Bauprojekt, ein paar Ecken im Häuschen sind noch immer Baustelle. Und ich frag' mich, warum ich nicht wegkomme von diesem Bergdorf, trotz der vielen Konflikte."
„Da gibt es einen schönen Spruch: Der erste Schritt zur Lösung besteht oft darin, sich selbst zu lösen."
„Klingt gut ..."
„Das Haus steht doch auf dem Grund von Annas Eltern – vielleicht gehörst du wirklich nicht dorthin."
Ich sah aus dem Fenster, in das Treiben der Schneeflocken im Wind. „Tut weh, aber ich denke, da ist was dran. Hab dir ja erzählt, mein Schwiegervater hat meinen Umbau als Provokation betrachtet, er hat geschimpft, ich würde genau das Gegenteil von dem tun, wie er es machen würde. Meine Schwiegermutter hat

mich immer verehrt, das hat ihn zusätzlich zornig gemacht ...“
„... so wie in deiner Kindheit, mit einem Vater, dem du es nicht recht machen konntest, und einer Mutter, die dich idealisiert hat, zumindest ab einem gewissen Alter.“
Ich nickte stumm.
„So gerne wäre ich mit den Kindern noch einmal für ein paar Jahre in die Südsee ausgereist, aber Anna war strikt dagegen: ‚In drei Jahren kommen wir dann wieder zurück, den Kindern ist Österreich fremd geworden und wir stehen wieder genau da, wo wir jetzt sind. Die Südsee kann unsere Probleme auch nicht lösen’, darauf hab ich auch nichts mehr zu sagen gewusst und wir sind in St. Nikolaus geblieben, bis heute.“
Ich starrte in meine leere Kaffeetasse, schwenkte den letzten Tropfen hin und her ...
„Und jetzt?“ Reinhards Frage holte mich zurück ins Café.
„Der Konflikt hat einen neuen Namen: Carmen.“
„Aber ihr erlaubt einander doch viele Freiheiten, wieso ist das mit Carmen zu einem Drama geworden?“
„Anna wusste, dass ich viel mit einer neuen Kollegin beisammen bin und vermutlich ahnte sie schon, dass es mehr als ein Flirt ist. Ich sagte zu Anna: ‚Ist doch nicht Ernstes. Komm, lass uns am Samstag ausgehen, fahren wir in die Stadt, tanzen.’ Am Samstag dann wartete Anna auf mich, doch ich kam nicht, ich hatte es vergessen, weil ich bei Carmen war.“
„Au!“
„Du sagst es. Anna wollte sich auf der Stelle von mir trennen, das hat dann mich so tief getroffen, dass Anna spürte, wie wichtig sie mir ist. Wir haben uns

versöhnt, aber die Wunde ist geblieben."
„Kann ich mir gut vorstellen. Auch Engel sind verletzbar."
„Ja, aber das ist noch nicht alles. Im Dorf sind heiße Gerüchte über mich und Carmen aufgetaucht, mein Schwiegervater hasst mich dafür."
Reinhard sah mich herausfordernd an: „Sieht so aus, als suchst du Vater-Konflikte ...", ich boxte ihn spielerisch gegen den Oberarm, „... unbewusst natürlich!" fügte er rasch hinzu.
„Danke für deine messerscharfe Diagnose, ist mir immer ein Vergnügen, von dir auseinander genommen zu werden. – Aber vermutlich hast du Recht ... natürlich unbewusst!"
Eine Zeit lang saßen wir schweigend zusammen, dann sagte ich mehr zu mir selbst als zu meinem Freund:
„Die Macht des Unbewussten! Wenn das Leben ein Film ist, dann schreibt das Unbewusste das Drehbuch, es gibt die Szenen vor, in denen wir spielen. Vielleicht handelt mein Film von einem Drehbuchautor, der glaubt, die Geschichte zu erfinden, die im Film dargestellt wird, und mitten im Film holt die Handlung das Drehbuch ein, und der Hauptdarsteller entscheidet tatsächlich mit, wie es weitergeht. Vielleicht bin ich an einem Punkt, an dem mir das Drehbuch erlaubt, selbst zu entscheiden, wie es weitergeht."
„Das wünsche ich dir."
Ich zeigte Reinhard mein Zimmer, wir plauderten über seine Arbeit als Personalberater und diskutierten über den bevorstehenden EU-Beitritt Österreichs. Reinhard sah auf die Uhr:
„Es ist Zeit für mich, ich mach' mich auf den Weg."
„Ich komm' noch mit bis zum Ausgang."

Seite an Seite gingen wir durch den Flur. In der Eingangshalle blieb Reinhard stehen, da war eine dunkle Tür, Gesprächstherapie stand auf einem Metallschild. „So etwas könnte dir helfen, um mit deinem Verliebtsein klar zu kommen ..."
„Die Kunst des Liebens, weißt du noch, wie wir als junge Männer geschwärmt haben von Erich Fromm?"
„Und wie wir diskutiert haben über Fromms Idee, dass Selbstliebe wichtig ist für die Liebe zu anderen."
„... und wie wir uns bemüht haben, Egoismus und Selbstliebe zu unterscheiden!"
„Einmal gingen wir eine Freundin besuchen, ich glaube, es war Susi, unterwegs haben wir über die Liebe geredet. Dann standen wir schon vor ihrer Wohnungstüre und haben nicht angeläutet, weil wir so in unser Gespräch vertieft waren. Wir sind eine halbe Stunde im Stiegenhaus gestanden, dann ist Susi nachschauen gekommen, wer da so lange vor ihrer Tür steht und redet!"
Reinhard lachte: „Wie geht es dir jetzt mit der Kunst des Liebens?"
„Naja, ist halt Stückwerk, meine Liebe ..."
„Auch Stückwerk kann ein Kunstwerk sein."
Ich gab Reinhard die Hand, doch anstatt sie zu drücken, hielt er sie fest:
„Wie lange kennst du Anna schon?"
„Bald zwanzig Jahre."
„Das ist eine lange Zeit. Ich beneide dich darum, ihr habt das gut gemacht ...
Du wirst auch jetzt das Beste aus der Situation machen."
„Danke. Du tust mir gut, mein Freund!"
Ich verzichtete auf das Abendessen, ging auf mein

Zimmer, blätterte in meinem Tagebuch, suchte die Notiz zu meinem ersten Kontakt mit Psychotherapie, damals, als meine beiden Kinder in mein Leben gekommen waren.

Alexandra saß im Bett, die Haare hingen ihr ins Gesicht, neben ihr schlief Hermann, auf der Wange noch einen roten Fleck von der Geburt. Vorsichtig streichelte sie das Neugeborene: „Bebi", sagte sie leise, „'iebes Bebi!"
Es war wunderschön, die beiden zu betrachten, und zugleich machte es mich traurig. Mein Sohn Hermann war zehn Tage alt, nun hatten wir zwei Kinder. „Geschrei und Liebe in Stereo", sagte ich zu Anna. Sie liebkoste Hermann rund um die Uhr, auch in der Nacht reagierte sie auf jeden kleinen Seufzer des Neugeborenen. Er schlug die Augen auf und sie war für ihn da, sie stillte ihn, sooft er bereit war zu trinken. Mir schien das übertrieben, am liebsten hätte ich sie angefahren, sie solle das Kind in Ruhe lassen. Rasch verließ ich den Raum, ging mit Alexandra in die Küche.
„Bebi?" fragte sie.
„Er schläft."
„Bebi!" Sie legte sich auf den Boden und kniff die Augen zusammen, die kleinen Hände legte sie an ihre Wangen. Doch ich war schwermütig ohne zu wissen, warum. Da fiel mir ein, Alexandra zu fotografieren: „Sie spielt schlafen, weil Hermann schläft", würde ich auf die Rückseite des Fotos schreiben. Wieder spürte ich diese Unruhe in mir. Ich nahm Alexandras Fläschchen, bereitete den Kinderbrei, den sie gerne mochte, sah aus dem Fenster, nasse Blätter fielen von den Bäumen, blieben auf der Erde liegen, schwer vom Regen.

„'laschi?" Alexandra zeigte auf die Flasche in meiner Hand, ich wollte ihr das Fläschchen geben, da sah ich, dass es leer war, ich hatte den Brei selbst ausgetrunken, gedankenverloren. Ich machte Alexandra neuen Brei und suchte mir aus dem Telefonbuch die Adresse einer Psychotherapeutin, vereinbarte einen Termin.

Ein paar Woche später war es so weit, neugierig kam ich zum Erstgespräch, die Therapeutin sagte freundlich, ich solle Platz nehmen, sie wollte wissen, welche Probleme ich habe. Ich sagte, ich hätte Alice Miller gelesen, vom Unbewussten, von der Macht vergessener Kindheitserlebnisse, sicher sei da auch Dunkles in mir, ich könne mich kaum an die Kindheit erinnern. Probleme hätte ich keine. Die Therapeutin sah mich erstaunt an: „Keine Probleme im Leben?"
„Nein, alles wunderbar."
„Wenn wir jetzt trotzdem zusammen arbeiten, woran würden Sie später einmal erkennen, dass diese Therapie Sie weitergebracht hat?"
„Ich würde dann sagen, dass ich meinen Kindern ein guter Vater bin. Ich weiß nicht, ob ich meinen Kindern ein guter Vater sein kann."
„Was tut ein guter Vater, oder was tut er nicht?"
„Er verurteilt seine Kinder nicht, auch wenn sie Fehler machen. Und ...", ich zögerte.
„Und ...?" fragte die Therapeutin.
„Und er schlägt seine Kinder nicht."
„Wurden Sie als Kind geschlagen?"
„Ich glaube nicht", sagte ich, doch meine Stimme war seltsam beschlagen, als ich hinzufügte:
„Nicht, soweit ich mich erinnern kann." Ich räusperte mich.

„Vielleicht haben wir da einen wunden Punkt berührt, vielleicht melden sich da ungeweinte Tränen."
„Ich kann das nicht spüren."
„Wenn Sie als Kleinkind geschlagen wurden, kann es sein, dass etwas verhärtet ist in einer Ecke Ihrer Seele. Wie reagieren Sie, wenn Sie wütend sind?"
„Ich bin nie wütend."
„Oh. Da würde ich mal genauer hinschauen."
So fing ich kurz nach der Geburt meines Sohnes an, mit einer Therapeutin über all das nachzudenken, was vielleicht doch nicht so wunderbar war. Bald wurde deutlich, dass ich mit Wut nicht zurechtkam, manchmal explodierte ich, meist aber schluckte ich nur hilflos. Vor allem Anna gegenüber schien ich unfähig zu reagieren, wenn ich mich gekränkt fühlte. Manchmal war es nur eine Kleinigkeit, ein Widerspruch, eine unbedeutende Kritik, die einen empfindsamen Punkt in mir berührte, und ich verstummte.
Wir waren oft gegensätzlicher Meinung, ob die Kinder in unserem Bett schlafen sollten, ob wir ihren Tee zuckern dürften, ob wir auf jeden Laut in der Nacht reagieren müssten. Die unmittelbare Nähe der Schwiegereltern verschärfte die Situation. Wenn ich mich von Anna angegriffen glaubte, war ich wie gelähmt.
Wir saßen in der Küche, beide waren wir gereizt, die Kinder hatten uns mehrmals aufgeweckt in der Nacht, ich analysierte die Bedingungen, die für guten Schlaf von Babys förderlich sind. Am Vorabend hätte Schwiegermutter ihnen übersüßen Kakao gegeben, das tue sicher nicht gut, meinte ich. Anna sagte ärgerlich, ich würde immer alles besser wissen. Was sie denn dagegen habe, wenn ich mitdenke. Ich war gekränkt. Weil alles immer nur nach meinen Vorstellungen

geschehen solle, fuhr sie mich an. Wieder war da diese Lähmung, ich wünschte mir nur das eine: aufzustehen und hinauszugehen. Doch das schaffte ich nicht, alles an mir schien versteinert.
Da ahnte ich, dass es Zorn war, der mich erdrückte, verkleidet als Ohnmacht. Vor mir stand eine leere Tasse. Ich nahm sie und warf sie auf den Boden. Die aufgestaute Wut entlud sich so heftig, dass ich ein Loch in die Bodenfliesen schlug. Anna erschrak, mein Ausbruch erinnerte sie an bedrohliche Szenen ihrer eigenen Kindheit, sie schrie mich an, dass ich ihr habe wehtun wollen.
Ich würde nie einen Gegenstand auf sie werfen, sagte ich, um Himmels willen, nein, ich hatte mich nur abreagieren wollen, zwar unkontrolliert, jedoch bewusst nicht gegen sie gerichtet. Sie glaubte mir, und ich erzählte davon, dass meine Eltern viel zu lange jeden Streit vermieden hatten, und dass ich als Kind bestraft wurde, wenn ich zornig war.
Die Fliese mit dem Loch wollte ich nicht austauschen, ich sah darin ein Zeichen für meinen Weg, mich von Altem zu befreien. Anna stimmte mir zu.

Etwa zwei Jahre lang gönnte ich mir eine Stunde Gesprächs-Therapie alle vierzehn Tage, fast jedes Mal fühlte ich mich lebendiger danach. Ich lernte, mit trübsinnigen Stimmungen besser zurechtkommen und Ärger konstruktiver auszudrücken. Zugleich begann ich meine Arbeit als Lehrer in Frage zu stellen, organisierte Diskussionsrunden im Lehrkörper, und um mich weiter zu bilden fuhr ich von einem Workshop zum nächsten. Wenn ich daheim war, teilte ich mir die Arbeit für die Kinder und im Haushalt mit Anna.

Alexandra und Hermann versorgte ich wie eine Mutter, es fiel mir schwer, Nein zu sagen oder ihnen etwas abzuverlangen. Ich sah nur die Wünsche der Kinder, versuchte, ihnen Schwierigkeiten aus dem Weg zu räumen. Zu anderen Kindern konnte ich streng sein, zu meinen eigenen nicht, immer wieder fühlte ich mich mit den Kindern überfordert, mehr väterliche Standfestigkeit hätte uns allen gut getan.

Anna und ich, wir waren nicht viel beisammen in diesen Jahren, denn so wie ich ging sie ihre Wege. Die Schwiegereltern liebten es, für unsere Kinder zu sorgen, wir konnten sie ihnen jederzeit übergeben. Auch Anna machte sich daran, ihre Kindheit aufzuarbeiten. Eine Freundin lud sie ein, gemeinsam mit ihr ein fünftägiges Selbsterfahrungsseminar in Innsbruck zu besuchen, der Trainer, Wolfram, sei ein wahrer Meister, seine Methoden spannend und herausfordernd. Anna kam voll Energie von diesem Seminar zurück.
„Hallo, mein selbsterfahrener Schatz, wie war's?"
Sie küsste mich innig: „Toll, ich fühl' mich wie neu geboren."
„Klingt gut, ich freu mich für dich. War das Seminar so abwechslungsreich wie angekündigt?"
„Ja, das hätte dir gefallen. Wir haben getanzt und Theater gespielt, in einer Aggressionsübung haben wir einander angeschrien, bis wir heiser waren, danach sind wir einander um den Hals gefallen, du glaubst nicht, was da frei wird, wenn man sich einmal hemmungslos zu schreien traut."
„Ist ja irre, kann ich mir gar nicht vorstellen bei dir. Muss ich mich jetzt fürchten?"
„Keine Angst, ich hab da etwas Verstecktes rausgelassen,

jetzt bin ich wieder ganz normal, nur fröhlicher."
„Ich hatte schon Sorge, dass wir ab jetzt schreien müssen, bevor wir einander lieben."
„Nein", lachte sie, „aber wir könnten das ja mal probieren, wenn niemand im Haus ist."
„Bin sofort dabei. Muss ich noch etwas lernen, um mit dir zärtlich zu sein?"
Anna schüttelte den Kopf. „Mir ist etwas bewusst geworden beim Seminar: Ich glaube, dass dir Zärtlichkeit rasch zu viel wird. Ich könnte stundenlang mit dir im Bett verbringen, aber du hast jedes Mal etwas zu tun. Wir sind eigentlich immer nur kurz beisammen." Ich schluckte.
Nach einer Pause erzählte sie weiter: „Wolfram hat uns aufgefordert, alles in Frage zu stellen, Grenzen zu überscheiten, Neues auszuprobieren. Am Abend dann hat sich ein anderer Teilnehmer um mich bemüht, wir hatten echt Spaß, miteinander zu flirten ..."
Rasch unterbrach ich sie: „Keine Details, bitte, davon möchte ich nichts wissen! Hast mir ein Programm von diesem Wolfram mitgenommen?"
„Okay, okay", Anna stand auf und holte die Broschüre.

Noch am selben Tag meldete ich mich zu einer zweijährigen Selbstfindungsgruppe an. Wolfram war kein Psychotherapeut, doch das beachtete ich nicht. Für das Einführungsseminar hatte er eine Alm in der Nähe von Innsbruck gewählt, schwungvoll betrat ich das Haus. Föhnwind pfiff um die Dachbalken, trieb Wolken über den Himmel, mal leuchtete die Sonne durch die kleinen Fenster, dann wieder war es düster und die fahle Beleuchtung im Raum kämpfte an gegen den Schein, der von draußen kam.

Der Seminarraum war mit Fleckerl-Teppichen ausgelegt, fünfundzwanzig große Kissen waren im Kreis angeordnet, der Trainer gab mir die Hand: „Wolfram. Schön, dass du da bist.“

„Das find' ich auch“, ich ließ mich auf ein Kissen fallen, sah gespannt in die Runde der Frauen und Männer in Jogginganzügen. Manche wirkten unruhig, blickten zum Wechselspiel des Lichts in den Fenstern, andere erwiderten mein Lächeln, niemand sprach. Ich, schon ein paar Jahre über dreißig, war einer der Ältesten.

Wolfram sagte, es ginge darum, sich voll und ganz einzulassen auf den Prozess, in Körperübungen über die eigenen Grenzen zu gehen, sich in wildem Tanz zu verausgaben, Rückmeldungen ungeschminkt auszusprechen und sich auch härtester Kritik zu stellen. Genau das Richtige für mich, dachte ich.

Wir sollten uns gleich bei der ersten Übung auf eine ungewöhnliche Erfahrung einlassen: wir bildeten Paare und ohne jede Vorbereitung sollte jede Person drei Stunden lang ohne Unterbrechung über sich sprechen, offen, ungefiltert. Wenn die Erzählung stockte, dann sollte die gegenüber sitzende Person hartnäckig nachfragen: „Wer bist du? Sag mir, wer du bist?“ Es wäre wichtig, im Fluss zu bleiben, wir würden sehen, dass wir dabei Schicht für Schicht tiefer kämen, auch Phantasien und Ahnungen über uns selbst sollten wir aussprechen.

So saß ich einer hübschen Frau gegenüber, Uschi, ein bisschen jünger als ich, gerne wollte ich beginnen, ihr war das recht. Nach etwa zwei Stunden hatte ich meine Lebensgeschichte erzählt und stockte.

„Wer bist du?“ hakte meine Partnerin nach.

„Ich bin einer, der manchmal schwermütig ist, einer,

der sich bemüht mit Aggression zurechtzukommen, einer, der unverschämt viel Glück hatte im Leben ..."
Tränen schossen mir in die Augen, es war wie in der Psychotherapie: „einer, der immer wieder an sich selbst zweifelt, einer, der auf der Suche ist ohne genau zu wissen, wonach ..."
Als die drei Stunden vorbei waren, hätte ich noch weitersprechen können. Ich dankte meiner Partnerin, sah mich um. Einige in der Gruppe schnäuzten sich, andere wirkten erschöpft, eine Frau zitterte, der Leiter sprach leise auf sie ein und verkündete eine halbe Stunde Pause.
„Wer bist du?" fragte ich Uschi beim Hinausgehen.
Sie lachte: „Das wirst du gleich erfahren, genauer als du es wissen willst!"
Zunächst fand ich es spannend, so viel Persönliches von einer Fremden zu erfahren, doch bald konnte ich nicht mehr zuhören. Ich hörte zwar, dass sie sprach, doch ihre Worte erreichten mich nicht, das meiste von dem, was sie sagte, zog an mir vorbei.
Im Kreis dann gab es Gelegenheit, über die Erfahrung zu sprechen. Ich erzählte, dass ich nicht mehr aufmerksam gewesen wäre. Wolfram antwortete, ich solle üben, Frauen zuzuhören, sicher hätte ich schon als Kind gelernt, innerlich abzuschalten, um mich zu schützen.

Am nächsten Tag ging es darum, zwanzig Minuten lang schreiend auf ein Kissen einzuboxen. Wolfram ermahnte uns, innere Widerstände zu überwinden und hundert Prozent zu geben, Gefühle aus dem Unbewussten zu befreien, Gefühlsblockaden aufzulösen. Wer Wut unterdrückt halte, würde auch Liebe einengen.

Mit aller Kraft schlug ich auf das Kissen ein und spürte tatsächlich Wut aufflammen, es war die Wut eines Kindes, das zornig aufschreit, kurz flackerten die Gesichter meiner Eltern vor mir auf. Rasch ging diese Regung vorbei und dann war es für mich Ausdauertraining, ohne dass ich Gefühle wahrgenommen hätte. Einfach durchzuhalten, das war meine Disziplin.

Einmal im Monat trafen wir einander zu einem Übungswochenende, jedes Mal erwarteten uns ungewöhnliche Erfahrungen. Wir übten verrückt zu spielen, zu tanzen, zu toben, einander zu massieren und wir wurden aufgefordert uns auf alles einzulassen, was da in uns hoch kam. Manche Körperübungen waren wie Leistungssport, ich sah mich als Spitzenathlet der Selbstfindungsgruppe. Der Trainer lobte mich und forderte mich auf, weiterhin mein Bestes zu geben. Ich war begeistert von Wolframs Leitung und merkte nicht, wie sehr er dabei dem Vater in meinen ersten Lebensjahren ähnelte. Von manchen wurde Wolfram wie ein Guru verehrt.

Vermutlich taten die fordernden Übungen nicht allen gut, mehrmals schien jemand nahe dem Zusammenbruch, doch es war undenkbar nicht mitzumachen. Immer wieder begann jemand heftig zu schluchzen, Männer wie Frauen, manche spürten eine ungewohnte Kraft in sich, andere schienen verloren. Zwischendurch gab es Belehrungen, der Meister sprach eindrucksvoll, in ausgefeilter Rhetorik, ein bisschen so, als würde er predigen. Auch über Wertvorstellungen und freie Liebe erzählte er. Gerade im Bereich der Sexualität wäre es wichtig, Grenzen zu überschreiten, das erlernte Schamgefühl zu überwinden. Wir sollten möglichst viel Kleidung ablegen und über intime Erfahrungen sprechen. In solchen Grenzerfahrungen könnten wir Selbstsicherheit üben und zeigen, dass wir bereit wären, an uns zu arbeiten.

Nackt stand ich vor der Gruppe und erzählte über die Beziehung zu meinem Körper, über sexuelle Fantasien und Schuldgefühle. Ich genoss es, mich so mutig zu zeigen, doch als dann Frauen über sich erzählten, erst zögerlich, doch dann selbstbewusst über ihre Weiblichkeit und Sinnlichkeit sprachen, da dachte ich mir, dass ich Sexualität wohl eher oberflächlich erlebte. Zugleich stieg etwas Dunkles in mir auf, vielleicht war es Angst, ich hätte es nicht benennen können. Solch einem unbestimmten Empfinden nachzugehen, dafür war keine Zeit vorgesehen, in einer Pause fragte ich Wolfram um seine Deutung. Ich solle mir erst mal selbst Gedanken machen über meine Gefühle, meinte er. Ich antwortete, ich hätte Erfahrung mit Psychotherapie, es brauche mehr Zeit um über das Erlebte zu sprechen, auch die Größe der Gruppe fände ich unpassend für diese intensive Arbeit.

Als wir wieder in der Gruppe beisammen saßen, sagte Wolfram, manche würden sich einbilden, sie wüssten besser als er, wie er uns zu leiten hätte. Dann sah er mich an und sagte, es gäbe auch ‚Wölfe im Schafspelz'. So bezeichnet die Bibel verlogene Verführer, ich ballte die Fäuste, doch ich blieb stumm, wieder war ich gelähmt vor Wut.

In den restlichen Seminaren ging ich dem ‚Meister' aus dem Weg und als die zwei Jahre vorbei waren, schrieb ich ihm einen vorwurfsvollen Brief, listete auf, was ich schlimm gefunden hatte und worin er mir wehgetan hatte. Er schrieb zurück, er sei nicht bereit, sich auf diesen Stil einzulassen, er wolle keinen Kontakt mehr mit mir. So beendete ich diese Erfahrung im Konflikt mit einer neuen Vaterfigur.

In dieser Gruppe hatte ich mich an einer Grausamkeit beteiligt. Schlimmes passiert oft gerade dort, wo Menschen glauben, einem Führer folgen zu müssen. Nach dem ersten halben Jahr hieß es, wir sollten die von uns benennen, die im Widerstand wären, die sich nicht richtig einließen auf die Selbstfindungsarbeit. Sechs Personen von vierundzwanzig, ein Viertel der Gruppe, wurde in diesem Sinne angeklagt. Die anderen achtzehn, die vermeintlich Motivierten, bekamen den Auftrag, für die sechs fraglichen Gruppenmitglieder je ein Ritual zu erfinden, in dem diese zeigen konnten, dass sie ernsthaft mitmachen und weiterhin zur Gruppe gehören wollten.

Als Erstes ging es um Chris, er verließ den Raum und wir sprachen uns ab. Ich schlug vor, Chris aufzufordern, uns seine Motivation zu erklären, und wir würden ihm in allem widersprechen, das müsse er ein paar Minuten lang ertragen.

Die anderen waren einverstanden, der Leiter lobte die gute Idee, ich holte Chris herein und erklärte ihm, er müsse uns von seiner Motivation überzeugen. Dass wir ihm in allem widersprechen würden, wusste er nicht. Wie ein Prüfling stand er vor uns, er war mir sympathisch, ich mochte ihn. Kaum hatte er begründet, warum er sich auf den Selbsterfahrungsprozess einlassen und ernsthaft mitmachen wolle, widersprachen wir ihm heftig. Unser Widerspruch traf ihn, er gab zu, manchmal auch zu zweifeln. Auch da widersprachen wir ihm, so hatten wir es ja vereinbart, und als Chris erfreut sagte, ja, natürlich, er wolle ja gerne, antworteten wir noch einmal, das könne nicht stimmen, er zeige sich nicht wirklich motiviert. Das war ihm zu viel, er wusste nichts mehr zu sagen. Etwas verkrampfte sich in mir, mir dämmerte, welch böse Übung ich vorgeschlagen hatte, so macht man Menschen verrückt, treibt sie in den Wahnsinn.

Der Meister fragte Chris, wie er sich fühle. Er wolle gehen, meinte er leise, da schickte ihn der Leiter heim. Chris verließ den Raum, wir sahen ihm nach, keiner aus der Gruppe sagte ein Wort, wir vertrauten dem Meister. Ich war der einzige in der Gruppe, der dem gescheiterten Prüfling nachlief, sich zu verabschieden, er war schon beim Packen.

Tagelang fühlte ich mich wie verwundet, doch ich schaffte es damals noch nicht, den Sinn solcher ‚Gruppenspiele' zu hinterfragen, den Widersinn zu erkennen, Menschen, die sich auf Selbsterfahrung einlassen, zu verletzen und anstatt heilsam und unterstützend zu sein, sie mitten in einer Schwäche auszuschließen.

Auch eine andere Teilnehmerin bestand ihr Ritual nicht, doch sie bettelte, dableiben zu dürfen, es dreht mir den Magen um, wenn ich daran denke. Die anderen „Prüflinge" bestanden zwar – die Übungen für sie waren nicht so schlimm wie die, die ich angeführt hatte –, doch auch sie verließen die Gruppe nach diesem Seminar. Vielleicht war es die Erfahrung, als unwillig bloßgestellt und vor allen geprüft zu werden, die sie veranlasst hatte, zu gehen. Der Leiter sprach von einem Selbstreinigungsprozess der Gruppe, ein Wort, das mich heute an Faschismus erinnert, damals war ich blind dafür.

Im Auftrag eines Führers hatte ich einen Kameraden angegriffen, in voller Härte. Ich wäre gerne kritisch gegen Mächtige, doch in dieser Gruppe erkenne ich mich als Mitläufer. Wie ein Soldat, der gehorcht und an Verweigerern in den eigenen Reihen das Urteil vollstreckt. Doch nichts von all dem war mir damals bewusst.

Diese Jahre waren für mich auch wie eine zweite Pubertät. Ich kam beschwipst zu einer Fortbildung, ich begann Erotik freier zu genießen, versuchte mit fast jeder Frau, die mir gefiel, zu flirten, oder ich verbrachte eine Nacht bei Freunden, wie ein sorgloser Junggeselle.
Am Ende eines Yogakurses sprach ich Martina an, eine sportliche Frau, mehrmals hatten wir einander zwischen den Übungen zugelächelt.
„Hallo Matratzen-Nachbarin, du bist ja äußerst gelenkig!"
„Ja, macht Spaß, ich hab auch schon mal früher Yoga gemacht."
„Mit der Weichheit von Frauen können wir Männer sowieso nie mithalten."
Sie lächelte mich an, ich hob die Hände:
„Wenn du mir so in die Augen schaust, bin ich dir ausgeliefert!"
„Du warst es doch, der immer wieder meinen Blick gesucht hat."
„Meine Augen wandern ganz von selbst dorthin, wo es am Schönsten ist, da bin ich völlig machtlos dagegen."
Ich tat, als wäre ich hilflos: „Was hast jetzt vor mit mir?"
„Du tust ja so, als wäre ich eine Hexe!"
„Das ist es! Ich wusste, da ist Magie im Spiel ...
Aber vielleicht ist es besser, wir gehen einfach nur was trinken mitsammen."

„Ja, warum nicht." Wir machten uns auf den Weg.
„Raphael, du hast in der Vorstellungsrunde gesagt, dass du ‚wohltuend' verheiratet bist. –
Und jetzt flirtest du mit mir?"
„Ja, es geht uns gut in der Beziehung, mir und Anna. Und wir erlauben einander, mit anderen zu flirten."
„Interessant! Erzählt ihr einander davon?"
„Das haben wir anfangs versucht, aber es hat uns nicht gut getan."
„Kann ich mir vorstellen. Ich würde das nicht wollen, dass mein Mann andere Frauen anschaut, so wie du."
„Ich denke, das ist das Dilemma einer langjährigen Beziehung: Wenn wir uns erlauben, Erotik mit anderen zu genießen, ist das gefährlich, aber wenn wir uns unsere erotischen Wünsche anderen gegenüber verbieten, tut das auch nicht gut, und vielleicht brechen diese Wünsche dann irgendwann erst recht unkontrolliert hervor ...
Da schau ich lieber gleich einer gefährlichen Frau wie dir in die Augen."
„Du bist aber nicht weniger gefährlich, wie du 'rangehst."
„Nicht wirklich, ich würde mich auf keine Außenbeziehung einlassen, aber dir in die Augen zu schauen – und so, da kann ich nicht widerstehen."
„Na, dann hätten wir das schon mal geklärt. – Fragt sich nur, was ‚und so' bedeutet."
„Keine Ahnung." Wieder sah ich sie hilflos an: „Ich glaube, das müssen wir gemeinsam herausfinden."
„Du bist ein echt verrückter Typ."
„Danke für das Kompliment, ich geb' mir auch alle Mühe, nicht normal zu sein."
„Sieht ganz so aus!"

So wie andere Frauen, denen ich begegnete, schien mir, dass es Martina genoss, sich ein bisschen auf mich einzulassen, vielleicht war es ihr ganz recht, dass ich verheiratet war und nicht daran dachte, eine ernsthafte Beziehung mit ihr zu beginnen.

Kurz nachdem ich die zweijährige Selbstfindungsgruppe beendet hatte, las ich ein Buch über den ‚Klartraum'. Wir könnten üben im Traum zu erkennen, dass wir träumen – so hieß es – und dieses bewusste Träumen sei eine spannende Möglichkeit, direkt mit dem Unbewussten in Kontakt zu treten. Um diesen faszinierenden Zustand zu erreichen, müsse man sich beim Schlafengehen immer wieder vorsagen: „Ich weiß, dass ich träume."

Das tat ich, und so wurde mir im Traum bewusst, dass ich träumte. Es war ein überwältigendes Gefühl von Freiheit, und sofort wünschte ich mir zu fliegen. Als das gelang, probierte ich durch eine Mauer zu gehen. In der Mauer war es dunkel, ich spürte den Widerstand der Ziegelsteine, mit einem Ruck trat ich auf der anderen Seite heraus und vor lauter Aufregung wachte ich auf. Da nahm ich mir vor, sollte ich wieder klarträumen, nach meinem wahren Wesen zu fragen. Tatsächlich träumte ich noch einmal bewusst, sofort wollte ich fliegen, flog in faszinierend klarem Licht über Baumwipfel hinweg, unter mir ein kleiner dunkler See. Da fiel mir mein Vorsatz ein, und ich rief laut über den ganzen Himmel hinweg: „Was ist mein wahres Wesen?"

In diesem Augenblick tauchte ich in den See und gemeinsam mit einem großen Haifisch-Delfin wieder auf. „Du bist mein wahres Wesen?" fragte ich das Tier, „was hat das zu bedeuten?"

„Ich bin faul und gefräßig!", war die Antwort, und ich wachte auf.
Ich lachte, als ich den Traum aufzuschreiben begann, ich war gewohnt mich als fleißig und diszipliniert zu sehen, mit hohen Ansprüchen an mich selbst.
Genau das Gegenteil davon war da im Traum-See aufgetaucht.

Unterwegs

Das Feuer im Küchenofen wollte nicht recht brennen. Da und dort knisterte und loderte es, durch die Herdplatte drang Rauch, ich musste die Fenster öffnen. Die feuchtkalte Luft im Kamin ließ den Rauch nicht abziehen, der Zug war blockiert.
Es war erst fünf Uhr früh, ein Märztag mit ungewissem Wetter, ich war nicht mehr eingeschlafen nach meinem Traum. Ich hatte noch zwei Stunden, bevor ich die Kinder wecken und mit ihnen frühstücken würde, seit einem halben Jahr ging nun auch Hermann zur Schule. Anna hatte Nachtdienst, sie arbeitete wieder als Hebamme, zwanzig Wochenstunden.
Endlich hatte sich das Feuer gegen die Kälte im Kamin durchgesetzt, ich konnte die beiden Fenster schließen, alte Doppelfenster, schmale Sprossen hielten die Gläser zusammen, tagelang hatte ich sie geschliffen, ausgebessert, gestrichen.
Ich hüllte mich in eine Decke, blätterte in meinen Aufzeichnungen aus der Selbsterfahrungsgruppe. Den Kopf stützte ich in die Linke, wie von selbst begannen meine Finger, mir die Stirne zu massieren, so als wollten sie die Dinge zurechtrücken da drinnen.

„Ich bin faul und gefräßig“, das war das Gegenteil dessen, wie ich mich in dieser Gruppe gezeigt hatte, dort hatte es keinen Platz gegeben für Faulheit. Ich klappte mein Tagebuch zu. Hinten drinnen steckte noch der einzeilige Brief des „Meisters“, in dem er auf meine Kritik geantwortet hatte, er wolle sich darauf nicht einlassen. Ich betrachtete das Loch in der Bodenfliese, mir fielen seine Worte ein, nichtgelebte Aggression sei die häufigste Ursache für Krankheiten.
Ich warf den Brief in den Ofen, sah zu, wie sich das Papier braun färbte, aufloderte und als Asche auf den Holzscheiten weitertanzte. „Gar nicht so leicht, so etwas weg zu bekommen“, murmelte ich. Wolframs Ablehnung war wie ein Schlag in den Bauch, doch dahinter spürte ich Zurückweisungen meines Vaters.

Ich setzte mich an den Tisch und begann einen Brief an meinen Vater. „Grüß Dich Vater, Du Vater meiner Kindheit!“
Ich starrte ins Leere. Ich würde ihm den Brief nicht schicken, ich wollte nur für mich selbst auszudrücken, was ich erkannt hatte, welche Gefühle in mir waren, mein alter Vater würde mich nicht verstehen.
Ich schrieb, dass es mir weh tat, dass er seine Enkelkinder nicht in den Arm nahm, sie nicht auf seinen Schoß setzte, dass er ihr ungezwungenes Spiel misstrauisch beobachtete und den Kopf schüttelte über die Freiheiten, die Anna und ich den Kindern gaben. Ich schrieb über das, was ich mir als Kind gewünscht hätte, über seine abwertenden Worte, über seine immerwährende Forderung, mich mehr anzustrengen, nie war das, was ich geleistet hatte, gut genug für ihn. Ich sei wütend darüber, dass er sich in seine Arbeit

verdrückt hatte, sich in Sucht verloren hatte. Auf meinem Weg, ein Mann zu werden, hätten mich nur seine Ansprüche und seine Vorwurfe begleitet, er selbst wäre für mich zu einem Gespenst geworden. Noch immer würde ich Autoritäten nachlaufen, um ein bisschen Anerkennung zu bekommen. „Ich hasse es, noch immer nach Deiner Liebe zu suchen.“

Ich wischte mir Tränen aus den Augen, wusste nicht, was tun mit meinem Brief, steckte ihn in die Hosentasche. Es war fast sieben, ich ging vor das Haus, sprang ein bisschen herum, dann schlich ich ins Schlafzimmer, beide Kinder schliefen friedlich. Ich streichelte Alexandra, flüsterte ihr ins Ohr: „Hallo, mein Schatz, Zeit zum Aufstehen!“ Sofort saß sie kerzengerade im Bett: „Schule!“ sagte sie begeistert und sprang aus den Federn.

Hermann brauchte etwas länger zum Aufstehen.

Auf dem Weg zur Schule kam ich auf die Idee, den Brief, den ich an Vater geschrieben hatte, Mutter zu schicken. Sie wohnte damals schon im Altersheim, interessierte sich für meine Selbsterfahrung, immer wieder hatte sie mich gefragt, was ich dort erlebt hatte, viel hatte ich ihr nicht erzählt. Rasch schrieb ich ihr ein paar Zeilen: in diesem fiktiven Brief an Vater könne sie lesen, was in mir vorging, mit Vater könne ich darüber ja nicht sprechen. Am Abend warf ich das Schreiben in den Briefkasten, meine Gefühle für Vater waren unterwegs zu Mutter.

Ein paar Tage danach läutete das Telefon, ich nahm ab, hörte noch, wie Mutter sich bei der Pflegerin bedankte, die für sie gewählt und ihr den Kopfhörer des Telefons aufgesetzt hatte. Mutter sagte, der Brief habe

sie erschüttert, auch ihr wäre es oft ähnlich gegangen mit Vater. Sie habe darin ganz deutlich meine Sehnsucht nach seiner Liebe gespürt, so habe sie Vater den Brief gegeben, als er sie besucht hatte.
„Du meine Güte", antwortete ich, „hat er ihn gelesen?"
„Ja, aber leider hat er den Brief falsch verstanden."
„Was soll das heißen?"
„Naja, er hat gesagt, er will dich nicht mehr sehen. Aber natürlich meint er das nicht so, du kennst ihn ja."
Ich wusste nicht, was ich sagen sollte, wusste nicht, ob ich Vater sehen wollte, da war etwas taub in mir. Ein paar Tage später rief ich Vater an, sagte, der Brief wäre nicht für ihn bestimmt gewesen, eine Art literarisches Experiment als Ausdruck von kindlichen Gefühlen, er solle meine Sätze nicht wörtlich nehmen.
„Tüt, tüt, tüt", war die Antwort, Vater hatte aufgelegt. Auch Recht, dachte ich.

Ein paar Monate lang hatte ich keinen Kontakt mit Vater, erst als ich Reinhard davon erzählte und er mich fragte, ob ich damit zufrieden sei, merkte ich, dass mir das weh tat, dass ich das so nicht wollte. Er sah mich nachdenklich an: „Man könnte meinen, die gute Absicht deiner Mutter hätte sich zwischen dich und deinen Vater gedrängt." Ich kniff die Augen zusammen, der Gedanke lief wie ein kalter Schauer meinen Rücken hinunter.
„Unbewusst", sagte ich schließlich.
„Klar, Mutter wollte immer dein Bestes."
„Eine unangenehme Vorstellung, sie hätte mein Bestes haben wollen."
Ich schüttelte das Bild ab: „Morgen gehe ich Vater besuchen."

Ohne vorher anzurufen fuhr ich hin. Langsam ging ich die Straße entlang, schon von weitem sah ich, dass Vaters Auto vor dem Haus stand, er würde wohl da sein, ich läutete.
Mit finsterer Miene öffnete Vater mir die Türe, seine schütteren Haare waren noch weißer geworden, das Gesicht ein wenig grau. Er sagte, er wundere sich, dass ich hierher käme, Mutter sei doch im Altersheim, selten würde sie jemand herbringen ins Haus, er sei allein.
„Ich bin schon bei ihr gewesen, ich komme dich besuchen, dich, meinen Vater."
„Aha", antwortete er tonlos, ging ins Wohnzimmer, setzte sich an seinen Schreibtisch, halb abgewandt.
„Ich soll dich von Mutter grüßen, sie fragt, ob du morgen mit ihr in die Kirche gehst."
„Natürlich geh ich mit ihr in die Kirche, was soll die Frage?"
„Schon okay, sie hat eben gefragt." Ich wollte zur Sache kommen, doch ich wusste, ich konnte den Brief, der ihn so schwer getroffen hatte, nicht erklären.
„Du Vater", fing ich an, „ich will mich mit dir versöhnen. Du bist mir wichtig, ich mag dich!"
„Was?", fragte Vater und schaute mich an, als hätte er falsch gehört.
„Ich mag dich", sagte ich noch einmal.
Da schaute Vater weg, ein paar Minuten lang schwiegen wir. Dann fragte er, wann mein Zug ginge. Da wusste ich, er wollte mich zum Zug bringen, und wusste, das war die Versöhnung, mehr war uns nicht möglich.
Er sagte, ich könne mir einen Tee machen, mir etwas zu essen nehmen, er selbst wolle nichts. Als ich ein Butterbrot gegessen hatte, nahm Vater seine Krücke,

hinkte zu seinem Auto, das er behindertengerecht ausstatten hatte lassen, brachte mich zum Zug. Als ich am Westbahnhof ausstieg, sah er mir noch einmal in die Augen: „Mach's gut!" sagte er.
Von diesem Tag an war es mir wichtiger, Vater zu besuchen als Mutter. Bald hörte Vater auf, sich darüber zu wundern, dass ich zuerst zu ihm kam und dann erst zu Mutter ging, doch ich merkte, wie es ihn freute.
Jahrzehntelang war ich meiner Mutter nahe gewesen und Vater war abseits geblieben, nun setzte ich mich zu ihm. Vater fragte mich: „Willst einen Tee?"
Mir war klar, er wollte ein Bier mit mir trinken, dann saßen wir stumm beieinander.
„Danke für deinen Besuch", sagte Vater. Vater bedankte sich? Das war etwas Neues.

Die zweijährige Selbstfindungsgruppe war schon ein Jahr vorbei, noch immer beschäftigte mich, was ich dort erlebt hatte. Ich suchte nach Unterstützung und kehrte zu meiner Gesprächstherapeutin zurück, erzählte von den Übungen in Wolframs Gruppe. Da habe ich mich auf höchst Bedenkliches eingelassen hatte, solch fordernde Methoden könnten bei Menschen, die dafür anfällig wären, eine Psychose auslösen. Die Therapeutin lud mich zu einer einwöchigen Selbsterfahrungsgruppe, die sie gemeinsam mit einem Kollegen leitete. Niemand müsse sich dort verausgaben, das Letzte geben, Widerstände überwinden. Zögernd sagte ich zu.
Zwölf Personen und zwei Therapeuten begegneten einander respektvoll und herzlich. Wer ein Anliegen hatte, brachte es ein, und wenn es den Leitenden passend erschien, schlugen sie vor, das Erzählte in einem

Rollenspiel zu verdeutlichen. Immer wurden wir höflich gefragt, ob wir mitmachen wollten.
Den dritten Seminartag begannen wir mit beschwingtem Tanz, warfen Arme, und, so gut es ging, auch die Beine in die Luft. Ich sprang zwischen den anderen Gruppenmitgliedern hin und her, lachte sie an, imitierte und übertrieb ihre Bewegungen. Da überkam es mich, auf Frauen zuzuspringen, als wollte ich sie erschrecken und dann davon zu rennen wie ein Kind. Die Leiterin schaltete die Musik aus:
„So, jetzt setzen wir uns im Kreis zusammen und ihr erzählt, wie es euch geht."
Ich hatte Lust zu widersprechen: „Ich will mich aber nicht hinsetzen und brav zuhören!"
Sie meinte, meine Haare stünden mir zu Berge wie die Hörner eines Teufels, scherzhaft streng, doch da traf sie etwas in mir. Mir wurde heiß und ich sagte, nun im Ernst: „So wie du mich gerade zurechtgewiesen hast, ist mir danach, abzuhauen, da will ich tatsächlich nicht mehr mitmachen."
Da meinte sie, ich solle mich zusammenreißen. Einige in der Gruppe waren erstaunt, diese Strenge passte nicht zur Arbeitsweise der Leiterin. Die Strenge, die sie da plötzlich zeigte, die passte zu mir.
Der Therapeut fragte mich:
„Wenn du jetzt nicht gehst, was könntest du tun, das diesem Impuls am ehesten entspricht?"
„Mir wäre danach, mich hinter dir zu verstecken und die Leiterin zu beschimpfen."
„Wenn du willst, kannst du es ausprobieren ...
Aber du kannst dich auch einfach hinter mich hocken und sagen, wie das für dich ist."
Ich setzte mich hinter ihn: „Jetzt bist du mein Vati, du

beschützt mich vor Mutti, die mich schlagen will."
„Wo war dein Vati damals, als du klein warst?"
„Er hat immer gearbeitet. Und immer hat er gesagt, ich soll Mutti folgen."
„Also beide Eltern waren streng, aber Mutti hat dir auch körperlich wehgetan?"
„Ja, so war das damals."
„Du bist vorhin im Tanz auf Frauen zugesprungen und dann rasch von ihnen weggelaufen. Kennst du das auch aus deinem Leben?"
„Weiß nicht, ... vielleicht ist es ein Bild für das Flirten? ... ich versuche Frauen zu gewinnen, dann bin ich wieder weg ..."
„Was hast du davon, wenn du Frauen gewinnst, ... wenn du gewinnst?"
„Hm, ich glaube, dann bin ich der Starke, und die Frau kann mir nicht gefährlich werden ..."
„... so wie deine übermächtige Mutter."
Tränen stiegen mir hoch, der Therapeut legte mir seine Hand auf den Rücken.
„Jetzt bist du erwachsen", sagte er langsam und betonte jedes Wort, „die Angst vor der Frau, das war damals, jetzt kannst du selbst bestimmen, kannst auf dich aufpassen, jetzt bist du frei."
Ich sagte, ich fände es schlimm, dass da in mir auch Angst vor Frauen steckte, ich hätte mich immer als Draufgänger gesehen. Und ich erzählte von den Schlägen meiner Mutter, die ich lange nicht hatte erinnern wollen, nicht hatte sehen können, vielleicht weil es zu schmerzlich gewesen wäre.
„Wir saßen in der Küche der Wiener Wohnung, Mutter hatte Tee gemacht. Da war ein Korb voll Zitronen, jeder von uns durfte sich eine nehmen und diese aus-

pressen, so etwas gab es nicht oft. Als Mutter sich umdrehte, nahm ich noch zwei Zitronen, eine davon schob ich meinem Bruder zu. Mutter bemerkte es, wir mussten sie zurückgeben, das tat ich, es war nur ein Spiel. Mein Bruder behielt die seine, sagte, er habe keine Zitrone mehr, doch man konnte sehen, wie seine Hosentasche ausgebeult war.

‚Hast du noch eine Zitrone?!' Mutters Stimme klang bedrohlich, stumm sah ich zu. Irgendetwas ging in meinem Bruder vor, er wollte es nicht zugeben, blieb bei seinem Nein, auch als Mutter den Stock holte. Sie hatte Tränen in den Augen, hob den Stock, ich zuckte zusammen ..."

Warum glaubte Mutter, das kleine Nein im Spiel meines Bruders so gewaltsam bestrafen zu müssen?

Der Therapeut sah mich nachdenklich an: „Du erzählst von Schlägen, die dein Bruder bekam ...

Was war mit dir?"

„Ich weiß davon, aber konkret erinnern kann ich mich nicht", die Worte brannten in meinem Hals.

„Es muss schlimm gewesen sein für dich. Kannst du sagen: Mutti, es war schlimm für mich!"

Ich konnte. Das Weinen schüttelte mich am ganzen Körper, als ich mir vorstellte, vor mir säße meine Mutter, und ich würde zu ihr sprechen:

„Mutti, es war schlimm für mich!"

Ein paar Tage nach diesem Seminar besuchte ich meine gelähmte Mutter. Ich sah sie an, dann sah ich beim Fenster hinaus, überlegte mir jedes Wort: „Du hast mich immer wieder ermutigt, meine Kindheit aufzuarbeiten. Dafür bin ich dir dankbar. In der Therapie hab' ich wie ein Kind geweint ... über deine Schläge."

Sie nickte stumm. All das sei traurig, sagte sie nach einer Weile. „Wie konnte ich meine eigenen Kinder schlagen!“ Sie hatte Tränen in den Augen. „Ich habe es nicht besser verstanden. Und das war ja damals völlig normal. Erst viel später habe ich verstanden, dass es keine ‚gesunde Watschen' gibt, dass Schläge ganz und gar ungesund sind für Kinder, aber da warst du ja schon erwachsen!“ In ihrer eigenen Kindheit wäre es viel schlimmer gewesen, flüsterte sie, ihr Vater hätte wegen Kleinigkeiten geprügelt, das Kind musste ihm die Rute bringen, um sich züchtigen zu lassen, er hätte ihre Brüder blutig geschlagen. Der kleine Hubert wimmerte und heulte, und Mutter biss sich in die Faust, in ihr schrie es: ‚Lieber Gott, warum lässt Du das zu?' Und sie fragte sich, wie sie ihre Brüder vor dem bösen Vater hätte beschützen können.

Da klopfte es, das Abendessen wurde gebracht.

Mutter sagte zur Pflegerin: „Heute kann mich ja mein Sohn füttern, Sie können gehen. Danke.“

„Tut mir leid, Mutter, das ist mir zu nahe, ich möchte das jetzt nicht tun“, ich bat die Pflegerin, Mutter zu versorgen wie an anderen Tagen auch.

Diese antwortete, ich wäre ein undankbarer Sohn, doch sie blieb und fütterte meine Mutter wie ein Baby. Ich rückte ein gutes Stück weg vom Bett und erinnerte mich daran, dass ich als Kind solange beim Essen sitzen bleiben musste, bis ich alles aufgegessen hatte, was mir Mutter auf den Teller getan hatte. Auch wenn ich an den Bissen herumwürgte, musste ich alles schlucken.

Ich besuchte noch weitere Selbsterfahrungsseminare, dort sprachen wir über Angst vor Sinnlichkeit, Angst vor sexueller Hingabe. Auch andere Männer in der

Gruppe kannten solche Ängste. Offen darüber zu reden tat gut, es war, als würde ein Schleier von meinen Augen weggenommen, ein Schleier, der mich behindert hatte, klar zu sehen, vor allem meine heranwachsenden Kinder.

Als ich Anna davon erzählt hatte, schaltete ich das Radio ein, das schien unpassend, denn selten hören wir Radio, wenn wir beisammen sitzen. Es war die Zeit der Nachrichten, und in diesem Augenblick kam die Meldung, dass die Grenzübergänge der Berliner Mauer geöffnet worden seien: „Es ist unglaublich", sagte die Sprecherin, „ganz Deutschland jubelt, viele Menschen weinen vor Glück, nach vierzig Jahren sind die Menschen der DDR wieder frei!" Die Nachricht berührte mich, als hätte auch ich eine Familie im Osten, die ich endlich wiedersehen konnte.

Da war auch eine Grenz-Erfahrung in dieser Zeit, von der Anna lange nichts wusste. Es war an einem Wochenende in Wien, ich übernachtete bei Reinhard, und ich sagte zu ihm, ich hätte Lust, etwas zu tun, das mir immer verboten, lasterhaft und verschwenderisch erschienen war. Wir witzelten noch ein bisschen, dann meinte ich, ich wäre bereit dreitausend Schilling zu verjubeln, das war eine beachtliche Summe für mich. Reinhard begleitete mich, feierlich banden wir uns bunte Krawatten um, ich war etwa siebenunddreißig und aufgeregt wie am ersten Schultag. So zogen wir los, eine Nachtbar zu besuchen.

Mein Freund wählte ein nobles Haus, es waren nur wenige Gäste da, die Frauen scherzten mit dem Barkeeper. Wir setzten uns nahe an die Tanzfläche, sahen den Striptease-Tänzerinnen zu. Die Tänzerinnen lachten hinüber zur Bar, wo die Kolleginnen saßen, doch je mehr Kleidung sie abgestreift hatten, umso ernster wurden sie, und als sie beim Schlusstakt des Liedes das letzte Kleidungsstück öffneten, schien mir, es wäre ihnen peinlich, rasch verließen sie die Tanzfläche. Ich war erstaunt, solche Scheu hätte ich dort nicht erwartet. Eine junge Frau sprach mich in vertrautem Dialekt an – da waren Frauen aus aller Welt, doch zu mir kam eine aus der Heimat meines Vaters.

Wir plauderten, sie drückte sich an mich, berührte mich, als wäre dies ganz selbstverständlich. Ich sagte etwas über ihren attraktiven Busen. Ja, der Busen sei ihr Verhängnis, meinte sie, doch dann wechselte sie rasch das Thema. Ich fragte sie, wie ich das anstellen müsse, mit ihr ins Geschäft zu kommen. Sie lachte, ich müsse beim Kellner ein Zimmer bezahlen, dann könnten wir hinaufgehen.

Das Zimmer wirkte luxuriös, rotes Licht beleuchtete eine Badewanne und ein königliches Bett. Meine Gastgeberin ließ Wasser in die Wanne, ich wusste nichts mehr zu sagen, wollte sie zärtlich an mich ziehen.

Da sagte sie: „Lass uns ins Bett gehen", es war, als wollte sie es schnell hinter sich bringen.

In diesem Moment spürte ich, dass sie sich verschloss, ihr Körper lag da, doch etwas fehlte. Sie tat, als wäre sie erregt, schloss die Augen, drehte den Kopf weg.

Da konnte ich nicht mehr, vielleicht war ich zu nüchtern für diese einseitige Lust. Ich sagte, es ginge nicht und sie brauche sich nicht um mich bemühen. Das war ihr peinlich, als hätte sie versagt, doch ich war nicht für den Sex gekommen, sondern um ein Tabu zu übertreten, und etwas in mir schien nicht bereit zu nehmen, was die Frau mir unbeteiligt angeboten hatte.

Der Sturm hatte sich beruhigt, es war still geworden rund um das Kurhaus, die anderen Kurgäste schliefen wohl lange schon. Draußen fuhr ein Wagen vor, mit laufendem Motor hielt er vor dem Einfahrtsschranken, ich sah aus dem Fenster. Mühsam hievten sich zwei Männer aus einem Taxi und wankten zum Eingang. Wo waren die beiden wohl unterwegs gewesen? In einer Nachtbar? Vielleicht im Bett eines Straßenmädchens? Wie es den beiden wohl ging mit Frauenbeziehungen, mit ihrer Männlichkeit?
Ich legte mein Tagebuch beiseite, schloss die Augen, dachte an meine Mutter, die so mächtig gewesen war und dann so gelähmt. War ich dabei, lieben zu lernen? Ich spürte noch die Tränen, die dem Kind gehören, das von Mutter geschlagen wurde, dem Kind, das Mutter schreien ließ, um es nicht zu verwöhnen. Vielleicht waren Mutters Schläge noch immer in mir, tausend Jahre alt, als Beispiel für das Leid, das Menschen einander weitergeben, gerade dann, wenn sie einander lieben.

Mutter, Geliebte, Ehefrau

Ein kleines Kind steht vor mir und sieht mich an, dann stolpert es über eine Wiese, es weiß, ich werde ihm folgen. Ich laufe ihm nach, nehme es an der Hand, die Hand pulsiert, und in mir wird es friedlich. „Wohin gehen wir?" fragt das Kind. „Nach Hause", rufe ich.
Da erwachte ich, draußen dämmerte ein neuer Tag. Ich kramte nach einem Blatt Papier, nahm den Bleistift, und mit halb geschlossenen Augen sah ich, wie sich das Blatt füllte, Zeile um Zeile.

Liebe Mutter!
Mehr denn je sehe ich, wie meine Geschichte in der Deinen verwurzelt ist. Der Fluss meines Lebens ist aus dem Wasser entstanden, das mir von Euch, meinen Eltern, zugeflossen ist.
Es berührt mich, all das Schmerzliche Deines Schicksals zu sehen. Die Grausamkeit Deines Vaters, der Tod Deiner Mutter, als Du neun warst, Nazi Wahnsinn und Krieg haben Dir Kindheit und Jugend kaputt gemacht, Dein Vater und seine mächtige Schwester hielten Dich fest, aus dieser Not sollte Dich die Liebe eines Mannes erlösen. Es schien, Deine Gebete wären erhört worden,

denn da kam ein Held und schenkte Dir seine Liebe. Das verletzte Kind im Helden konntest Du nicht sehen. Im zerbombten Wien habt ihr einander gefunden, auf den Trümmern all der schlimmen Jahre davon geträumt, eine glückliche Familie zu gründen und für Eure Kinder eine bessere Welt zu schaffen, vielleicht auch in der Illusion, Verliebtsein könne ein Leben lang anhalten. Euer Blick ging nach vorne, das Leid, das Ihr erlebt hattet, wolltet Ihr vergessen. Doch das Leid drängte sich in Eure Liebe.
Kinder sind Herausforderungen und Zusammenleben bringt Konflikte, das ist hart für verwundete Seelen. Dein Mann, unser Vater, verausgabte sich in seinem Beruf, verbrauchte sich in Schwerarbeit. Helden bewähren sich im Kampf, im Frieden werden sie unruhig. Wir, die Söhne, wurden zum Sinn Deines Lebens, unsere Erziehung zu Deiner alleinigen Aufgabe. Mit Eifer gingst Du daran, unsere Charaktere zu formen, mit Strafen und Schlägen brave Katholiken aus uns zu machen. Du hast Dich für uns Söhne aufgeopfert, doch ein Opfer kann auch zur Last werden.
Später dann hast Du mich angehimmelt, als könnte ich ein Mann werden, der Dich glücklich machen würde. Ich lernte, Vater mit Deinen Augen zu sehen, als Außenseiter, als Tyrann, Deine Sorgen und Nöte machten mich zum Verbündeten, Vater zum Angeklagten, einsam und beschämt. Du warst mir so nahe, dass ich Deine Macht nicht sehen konnte.

Ich bin einer von vielen. Viele Männer sind unsicher in ihrem Mann-Sein, da ihr Vater fern war und ihre Mutter ihnen zu nahe stand. So haben wir Männer Angst vor Nähe und fliehen innerlich vor Frauen. Enttäuscht von den Männern stürzen sich die Frauen auf ihre Söhne, die Männer, insgeheim gekränkt, entfernen sich noch weiter, manche verlieren sich in Sucht.

Du meinst, ich wäre meinen Kindern ein vorbildlicher Vater gewesen, denn ich habe Dir nur von dem erzählt, was gelungen ist. Ich war stolz, meine Kinder im Tragetuch mit auf den Berg zu nehmen, für sie Märchen zu erfinden, Burgen zu bauen. Ich habe nie darüber gesprochen, welche Konflikte mich überfordert hatten. Und so wie Du hat Anna in fast jeder Auseinandersetzung, die ich mit den Kindern hatte, für diese Partei ergriffen, vor allem für unseren Sohn.

Es fiel mir schwer, meinen Kindern zuzuhören, oft war ich innerlich abwesend, rastlos, als wäre der Augenblick nicht gut genug, als wäre ich nicht gut genug. Ich scheute mich, meinen Kindern Grenzen zu setzen, Anforderungen auszusprechen. Viel eher war mir danach, ihnen das Zimmer aufzuräumen und ihre Schulaufgaben zu korrigieren, am liebsten so, dass ich ihre Schrift imitierte, um die Lehrerin glauben zu machen, sie selbst hätten fehlerfrei gearbeitet. Ich war viel unterwegs, entsprechend diesem Bild, in dem die Kinder bei der Mutter stehen und der Vater ist nicht da. Man sollte meinen, ich kannte die Sehnsucht des Kindes nach dem abwesenden Vater, dennoch zog es mich fort. Ich habe meine Familie oft allein gelassen.

Wenn ich zurückkam, lief ich meinen Kindern entgegen, berührt, sie wiederzusehen. Am Abend dann sagte meine Tochter, sie sei so glücklich, so riesig glücklich. Doch in mir war bleierne Schwere, ich wusste nicht, was mich bedrückte, und ich dachte, es wäre schön, wenn mir meine kleine Tochter ein bisschen von ihrem Glück geben könnte.

Danke, dass Du mir so vieles aus Deinem Leben erzählt hast, es ist sehr wertvoll für mich, dass Du bereit bist Dich so offen auseinanderzusetzen mit dem was war. Ich habe mich auf die Suche gemacht, und manches von dem, was ich draußen gesucht hatte, fand ich in mir selbst. Und ich arbeite daran, nach Hause zu kommen, in mir selbst daheim zu sein. Ich habe gelernt zu trauern, und auch jetzt, wo ich Dir schreibe, begleitet mich die Trauer, als könnten die Worte etwas von der Schwere aufnehmen. Und vielleicht lösen meine Tränen auch etwas für Dich.
Dein Sohn Raphael.

Ich nahm das nächste Blatt und schrieb weiter, als wäre alles lange schon klar gewesen.

Liebe Carmen! Endlich hab ich mich entschieden.
Es ist so weit, ich gehe. Ich werde nicht mehr in unserer Schule unterrichten und mich bei Gelegenheit von allen im Kollegium verabschieden.
Ich danke Dir, dass Du in meinem Leben aufgetaucht bist. Du hast mich bezaubert, aufgewühlt, verunsichert. Diese Verunsicherung hat mir geholfen, mich von diesem Ort zu lösen, an dem ich nie wirklich angekommen war.
Verzeih mir bitte, dass ich mit dieser Entscheidung unsere Freundschaft unterbreche, ich schreibe Dir in einem Jahr wieder: Das, was Freundschaft ist, wird in einem Jahr noch lebendig sein, das, was wir einander in Erotik und Sehnsucht gewesen wären, davon verabschiede ich mich. Auch wenn wir einander Freunde sein wollten, in meinem Herzen hatte ich Dir den Platz einer Geliebten gegeben.

Es tut weh, mich von Dir zu lösen, so wie der Abschied von einem wunderschönen Urlaubsort schmerzen kann, doch ich weiß jetzt, wo ich zu Hause bin.
Ich wünsche Dir alles, alles Gute, es war ein Geschenk, Dir zu begegnen.

Liebe Anna!
Bitte verzeih mir! Ohne es zu wollen, habe ich Dich tief verletzt. Sag mir bitte, was ich tun kann, das gut zu machen.
Und natürlich hast Du Recht: lass uns das Häuschen verkaufen und nach Wien ziehen. Ich bin mir sicher, dann komme ich auch öfter zur Ruhe, bitte erinnere mich daran, wenn ich Gefahr laufe, mich wieder im Zuviel zu verlieren. Ich vertraue darauf, dass ich in Wien Arbeit finde, die mir besser zusagt als bisher. Du bekommst ja als Hebamme sicher sofort eine Anstellung, und wir können gerne auch bescheidener leben, ein Auto zum Beispiel brauchen wir in der Stadt nicht mehr.
Carmen hab' ich geschrieben, ich halte jetzt Abstand zu ihr, ich bin ihr zu nahe gestanden, davon löse ich mich. Es tut mir leid, dass ich immer gesagt hab‘, mir ist egal, was die Leute reden. Ich hab' da nicht an Dich gedacht, wie sehr Dich das betrifft, wenn sie über uns reden.
Jetzt, wo ich mich entschieden habe, freue ich mich darauf, weg zu kommen von diesem engen Dorfleben und dem, was uns hier so sehr belastet hat. Unsere Kinder sind dabei, unser Nest zu verlassen, ich möchte mit Dir neu beginnen. Kannst Du mir verzeihen?
Du bist die Frau, mit der ich leben will. Du bist meine Liebe.
Dein Mann, Raphael.

Die Bitte im Ohr

Der Herbstwind spielte mit den Zweigen der Bäume, die Luft streichelte mein Gesicht. Ich wanderte durch den Park, unter einer großen Eiche blieb ich stehen, schaute die Bäume hinauf, von unten, wo die Wurzeln begannen, den dicken Stamm entlang, hoch bis zum Himmel, und ich bedankte mich bei meinem Leben für den schönen Tag.

Ich schlenderte weiter, ein anderer Spaziergänger kam mir entgegen, er lächelte mich an, wir nickten einander zu. Danke für deine Herzlichkeit, mitten in der Großstadt, dachte ich.

Auch mein Fahrrad schien freundlich auf mich zu warten, „Servus Eselchen“, sagte ich und radelte nach Hause.

Anna war schon da. „Hallo, mein Lieber!“, sagte sie, ihre Stimme klang betrübt.

„Alles okay? Wie war die Arbeit?“

„Schon in Ordnung, das ist es nicht. Ich hab vor einer Stunde erfahren, dass mein Vater im Krankenhaus ist. Am liebsten würde ich ihn sofort besuchen, aber ich bin für Zwölf-Stunden-Dienste eingeteilt, ich hab schon versucht zu tauschen, das geht jetzt gerade nicht.“

„Es ist wieder sein Herz?“
„Ja, es muss ernst sein, sie haben mich im Dienst angerufen. Ich glaube, er wird nicht mehr lange leben.“
Ich nahm ihre Hand, dachte daran, wie oft mich ihr Vater beschimpft hatte, als wir noch Tür an Tür wohnten, auch unsere Übersiedlung nach Wien hatte er als Dummheit bezeichnet. Anna war ein paar Mal allein hingefahren in den drei Jahren, seit wir in Wien wohnten.
„Ich besuch' deinen Vater.“
„Alles Gute“, sagte sie nachdenklich, „danke.“

Es war nebelig trüb, als der Zug losfuhr. Ich hatte keine Ahnung, wie ich meinem Schwiegervater begegnen würde. Seit Jahren war ich nicht allein mit ihm gewesen, hatte kein persönliches Wort mit ihm geredet, ich ging das Risiko ein, nach ein paar Stunden Zugfahrt zu hören, dass ich der Letzte sei, den er sehen wolle. Genau das ist mein Risiko, sagte ich zu mir, schob die ängstlichen Gedanken auf die Seite und ging in den Speisewagen.
Das Krankenhaus lag nahe dem Bahnhof, kahle Bäume auf beiden Seiten des Eingangs begrüßten mich. Ich klopfte, betrat das Krankenzimmer, dünn und blass lag Annas Vater im Bett, die Lippen bläulich, noch einmal erinnerte er mich an meinen eigenen Vater. Auch Schwiegervater hatte extremes Leid erlebt, war als Halbwaise fast verhungert, hatte schon als Kind bei einem fremden Bauern arbeiten müssen, vielleicht zeigte sein todkranker Körper etwas von diesen frühen Entbehrungen.
Er sah mich erstaunt an: „Was machst denn du hier?“
„Ich komme dich besuchen.“

„Du? Mich?“
„Liebe Grüße von Anna, sie kann erst am Wochenende kommen, auch Alexandra und Hermann kommen dann mit.“ Ich stellte einen Blumenstrauß auf das Nachttischchen, dachte schon, er würde sagen: ‚lass mich in Ruh'. Er lächelte schwach: „Dich hätt' ich nicht erwartet. Wie geht es dir?“
Ich atmete durch, erwiderte sein kleines Lächeln. „Die Arbeit macht mir Spaß, ich unterrichte jetzt an einer Fachhochschule, es geht uns gut, wir fühlen uns wohl in Wien.“
„Ja, Leute aus der Stadt passen nicht ins Dorf. Schön, wenn's euch gut geht.“
„Was macht dein Herz?“
„Einstweilen macht's wieder seine Arbeit, kann aber bald wieder streiken, es mag halt nimmer so recht, will in Pension gehen, ist auch so ein alter Lump wie ich.“
„Toll, dass du darüber witzeln kannst.“
„Ein alter Haderlump muss lachen, weil er sonst nichts hat. Was nützt' s, wenn ich weinen tät.“
Ich nickte. Er konnte witzig sein, im Dorfwirtshaus hatte er oft die ganze Runde am Tisch unterhalten, auch die an den Nachbartischen mit dazu, doch zwischen mir und ihm war es viele Jahre lang eisig gewesen, mit gelegentlichen Explosionen, in denen er mich als „Saujud'“ beschimpft hatte. Da war ich immer rasch davon gelaufen.
„Wie geht's meinen Enkerln?“
„Alles bestens, Alexandra wünscht sich ein Baby, Hermann macht Zivildienst, arbeitet mit Behinderten, er macht das gerne.“
„Bring ihnen je einen Hunderter von mir.“
Er atmete schwer, als er den Geldbeutel hervorkramte.

Vor einem Jahr hatte er gesagt, ein richtiger Mann müsse zum Bundesheer, Zivildienst sei für Weicheier, mit solchen hätten sie bei der deutschen Wehrmacht kurzen Prozess gemacht. Mein Sohn hatte seinen Opi einfach freundlich angeschaut, sanft an der Wange gestreichelt, und der Opi hatte das Thema gewechselt.
„Es wäre schön, wenn es auf der ganzen Welt nur Zivildiener gäbe, und keine Soldaten mehr. Wenn ich höre, dass wieder irgendwo Krieg ist, ist mir jedes Mal zum Weinen."
„Du hast Recht", meinte er. Er sah durch mich hindurch, als er weiter sprach.
„Ich hab im Krieg viel Böses erlebt und auch selbst getan. Aber das Schlimmste war, dass ich Kameraden im Stich lassen musste. Es war nur mehr die Hälfte von uns am Leben, und wirklich jeder hat sich in die Hose geschissen, als die Russen von drei Seiten auf uns gefeuert haben. Dann hieß es plötzlich: ‚Rette sich wer kann!' Wir haben die Gewehre weggeschmissen und sind gerannt, was wir konnten, ich mit den abgefrorenen Zehen, aber so etwas spürst dann nicht mehr. Immer wieder lag einer von uns auf dem Boden, angeschossen, blutend, und die haben immer geschrien: Bitte nimm mich mit, nimm mich mit! Aber ich hätte keinen tragen können, und die Russen waren hinter uns her, haben gefeuert, auf alles, was sich noch bewegt hat. Ich bin weitergelaufen, und die Kameraden schrien: Bitte nimm mich mit! Noch immer höre ich, wie sie geschrien haben."
Er hob die Hände, ließ sie wieder fallen, starrte ins Leere. Sanft berührte ich seine Schulter, er zuckte zusammen.
„Willst einen Tee vom Automaten, ich bring dir einen."

„Ja", grinste er, „aber mit viel Rum."
Rasch ging ich hinaus, mir schien, auch ich hatte das Geschrei dieser Bitte im Ohr. In der Toilette wusch ich mir das Gesicht, schüttelte das Echo des Krieges von mir. Dann holte ich Tee und Kaffee vom Automaten. Als ich zurück ins Krankenzimmer kam, war mein Schwiegervater eingeschlafen.
„Prost", sagt ich leise, „danke, dass du überlebt hast, sonst gäb's deine Tochter nicht."

Schwiegervater starb wenige Wochen danach, sein Herz war endgültig in den Ruhestand gegangen. Meine Kinder hatten ihn geliebt, seine Späße, seine direkte Art, die Offenheit, mit der er seine Gefühle ausgedrückt hatte.
Beim Begräbnis weinte auch ich, nicht weil er tot war, ich stellte mir vor, dass er angekommen war, ich weinte, berührt von der Begegnung, die uns so kurz vor seinem Ende möglich gewesen war, und über das, was er mir dabei noch anvertraut hatte.

Großvater

Der Garten war noch von Laub bedeckt, überall wucherte das Unkraut, das sich in diesem Frühling frei entfalten konnte, da und dort zeigte ein Pflänzchen, was vor einem Jahr hier gewachsen war. Rund um das Haus hatte meine Schwiegermutter Gemüse angebaut, Kartoffeln, Zwiebeln, Karotten, Salat, Kräuter und Beeren. Zwischen den Gemüsebeeten hatte sie Blumen gepflanzt, sie liebte Blumen und Tiere: „Schade, dass Tiere nicht sprechen können, was hätten die alles zu erzählen“, hatte sie oft gesagt. Doch am meisten hatte sie Kinder geliebt.

Wir nahmen Abschied vom Häuschen meiner Schwiegereltern. Annas Mutter war ein Jahr nach ihrem Mann gestorben, bescheiden, wie sie gelebt hatte. Sie hatte alleine gewohnt, im Sommer den Garten bestellt, im Winter wollte sie zu uns nach Wien kommen, wir hatten ein Zimmer für sie frei gemacht, die Reisetasche stand schon gepackt neben dem Bett. Anna spürte, dass etwas nicht stimmen konnte, als sie ihre Mutter den ganzen Tag über nicht erreichte, sie rief einen Nachbarn an, der fand sie friedlich im Bett, sie war eingeschlafen für immer.

Bald nach dem Begräbnis entschieden wir uns, das Haus zu verkaufen, der Ort, an dem auch wir gewohnt hatten, bedeutete uns nichts mehr. Einige Monate vergingen, bis sich eine Käuferin fand, nun nahmen wir Abschied. Anna, Alexandra und Hermann gingen durch die leeren Räume, sahen noch einmal bei jedem Fenster hinaus, ich zündete eine Kerze an und wir verneigten uns vor allem, was wir dort erlebt hatten.
„Du warst die beste Omi der Welt", sagte Alexandra. Omi war immer für meine Kinder da gewesen, bescheiden und fürsorglich. Härte erinnerte sie an den Krieg, schon Diskussionen machten ihr Angst. Anna erzählte, als sie etwa vier Jahr alt war, hatte ihre Mutter entdeckt, dass kaum mehr Gabeln in der Bestecklade zu finden waren, in den Wiesen rund um den Garten fand sie dann eine nach der anderen. Die kleine Anna war fasziniert von der Arbeit der Bauern, so hatte sie mehrmals eine Gabel hinaus auf die Wiesen mitgenommen, um diese als Heugabel zu verwenden und gedachte Kühe zu füttern, dort war das Besteck dann liegen geblieben. „Als Mama mir dahinter kam, lächelte sie: ‚Kinderl, die Gabeln brauchen wir doch zum Essen', das war alles, was sie dazu sagte, während sie auf der Wiese hin und her ging, ihre Gabeln zu suchen." Anna lächelte: „Mein Papa war nur am Sonntag daheim, Mama arbeitete jeden Tag von früh bis spät in die Nacht, im Garten und als Schneiderin, doch immer war sie geduldig mit mir."

Nun war sie eingeschlafen für immer, das Haus verkauft, das Dorf war leer für uns. Wir sahen noch einmal aus jedem Fenster des Hauses, dann gingen wir, hinterlegten den Schlüssel beim Dorfwirt und bestellten ein Taxi zum Bahnhof. Wir hatten noch Zeit bis zur Abfahrt des Zuges, schlenderten durch einen Park nahe am Bahnhof.

Es klingelte. „Servus!“ rief Hermann in sein neues Handy, kurz zuvor waren tragbare Telefone zu erschwinglichen Preisen auf den Markt gekommen.

„Überall auf der Straße telefonisch erreichbar“, sagte ich zu Anna, „ob ich das möchte? Stell dir vor, jeder hätte ein Handy, rundherum würde es klingeln, im Zug, in der U-Bahn, alle würden telefonieren!“

Hermann hatte das Telefonat beendet, er grinste: „Willkommen im dritten Jahrtausend!“

Wir kamen an einem Kinderspielplatz vorbei, ich blieb stehen. Für einen Augenblick vergaß ich alles rund um mich, als ich zwei Kleinkinder in der Sandkiste herumkrabbeln sah. Eines der Zwerglein hob den Kopf und sah mich an, ich winkte, und das Kind winkte zurück, als wären wir Freunde. Gleichzeitig legten meine Frau und ich einen Arm um unsere Tochter. Alexandra hielt ihren Bauch: „In ein paar Monaten ist es so weit.“

Als es soweit war, rief mein Schwiegersohn an, dass alles gut gegangen sei. Ich tanzte durch die Wohnung und brüllte: „Großvater!“

Ein paar Stunden später rannte ich zur Entbindungsstation, ich konnte es nicht erwarten, das kleine Wesen zu sehen, das in unserer Familie gelandet war. Ich nahm das Neugeborene in die Arme, und es weckte etwas in mir, das wohl nur kleine Kinder wecken können, alles andere darf verblassen, und der Moment wird kostbar, weil es ein Geschenk ist, hier auf der Erde zu sein. Mit meinem Enkel beginne ich noch einmal von vorne, wachse und lerne, spiele Eisenbahn und horche in Bäume hinein, staune über das Leben, dankbar, eine Ahnung davon zu bekommen, was es bedeutet, lieben zu können.

Die rote Trompete

Anna umarmte mich, küsste meine Narben. Ich schloss die Augen, unsere Lippen fanden sich, ich atmete tief, atmete ihre Wärme, atmete ihre Liebe.

Wir gingen Hand in Hand, schlenderten schweigend durch Wien, kamen zu einem Kirchplatz, es war Kirtag, mit Marktständen, Imbissbuden und Ringelspiel. Ein Stand mit Kinderspielzeug zog mich an, Tand in grellen Farben zu überteuerten Preisen, darunter kleine Musikinstrumente aus Plastik, geeignet nur, um Lärm zu machen. Auch eine rote Trompete war dabei, da fiel mir eine Begebenheit meiner Kindheit ein.

Ich war etwa sechs Jahre alt, mein Bruder und ich hatten vielleicht zum ersten Mal Taschengeld bekommen und durften ein paar Minuten früher als die Eltern zur Kirche gehen. Es war Kirtag, wir hatten nichts davon gewusst und standen staunend inmitten von Marktständen, Imbissbuden und Ringelspiel. Ein Stand mit Kinderspielzeug zog mich an, Musikinstrumente aus Plastik, auch eine rote Trompete war dabei, mit der würde ich sicher gut spielen können. Ich sagte zu meinem älteren Bruder, wir könnten unser Geld zusammenlegen und diese Trompete kaufen, er gab mir sein

Geld, und stolz kaufte ich die Trompete.
Wenig später kam Mutter, wir liefen hin zu ihr, voll Freude zeigte ich ihr das Instrument. Doch Mutter war böse, sie nahm mir das Ding aus der Hand, schimpfte den fahrenden Händler, dass er Kindern solchen Ramsch zu überteuertem Preis verkaufe, verlangte von ihm, die Trompete zurückzunehmen. Das tat er nicht, beschämt und traurig sah ich zu. So blieb dieses Spielzeug bei mir, nach der Kirche trug ich es heim, ich wusste nicht mehr, was tun damit. Mutters Ärger war mächtig, im Stiegenhaus neben unserer Wohnungstür ließ ich die Trompete stehen, in unsere Wohnung passte sie nicht.
Am nächsten Tag ging ich nachsehen, ob die Trompete noch da wäre, ich hätte sie dann doch in die Wohnung hereingeholt, doch ich fand sie nicht mehr, die Trompete war weg.

Diese Geschichte erzählte ich meiner Liebsten.
„Warte!", sagte sie und lief zum Spielzeugstand, lächelnd kam sie zurück, eine rote Trompete in der Hand, hielt sie mir vor den Mund und flüsterte mir ins Ohr: „Für den kleinen Raphael!"
Der kleine Raphael strahlte über das ganze Gesicht. Ich rieb meine Nase an Annas Wange, legte meine Arme um ihre Schultern. Rund um uns schoben sich die Menschen vorbei, Kinder lachten, die Musik des Ringelspiels antwortete ihnen.
Die Trompete nahm ich mit nach Hause, dort bekam sie einen Ehrenplatz. Für Anna zeichnete ich ein Bild, vom kleinen sechsjährigen Buben vor der Kirche, der mit erhobenem Kopf die Trompete bläst.
‚Jetzt ist alles gut', schrieb ich darunter.

Epilog

Die Geschichte, die ich hier erzählt habe, hat mir ein Mann namens Raphael anvertraut. Er blickte zurück und schloss sechs Generationen in die Beschreibung seines Daseins ein. Wenige Jahre nach Kriegsende geboren, wusste er nichts vom Krieg, doch er fand die Spuren der Verwüstung, die ein Krieg in den Seelen der Menschen hinterlässt, in sich selbst. Er folgte diesen Spuren, so konnte er davon erzählen.
Die Ereignisse, die er beschreibt, berühren wesentliche Herausforderungen unseres Lebens: Liebesfähigkeit, Sexualität, Elternschaft und das Ja zu sich selbst, das alles andere trägt und, wenn es gelingt, in einem weiten Bogen mehrere Generationen umfasst und verbindet. Das, was wir sind, ist verknüpft mit all denen, die vor uns waren.

Es war ein sonniger Tag, als Raphael zu mir kam. Die Sonne schien in mein Arbeitszimmer, und während der Mann sprach, wanderte sein Schatten durch den Raum, kam mir näher und berührte mich, so als wollte er mich einschließen in das, was in den Worten entstand.

Nachdem er seine Erzählung beendet hatte, blieben wir eine Weile sitzen, schweigend, der Raum schien mir voll vom Leben derer, die er mitgebrachte hatte.
Raphael nickte, stand auf und sagte: „Eine Liebesbeziehung braucht Arbeit, Arbeit an sich selbst. Doch Arbeit allein genügt nicht, das, was uns glücklich macht, verbunden fühlen lässt, uns übereinander freuen lässt, ist mehr als das, woran wir arbeiten können. Es ist beides: Arbeit und Geschenk."
Raphael gab mir die Hand: „Danke, dass Sie mir zugehört haben."
Er schloss die Tür hinter sich. Auf der obersten Stufe blieb er eine Weile stehen, sog die klare Luft ein, buntes Laub tanzte in der Straße, die Sonne berührte sein Gesicht. Sie war schon auf dem Weg, hinter den Horizont. Raphael hatte Zeit.

Dank des Autors

Raphaels Erzählung bildet den roten Faden dieses Romans. Ich bedanke mich herzlich für seine Zustimmung zur Veröffentlichung seines Berichts, den ich in Szenen und Dialogen ausgestaltet und mit Erlebnissen anderer Personen und mit meinen eigenen Erfahrungen in der Entwicklungshilfe angereichert habe. Die wesentlichen Ereignisse dieses Buches sind authentische Beispiele für das Leben österreichischer Familien im letzten Jahrhundert.

Ich bedanke mich bei allen, die mich während der Arbeit an diesem Roman ermutigt haben und bei allen, die mich durch Anregungen und Beiträge und hilfreiche Rückmeldungen unterstützt haben. Manche davon darf ich hier nennen:

Georg Bydlinski, Mödling; Ulrike Buergel Goodwin, München; Christine Haidegger, Salzburg; Peter Laninschegg, Eugendorf; Reinhold Rabenstein, Linz; Gertraud Sachs, Salzburg; Eva Scala, Graz; Dorothea Steinlechner-Oberläuter, Salzburg; Ana Znidar, Wien.

Der Autor

Paul Lahninger – www.topseminare.at – Salzburg, ist freiberuflicher Lehrbeauftragter, tätig für Universitäten, Unternehmen und in der Akademie für Gruppe und Bildung (AGB). Er studierte an der pädagogischen Hochschule und arbeitete als Entwicklungshelfer in Papua Neu Guinea, danach absolvierte er Ausbildungen zum Erwachsenenbildner, Personalberater, Coach und Psychotherapeuten.

Als Lehrbeauftragter für zwischenmenschliche Kommunikation entwickelte er Methoden und Interventionstechniken für Bildungsarbeit und Führungsaufgaben, insbesondere für den Umgang mit Widerstand und Konflikten. Wesentliche Themen seiner Arbeit sind Bewältigung von Herausforderung, Persönlichkeitsentfaltung und Versöhnung.

Fachbücher des Autors

Leiten, präsentieren, moderieren. 7. Auflage, Ökotopia Verlag 2010

Widerstand als Motivation, Herausforderungen konstruktiv nutzen. 3. Auflage, Ökotopia Verlag 2012

Reise zur Lösung. 2. Auflage, Verlag ManagerSeminare 2013

DVD-Seminare

Konflikte lösen. 2. Auflage, Breuer&Wardin 2010

Motivation fördern. Breuer&Wardin 2005

Selbstwert stärken. 3. Auflage, Breuer&Wardin 2011

Lust zu leiten, Impulse zur Eigenverantwortung. Verlag Auditorium-Netzwerk 2011

Ich-Stärke entfalten, nachhaltige Weiterentwicklung gestalten. Verlag ManagerSeminare 2013

Gedichtband

Nährende Zeilen, persönlich und spirituell wachsen. Denkmayr-Verlag 2007

Affirmationen, Wohltuende Leitsätze, 144 Kärtchen zur Selbstwertstärkung. Denkmayr Verlag 2007

Paul Lahninger
Das Stückwerk der Liebe
Roman

Lektorat: Dorothea Steinlechner-Oberläuter
Gestaltung: Volker Toth
Titelbild: Paul Lahninger
Druck: Theiss, St. Stefan

ISBN 978-3-902932-16-7

www.edition-tandem.at

Gefördert von:
Bundesministerium für Unterricht, Kunst und Kultur,
Stadt und Land Salzburg